우 리 를 기 쁘 게 하 는 것 들

**우리를
기쁘게 하는
것들**

지은이 이태동
1판 1쇄 인쇄 2012. 1. 5
1판 2쇄 발행 2012. 3. 11

발행처_ 김영사 ● **발행인_** 박은주 ● **등록번호_** 제406-2003-036호 ● **등록일자_** 1979. 5. 17 ● **주소_** 경기도 파주시 교하읍 문발리 출판단지 515-1 우편번호 413-756 ● **전화_** 마케팅부 031)955-3100, 편집부 031)955-3250 ● **팩시밀리_** 031)955-3111 ● 저작권자 ⓒ 이태동, 2012 이 책의 저작권은 저자에게 있습니다. 저자와 출판사의 허락 없이 내용의 일부를 인용하거나 발췌하는 것을 금합니다.

값은 뒤표지에 있습니다. ISBN 978-89-349-5600-6 03810 ● 독자의견전화_ 031) 955-3200 ● 홈페이지_ http://www.gimmyoung.com ● 이메일_ bestbook@gimmyoung.com ● 좋은 독자가 좋은 책을 만듭니다 ● 김영사는 독자 여러분의 의견에 항상 귀 기울이고 있습니다.

이태동 산문집

우리를 기쁘게 하는 것들

소소하지만

눈부시게 빛나는

세상 모든

존재에 대한

찬사

!

김영사

삶과 죽음에
차가운 시선 던지고,
말 탄 자, 지나가다!

—

W. B. 예이츠, 〈벤 불벤 산 아래〉 중에서

머리말

문학은 인간의 운명적인 부조리한 현실을 극복하고 보다 나은 삶의 길을 찾기 위한 노력을 언어로 옮겨 놓은 것이다. 그래서 글 쓰는 사람이 삶의 현실을 객관적으로 깊이 있게 인식하고 의식적인 반응을 보이는 것에는 닫혀 있는 어두운 현실로부터 벗어나 구원의 빛을 찾고자 하는 뜻이 담겨 있다.

라이너 마리아 릴케가 "훌륭한 시는 어떤 절대적인 욕구에서 나온다"고 말했듯이, 이러한 노력은 존재의 감옥에 갇혀 있는 인간이 벽을 넘어서려는 간절한 슬픈 욕망에서 비롯되는 것인지도 모른다. 내가 시간의 한계에 대해 눈뜨면서 오랜 세월 동안 미로에서 길을 잃고 늪과도 같은 혼돈과 싸우며 써 모은 에세이들은 단순히 서재여적書齋餘滴이 아니라, 절실한 인간적인 욕구에 의해 이루어진 수인囚人의 지문指紋과도 같은 것이다.

물론 삶의 길이는 제한되어 있고 현재도 과거와 미래에 대한 생각으로 매 순간 죽어 가고 있기 때문에, 인간은 물리적으로는 존재의 벽을 넘을 수 없다. 그러나 글을 쓰는 것은 마음의 움직임에서 오는 것이기 때문에, 나는 비록 찰나적이지만 인식 작용과 함께하는 창조적인 몰입 과정에서 느끼는 기쁨을 통해 죽음의 벽을 넘어설 수 있는 단서를 발견할 수 있을 것 같다.

그런데 여기 모아 놓은 글들은 픽션이 아니라 에세이이기 때문에, 비록 극적인 요소는 없지만 인식론적이고 탐색적이며 명상적이다. 그래서 내가 여기서 발견한 생활의 지혜와 아름다움이 완전한 형태로 창조된 것이라고는 말할 수 없다. 그러나 이들 에세이에서 언급한 진실은 생의 이면과 그것의 잔무늬 속에 깊숙이 숨겨져 있던 것이다. 그래서 이것은 있는 그대로의 원형적인 상태에서 시정詩情적인 색채를 띠고 시간의 벽을 넘어서도 존재할 수 있는 것이라 믿고 싶다. 무질서와 혼돈 상태에서 발견한 삶의 아름다운 진실은 흔히 잊어버리거나 시간 속에 묻어 버리고 지나치기 쉽지만, 시간의 벽을 극복하기 위해 투명한 의식과 일정한 미학적 거리를 두고 삶을 관찰하기를 원하는 사람들에게는 적지 않은 즐거움을 가져다줄 것이다.

여기 엮은 에세이들은 지난 5년 동안 어렵게 쓴 글들과 이미 써놓은 글 가운데 가장 소중하게 생각하는 정수만 가려 뽑아 수정에 수정을 거듭한 것들이다. 이것은 내가 그동안 저문 강에 이르도록 눈 내리는 들판을 건너오면서도 꺼지지 않은 의식의 눈과 통찰력으로 발견한 삶의 아름다운 진실과 그 내면적인 진실을 언어로 바꾸어 써놓은 것이다. 그래서 이것은 또한 내 삶을 반영해 주는 이미지임은 물론 어둠에서 오는 그림자를 지우는 아우라 같은 빛의 성격을 지니고 있다.

그런데 이 작은 삶의 흔적들을 책으로 엮어 세상에 내놓게 된 것은 내 개인적인 노력만으로 이루어진 것이 아니다. 그것은 오늘날 내가 이렇게 존재하도록 도와준 주변의 여러분이 없었으면 불가능했을 것이다.

2011년 겨울
이태동

차
례

제 2 장

마음의 섬

제 3 장

시간의 빈터

제 4 장

침묵의 의미

제

1

장

자기만의

방

케임브리지 찰스 강 부근의 곰팡내 나는 고서점을 뒤졌던 일, 하버드 대학가 주변에서 중고 책을 사서 월세 아파트 벽장에 쌓아 두면서 흐뭇해했던 일, 팔로알토의 스탠퍼드 대학가에서 책을 구입하고 서점 주인과 친해져서 사진을 찍었던 추억들, 채플 힐의 '황소서점'에 황홀하게 진열된 책들을 보다가 강의실에 늦게 들어갔던 일 그리고 몇 권 안 되는 저서를 쓰거나 번역하면서 내 젊음을 그 속에 불태웠던 일 등은 어느새 나에게 추억의 파도를 막아 주는 방파제가 되어 있었다.

1

자 기 만 의

방

「서재를 정리하며」

나는 날 때부터 정리벽이 부족한 사람이다. 그래서인지 어려서부터 책 수집하기를 무척 좋아했지만 목록에 따라 정확히 분류하지 못하고 서가書架에 아무렇게나 꽂아 두었다. 그래서 글을 쓰다가 어떤 책이 필요해서 찾을 때는 서재를 온통 뒤지곤 한다.

지난밤에도 어떤 글귀가 떠올라 그것을 확인하려고 서재에서 책을 찾았으나 결국 못 찾고 지쳐 버렸다. 그래서 나는 책들을 순서에 따라 정리하지 못하고 아무렇게나 꽂아 둔 게으른 나 자신이 슬퍼지면서, 무질서하게 꽂아 놓은 책들을 서재 바닥으로 쓸어 내렸다. 그리고 밤 늦도록 정리했다.

책을 정리하는 일은 생각보다 훨씬 즐겁고 흥미로웠다. 분류한 목록의 순서에 따라 책을 다시 꽂아 놓기 위해 흩어진 책들을 한 권 한 권

먼지 묻은 손에 들고 책 이름을 들여다볼 때마다 그것들을 수집하던 먼 과거의 일들이 물 위에 뜬 꽃잎처럼 떠올랐다. 수집가에게 서가에 꽂혀 있는 책들은 "파도처럼 밀려드는 추억의 밀물을 막는 둑"이라고 말하지만, 흩어진 책들은 그야말로 추억 그 자체였다. 고서古書들은 묵은 사진첩처럼 낡았지만 한 권 한 권은 그것대로 추억의 무게를 싣고 있었다.

대학 시절에 나는 무척 가난해 사고 싶은 책을 한 번도 마음 놓고 구입한 적이 없다. 그러나 찰스 램Charles Lamb의 말처럼 가난 속에서 책을 어렵게 구입하는 기쁨이 있었다. 지금 서재 바닥 한 모퉁이에 쓰러져 있는 두툼한 원서 한 권은, 갖고 싶어서 책방에 들러 수없이 만져 보았으나 구입할 능력이 없어서 결국 시집간 작은고모를 졸라서 얻은 것이었다. 지금은 책 표지가 바랬지만, 그 속에는 그것을 들고 벅찬 마음으로 종로에 있던 그 양서점洋書店 문을 나오던 초라했지만 행복했던 내 모습이 지워지지 않고 짙은 그림자를 드리우고 있는 듯했다. 또 크기와 부피 때문에 눈길이 가는 영영사전에는 내가 첫 원고료를 받은 기념으로 구입한 것이라는 글귀가 속표지에 씌어 있었다.

이것만이 아니었다. 책을 구입하는 과정에서의 어려움과 기쁨은 다른 책에도 무수히 묻어 있었다. 하버드 대학교의 데이비드 퍼킨스David Perkins가 편집한 영국 낭만주의 영시 선집의 자줏빛 표지를 넘기니 "나의 노동의 대가로 받은 돈으로 구입한 책"이라고 쓴 글씨가 빛바랜 잉크 자국 속에 나타났다. 그 책은 내가 미국에서 고학으로 대학원 공부를 할 때, 책값이 너무 비싸 쉽게 구입할 수 없어서 대학 구내식당에서 일하고 받은 돈으로 산 것이었다. 그 당시 나는 그 책을 두 권 사서 한 권은 같은 기숙사에서 지내며 나를 마음으로 도와준, 지금은 미국 어느 대학에서 18세기 영문학을 가르치고 있는 미국 친구에게 주었다. 그랬더니 그 친구는 답례로 학교를 졸업할 무렵 보나미 도브레Bonamy Dobree가 쓴 옥스퍼드판 18세기 영문학사 한 권을 사주었다. 세월 속에 묻혀 까맣게 잊고 있던 아름다운 우정이 그 자줏빛 책을 서가에 꽂으며 생각났다. 영원한 망각 속에 묻어 버리기에는 너무나 아름다운 벗이었다. 그러나 지금은 기억 속에만 살아 있을 뿐이다.

그렇다고 모든 책을 그렇게 힘들게 얻은 것은 아니었다. 대학원 공부를 마치고 돌아올 때 졸업 기념으로 은사님이 사주신 것들도 많았다. 책마다 사인은 되어 있지 않았지만, 표지와 책 제목만 보아도 그때의 일들이 떠올랐다. 은퇴하신 은사님이 돌아가시기 전 마지막으로 댁을 방문했을 때 주신 책도 있었다. 선생님께서 여러 해 동안 대학 강단에서 직접 사용하셨던 책이었다. 마흔을 넘길 즈음 하버드 대학교에서 1년 동안 머물다가 돌아오는 길에 선생님 댁을 들렀을 때 물려받은 것인데, 그 책에 담긴 의미를 처음에는 몰랐다. 그러나 귀국해서 짐을 풀고 난 뒤에야 미국 문학을 강의할 경우 도움이 되라고 주셨다는 것을 알 수 있었다. 서가에 꽂기 전에 선생님께서 베풀어 주셨던 사랑이 밀물처럼 밀려와 낡은 책장을 한 장 한 장 넘겨 보았더니, 여백마다 선생님께서 오랫동안 강의하셨던 내용이 깨알처럼 씌어 있었고, 사이사이 타이핑한 선생님의 강의안이 풀로 단단히 붙어 있었다.

그 책은 결코 돈으로 가늠할 수 없는 선생님의 얼이 담긴 귀중한 정신적 유산이었다. 다음 순간 책을 직접 베껴 쓴 고서가 어느 도서품평회에서 가장 높은 값을 받았다는 말의 참뜻을 이해할 수 있었다. 선생님의 손때가 묻은 그 책을 펼치며 책의 생명에 대해 다시 한 번 생각하지 않을 수 없었다. 선생님께서 그렇게 아끼던 책을 나에게 주신 것은 스스로 자신의 죽음을 예측하고 책의 생명을 다시 살리기 위함이었을 것이다. 그것이 만일 문학을 알지 못하는 사람의 손에 떨어졌다면 폐품으로 처리되었을 것이고, 도서관으로 보내졌다고 해도 내 손에서처럼 그 생명이 살아나지는 않았을 것이다.

이러한 생각은 흰색 천으로 우아하게 장정한 1934년도판 제임스 조이스James Joyce의 《율리시스》를 눈앞에 쌓인 책 더미 속에서 찾아 제자리에 꽂을 때 다시금 일어났다. 20세기 영문학사에서 최고의 걸작으로 알려진 이 책은 1979년 보스턴에 머물 때 서울대학교 법대 송상현 교수와 이화여대 이동원 교수, 그리고 작고하신 하버드 엔칭 도서관의 백린 선생과 함께 일요일마다 찾아간 벼룩시장에서 단돈 1달러를 주고 구입한 것이었다. 이 책은 조이스를 전공하는 학자들에게는 바이블로 통하는 소중한 책이고, 나에게도 재산 목록 1호라 할 만한 귀중한 고서다. 그런데 이 책을 만질 때마다 횡재했다는 생각보다 폐품에 가까운 잡동사니 더미에서 이 책의 생명을 구해 주었다는 생각을 하곤 한다. "진정한 수집가에게는 한 권의 고서를 얻는 것이 곧 그 책의 재탄생을 의미한다 해도 과언이 아니다"라는 발터 벤야민Walter Benjamin의 말은 이러한 의미라고 생각된다.

그러나 내가 이들 책을 계속해서 읽지 않을 때는 그 생명을 완전히 구했다고 말할 수 없겠다. 이러한 생각은 아프리카로 간 어느 수녀님이 주고 간 도스토옙스키Fydor Dostoevsky의 영문판《카라마조프가의 형제들》을 보았을 때 또 한 번 일어났다. 그 책을 읽지 않은 채 몇 년간 책꽂이에 꽂아 두었기 때문이다. 그러나 아나톨 프랑스Anatole France가 그의 서재를 돌아본 어느 팔레스타인 사람의 물음에 다음과 같이 한 말을 기억해 내고는 어느 정도 위안을 얻었다.

"선생님은 이 책을 모두 읽으셨는지요?"

"아마 10분의 1도 채 못 읽었을 걸요. 당신도 세브르 도자기를 매일 사용하지는 않을 텐데요."

이러한 대화를 기억하면 책을 다 읽지 못해도 책을 수집하는 작업만으로도 책의 생명을 구해 주는 일이라고 말할 수 있지 않을까? 왜냐하면 책을 다 읽지 않더라도 그것이 있을 자리에 두고 보는 것 또한 그것에 생명을 부여하는 일이라고 말할 수 있기 때문이다.

나는 책을 수집할 때 반드시 새 책만 고집하지는 않는다. 어떤 책이 절판되었을 때는 구입하기가 어렵기도 하지만, 다른 사람이 깨끗이 사용한 책을 구하는 것이 훨씬 흥미롭기 때문이다. 어떤 사람이 과거에 그 책을 읽었다고 생각하면, 책을 읽는 동반자를 얻었다는 느낌이 들 뿐만 아니라, 정신적인 재산을 그와 함께 나누어 가진다는 생각도 든다. 특히 누가 이미 사용했던 책을 읽으면, 그 사람이 그 책을 구입할 때의 감정과 그것을 무슨 이유로 헌책방에 팔았을까 생각해 보는 일도 매우 재미있다.

또 내가 수집한 책을 더 이상 가질 수 없을 때 그것의 운명을 생각해 보는 것 또한 흥미로운 일이다. 나는 장서藏書를 더 이상 가질 수 없는 상황에 놓이면 대학 도서관에 맡길 생각이다. 다음 세대가 내가 수집한 책을 읽을 때, 그 책들에 담긴 추억까지는 읽을 수 없더라도 그들이 책의 생명을 연장시켜 준다고 생각하면 자못 안심되기 때문이다.

내 서재에 미국에서 대학원 공부를 하기 이전에 수집한 책들은 한 권도 없다. 어릴 때 수집한 책들은 6·25 전쟁 때문인지 내가 신장염으로 병원에 오랫동안 입원했다가 돌아오니 모두 없어져 버렸고, 그 후 대학 시절에 수집한 책들은 미국으로 건너가면서 누군가에게 맡겨 두었으나 돌아와서 그 사람을 만날 수 없는 운명이 되어 다시는 보지 못했다. 지금 그 책들은 완전히 버림받아 생명을 잃고 폐품 처리되지 않았으면, 다른 잡동사니 속에서 잠자거나 죽어 있을 것이다.

어떻게 생각하면 책을 수집하는 일은 책을 쓴 사람들의 가장 위대하고 값진 고통을 함께하는 것이다. 어떤 책을 다 읽지 못해도, 알지 못하는 어떤 사람에게 바친 숭고하고 절실한 마음으로 쓴 저자의 서문만이라도 읽는다면, 그 책값에 대한 충분한 보상을 받았다고 생각한다. 우리나라에는 없지만 20세기 초까지 서양에 있었던 절판된 고서 경매 시장에서 높은 가격으로 책을 입찰하던 광경을 그려 보면 감격스러워 눈시울이 뜨거워진다.

새벽녘까지 흐트러진 책들을 말끔히 정리하고 사방에 둘러싸인 책들을 바라보며 의자에 기대앉자, 책으로 지은 집에 살고 있는 듯한 느낌이 들었다. 그래서 다시금 꽂혀 있는 책들은 케임브리지 찰스 강 부근의 곰팡내 나는 고서점을 뒤졌던 일, 하버드 대학가 주변에서 중고 책을 사서 월세 아파트 벽장에 쌓아 두면서 흐뭇해했던 일, 팔로알토의 스탠퍼드 대학가에서 책을 구입하고 서점 주인과 친해져서 사진을 찍었던 추억들, 채플 힐의 '황소서점'에 황홀하게 진열된 책들을 보다가 강의실에 늦게 들어갔던 일, 그리고 몇 권 안 되는 저서를 쓰거나 번역하면서 내 젊음을 불태웠던 일 등 추억의 파도를 막아 주는 방파제가 되어 있었다.

「우리를 기쁘게 하는 것들」

수도원에 계시는 한 신부님이 언젠가 우리의 인생은 "하느님이 주신 아름다운 선물"이라고 하신 말씀을 듣고 부끄러웠던 적이 있다. 그때까지 어린 시절 교과서에서 읽었던 안톤 슈나크Anton Schnack의 〈우리를 슬프게 하는 것들〉이 내 마음에 너무나 큰 자리를 차지하고 있었기 때문이다. 저문 강가에 이르러 조용히 되돌아보면, 우리를 기쁘게 하는 것들이 축복받은 행복의 조각 같지만 '우리를 슬프게 하는 것들'보다 기억 속에 더 많은 자리를 차지하고 있다는 것을 발견하게 된다.

앞니 빠진 어린아이의 웃는 얼굴이 나를 기쁘게 했다. 가을날 수탉이 산촌 마을의 초가지붕 위에서 날개를 치며 길게 우는 소리를 낼 때, 신 새벽에 일어나 먼동이 트는 자줏빛 새벽하늘을 보았을 때, 어린 시절 개울가로 나가 세수를 하려다 물에 비친 내 얼굴을 보았을 때, 아침에 창밖으로 꽃이 피어 있는 정원과 새들이 지붕 위로 높이 날아올랐다가 수직으로 급강하하는 모습을 보았을 때, 이른 봄날 퇴락한 향교 앞 뜰에 군락을 이룬 앙상한 나목 가지에 복사꽃이 무리 지어 피어 있는 것을 보았을 때, 새롭게 돋아난 잔디 위로 홀씨를 날리는 민들레 우산과 라일락이 짙은 향기를 뿜으며 구름처럼 피어오르는 것을 보았을 때, 무거운 겨울옷을 벗고 가벼운 옷으로 갈아입은 후 대문 밖으로 나가 미풍을 안고 걸었을 때, 소식을 끊은 사랑하는 이를 거리에서 우연히 만나 그의 미소를 다시 보았을 때, 나는 삶의 신비와 아름다움을 느꼈다.

플라타너스가 있는 비 갠 4월의 거리, 잠결에 들려오는 밤비 오는 소리, 학교가 일찍 끝나는 토요일 하굣길, 논둑 기슭에 하얗게 핀 찔레꽃 냄새, 동구 앞 대장간에서 대낮의 정적을 깨뜨리는 망치 소리, 이름 없는 풀꽃들이 패랭이꽃과 무리 지어 피어 있는 개울가 방죽 길, 숲 속의 빈터, 깊은 산속에서 발견한 푸른 도라지꽃, 묘지 옆 잔디에 누워 바라다본 높은 하늘 위로 유유히 흘러가는 흰 구름이 나를 기쁘게 했다.

무더운 여름날 강물 속으로 헤엄쳐 들어갔다 추워서 밖으로 나와 햇볕 아래에서 뜨거운 바위를 밟고 서 있을 때, 가을날 아침 밤나무 숲길을 걷다 이슬에 젖은 덤불 속에 떨어진 밤알들을 발견했을 때, 절벽을 타고 올라가 알을 낳은 새 둥지를 발견했을 때, 나는 황홀한 기쁨을 느꼈다.

겨울날 썰매를 타고 눈 덮인 언덕 아래로 미끄러져 내려갈 때, 하늘을 향해 부챗살 모양으로 가지를 펼치고 서 있는 겨울나무 위로 새 떼들이 날아가는 모습을 바라볼 때, 아침에 일어나 창문을 열고 밤새 내린 첫눈이 세상을 하얗게 덮고 있을 때, 얼마나 즐겁고 경이로웠던가.

객지에 나가 계셨던 아버지가 집으로 돌아오셔서 어머니와 함께 오랫동안 앓고 있던 나를 등에 업고 D 시의 대학 병원으로 갔을 때, 흰 가운을 입은 누님 같던 간호사가 별이 있는 밤 성당 위로 눈이 내린 겨울 풍경을 담은 먼 나라 크리스마스카드를 내게 주었을 때, 그것이 지닌 아름다운 경이로움 때문에 얼마나 행복하고 기뻤던가.

어른이 되어 수술을 받고 오랫동안 병원 생활을 한 후 건강을 회복해 대문을 열고 집에 들어서 장미꽃이 마당 가득 피어 있는 모습을 보았을 때, 눈 내리는 날 D 시 기차역에 내려 하숙집으로 걸어가는데 어느 라디오 가게에서 틀어 놓은 피아노 연주 소리가 얼어붙은 거리에 울려 퍼질 때, 까맣게 잊었던 옛 친구를 기차역 군중 속에서 만났을 때, 어느 해 초겨울 먼 곳에서 완행열차를 타고 어둠이 깔린 간이역에 내려 사랑하는 이가 플랫폼 전신주 아래 외투 깃을 세우고 기다리는 모습을 보았을 때, 얼마나 기쁘고 행복했던가.

부케를 든 신부의 모습, 푸치니Giacomo Puccini의 오페라 〈나비부인〉 중의 '어떤 갠 날'을 듣고 샤갈Marc Chagall의 그림 〈소풍〉과 〈여자 곡마사〉를 처음 보았을 때, 프루스트Marcel Proust의 〈꽃피는 처녀들의 그늘 아래서〉와 파스테르나크Boris Pasternak의 《의사 지바고》를 읽었을 때, 정원 가꾸기의 즐거움, 잔디 깎을 때의 풀 냄새, 국화꽃 향기, 가을 뜨락에 핀 샐비어 꽃의 열병식, 축제일의 불꽃놀이, 바닷가 여관방에서 처음으로 하룻밤을 보낼 때 요람처럼 흔들리며 들려오는 파도 소리는 얼마나 좋았던가.

아카시아 숲이 있는 산기슭의 하얀 집으로 이사 와서 클래식 음악과 함께 밤늦게까지 책을 읽었을 때, 가을날 저녁 무렵 라일락 나뭇잎이 황금색으로 물들어 가는 것을 처음 보았을 때는 산다는 것이 얼마나 흐뭇하고 아름답다고 생각했던가.

젊은 시절 나를 기쁘게 한 것이 어찌 이것뿐이랴. 노동을 해서 얻은 돈으로 읽고 싶었던 책들을 한 아름 사 들고 서점 문을 나왔을 때 눈부셨던 대낮의 햇빛, 석양 무렵 유서 깊은 듀크 대학 도서관을 나섰을 때 갑자기 고딕 건물 종탑의 은빛 종들이 광폭하게 흔들리며 하늘을 향해 아우성치던 소리, 곰팡내 나는 수십만 권의 책들이 꽂혀 있는 대학 도서관 서가를 지나는 순간 가난했지만 학문을 하겠다는 욕망을 불태웠을 때, 첫 강의실에서 보았던 순진무구한 어린 학생들의 빛나는 눈동자, 잉크 냄새 나는 저서를 처음 보았을 때, 첫 원고료를 받았을 때, 산정山頂에 올라 산 아래 풍경을 내려다보았을 때, 까닭 없이 사람을 괴롭히는 자와 대결해서 피투성이가 되었지만 이겼을 때, 석양에 멀리서 갑자기 들려오는 나팔 소리, 그리그Edvard Grieg의 솔베이지의 노래를 마지막으로 갈채 속에 끝난 음악회에 갔다 오며 걷던 포플러 길, 맑고 푸른 하늘에 흰 연기를 구름 떠처럼 남기고 사라지는 은빛 제트기, 날씨 좋은 날 광장의 분수에서 솟구치는 빛나는 물줄기, 하늘로 날아오르는 비둘기 떼의 날갯짓 소리, 어두운 겨울 광장의 불 켜진 크리스마스트리, 방학이 시작되기 전 마지막 수업, 이 모든 것 또한 나에게는 잊을 수 없는 행복의 순간이다.

「어느 우체부의 초상」

밤마다 심한 불면증에 시달리곤 하지만, 간밤에는 유난히 잠이 오지 않았다. 그래서 나는 몇 년 전 스탠퍼드 대학교가 있는 팔로알토 거리를 걷다가 어느 헌책방에서 구입해 두었던 화집을 뒤적이다, 비극적인 일생을 마친 천재 화가 반 고흐Vincent van Gogh의 그림들과 마주했다.

그의 그림들은 볼 때마다 새로운 의미로 다가온다. 사실 나는 삶이 힘겹다고 느낄 때마다 고흐의 그림을 보고 적지 않은 용기를 얻는다. 그의 유명한 자화상을 비롯해 〈사이프러스 나무들이 있는 길〉과 〈해바라기〉, 〈별들이 빛나는 밤〉, 〈밀밭 위의 까마귀〉 등은 내게 퍽 친숙한 작품들이다. 그러나 〈우체부 룰랭의 초상肖像〉은 흑백으로 인쇄된 복제품이었기 때문에 별반 눈길을 주지 않고 가볍게 지나쳤다.

그런데 어젯밤따라 룰랭의 초상화가 내게 깊은 인상을 주며 다가왔다. 룰랭의 초상이 우리에게 갖가지 소식을 전해 주면서도 '침묵의 무게와 부드러움'을 지니고 있는 수염 긴 건장한 우체부의 모습을 하고 있었기 때문만은 아닌 것 같다. 검은 제복을 입고 우체부 모자를 쓴 그의 모습이 어린 시절 내 마음에 깊은 인상을 새겨 놓았던 어느 역무원을 연상시켰기 때문이다.

나는 중학교 시절부터 객지 생활을 했기 때문에 기차와 기찻길, 그리고 역사驛舍 풍경을 접할 기회가 많았다. 토요일 오후만 되면 연년생인 누이동생과 함께 시골집으로 가기 위해 석양을 등지고 D 역으로 나가곤 했다.

밀고 밀리면서 차표를 사서 간신히 기차에 올라 Y 역에 내릴 때면 무서운 밤길 십 리를 걸어야 한다는 두려움도 잊은 채 그렇게 마음이 부풀고 흐뭇할 수가 없었다. 기차가 기적을 울리며 떠날 때는 산과 들판이 움직여 신기하기도 했고, 곧 어머니와 아버지가 계신 곳에 도착할 것이라는 기대감 속에서 잔잔한 흥분마저 느꼈다.

그리고 완행열차가 석탄 냄새를 뿜으면서 고모역을 비롯해 여러 군데 간이역에 잠시 머물다가 떠날 때 차창 밖을 내다보면, 검은 제복을 단정하게 입고 금테 두른 모자를 쓴 역장과 그 옆에서 한 손에는 붉은 기를 쥐고 다른 손으로 푸른 깃발을 흔들던 역무원이 우리 쪽을 향해 정중하게 거수경례를 했다.

그때 나는 너무나 어렸기 때문에, 그들이 왜 기차를 향해 정중하게 거수경례를 하는지 몰랐다. 그러나 세월이 조금 지난 후, 매달 백여 리 길을 기차를 타고 오르내리면서 그것을 조금씩 깨달았다.

고등학생 때는 차표를 사서 기차를 타고 가는 여객들에 대한 친절의 표시라고 여겼다. 그러나 어른이 되어 오랜만에 기차를 타고 고향을 찾았을 때는, 그들이 경례하는 대상이 기차를 타고 가는 사람이 아니라, 무거운 짐과 많은 사람을 태우고 먼 길을 가야만 하는 기차라는 생각이 들었다. 사실 기차는 무언가 절규하는 소리와도 같은 기적을 울리면서, 그 먼 길을 달려왔다. 그리고 또다시 얼마나 먼 길을 달려가야만 했던가.

비록 지금은 감정이 무뎌져 그럴 수 없지만, 어릴 때는 기차만 보면 그렇게 반갑고 기쁠 수가 없었다. 그래서 기차가 지나가 버리면 깊은 슬픔에 잠기곤 했다. 이러한 마음은 초등학교 시절, 학교 갔다가 돌아오는 길에 철길을 지날 때면 걸음을 멈추고 기차 바퀴가 굴러 오는 소리를 듣기 위해 차가운 레일 위에 뺨을 대고 귀를 기울였던 마음과 다를 바 없었다.

기차에 대해 느꼈던 이러한 생각은 가난했던 어린 시절, 기차 타기가 어려웠기 때문이었을지도 모른다. 시골집은 기차역에서 십여 리나 떨어진 산골이었다. 그래서 월요일 아침 7시경에 간이역을 지나는 차를 타려면, 새벽에 일어나 무거운 짐을 들고 돌밭인 산길을 달리다시피 내려와야만 했다.

어쩌다가 조금 늦어 철길이 보이는 곳까지 가서 기차를 놓치면 그렇게 절망적일 수가 없었다. 새벽차를 놓치면 오후 1시경에야 오는 다음 기차를 타기 위해 역에서 조용하고 권태로운 시간을 보내야만 했다.

어느 해 가을인가, 새벽차를 놓쳐 역사 안의 벤치에 앉아서 다음 차를 기다렸다. 그러나 낡은 건물 밖으로부터 너무나 찬란하게 쏟아지는 햇빛 때문에 그곳에 머물러 있을 수가 없어서 대합실 문을 밀고 나와 플랫폼을 건넜다. 콜타르, 침목 냄새와 뒤범벅된 국화꽃 향기가 코를 찔렀다. 나는 역사 건너편 철조망 부근의 풀밭에 앉아 기차들이 오가는 모습과 철길을 바라보며 시간을 보냈다.

이따금씩 지나가는 급행열차는 물론 멀리 보이는 터널에서 빠져나와 서행으로 다가오는 화물열차도 보았다. 화물열차는 힘에 겨웠는지 대개 천천히 움직였고, 가끔 간이역에서 멈추어 물을 공급받았기 때문에, 열차 앞머리에 있는 기관차에서 검은 제복에 모자를 쓴 화부들이 화차에다 석탄을 퍼 넣는 모습과 기관사가 역무원이 흔드는 푸른 깃발에 인사하고 긴 열차를 이끌고 사라져 가는 모습도 보았다. 그곳에 계속 앉아 물끄러미 바라보고 있던 기차가 지나가면 다음 기차가 오기를 기다렸고, 그것이 지나가면 또 다음 기차를 기다렸다.

내가 타고 가야 할 그 초라한 완행열차가 아니라도 좋았다. 어떤 기차든 반가웠고, 그 안에 타고 있는 사람들이 그렇게 부러울 수가 없었다. 나는 진홍빛 국화꽃과 코스모스가 눈부시게 찬란히 피어 있는 철길 가에서 기차가 오가는 것을 유심히 바라보다가, 이윽고 내가 타고 가야 할 완행열차가 연기를 뿜고 기적을 울리며 다가오면 올라타고 도시로 나와 이튿날에야 학교에 갔다.

지금 생각하면 어릴 때 철길 부근에서 기차를 기다리며 말할 수 없는 그리움을 느꼈던 것은, 그렇게 무거운 짐과 사람을 싣고서 비명을 지르고 헐떡이면서도 먼 길을 가는 기차에 대한 존경심 때문이었다. 움직이지 않고 죽은 듯 가만히 서 있는 열차에 대해서는 권태로움마저 느꼈던 것이다.

그 후 가끔 기차를 타고 고향에 갈 때, 차창 밖으로 검은 제복 입은 역무원들이 지나가는 열차에 정중하게 거수경례를 하는 모습에서 존경심을 읽을 수 있었다.

고흐가 〈우체부 룰랭의 초상〉을 그린 것은 그에게서 느꼈던 뜨거운 인간적인 매력 때문이었다고 한다. 이를테면 고흐는 우체부 룰랭의 목소리가 그의 귀에 때로는 "감미롭고 슬프기도 한 요람의 노래"처럼, 때로는 "멀리서 들려오는 프랑스 혁명의 나팔소리의 되울림"처럼 들린다고 할 만큼 그를 좋아했다고 한다. 그러나 그의 초상을 여러 번 그렸던 고흐의 마음속에는 우체부가 다른 사람에게 갖가지 소식을 전해 주기 위해 마치 기관차처럼 열심히 일하는 것에 대한 존경심이 숨어 있었으리라.

잠이 오지 않아 펼쳤던, 고흐의 검은 제복 입은 〈우체부 룰랭의 초상〉 속에서 기관차의 풍경을 발견한 것은 결코 우연이 아니었다. 실제로 룰랭의 턱에 자란 삼각형의 흰 수염이 기관차의 연기처럼 보였고, 거칠지만 자연스럽게 그려진 그의 손은 불타는 화차 속으로 석탄을 퍼넣기 위해 삽질하는 화부의 손과도 같았다. 그래서 나는 늦은 밤 혼자서, 어릴 때 본 그 간이역 역무원들과 같은 자세로 그의 초상화에 잠깐이나마 경의를 표했다.

우체부 룰랭의 초상화에 나타난 피곤함 없이 일하는 인간 풍경을 보고 난 후, 심한 불면증에 시달리는 나 자신에 대해 적지 않은 부끄러움을 느꼈다. 만일 나 역시 룰랭처럼 남을 위해 열심히 잡념 없이 일할 수 있다면, 그와 같은 모습을 하고서 통나무처럼 건강하게 잠잘 수 있을 거라는 생각이 들었기 때문이다.

「수집가의 변辯」

지난 어느 여름 미국에 얼마 동안 머물 때 워싱턴 국립 미술관을 찾아 하루를 보낸 적이 있다. 그런데 그 미술관에 소장되어 있는 예술품들은 이방인인 나를 무척 초라하게 만들었다.

미학적인 충격 때문에, 나는 피로한 줄도 모르고 오후 늦게까지 서성거렸다. 문이 닫힐 무렵, 5층에 있는 작은 화랑에서 데이비드 스미스 David Smith라는 유명한 미국 현대 조각가의 유작遺作들을 보게 되었다. 순간 눈앞에 전개된 광경이 너무나 인상적이어서 나는 그곳을 떠날 수가 없었다.

하늘 가까이 있는 듯한 그 다락방 예술 공간에 작고한 작가의 흑백 작업장 사진과 함께 전시된 작품들은 모두 못 쓰게 된 쇠붙이 조각들을 땜질하여 만든 것이었다. 나는 그 작품들에서 무한한 아름다움과 존재의 의미를 발견하고, 고철로 어떻게 저토록 의미심장한 미美를 창조할 수 있을까 놀랄 따름이었다.

그날 밤 나는 잠자리에 누워 그 못 쓰게 된 쇠붙이 조각으로 작품을 만들었을 작업실을 그려 보고, 내가 어릴 때 보았던 마을 대장간의 풍경들을 비교하면서 오랫동안 깊은 생각에 잠겼다.

그런데 요즘 나는 그 폐품처럼 보이는 쇠붙이로 만든 조각품들에서 보았던 미적 질서와, 산책 나갔다가 수집한 수집품들 사이에 어떤 유사함이 있다는 것을 어렴풋이 느낀다.

언제부터인지 모르지만, 나는 생활에 피로가 쌓이고 원고료라도 들어오는 날이면 무심히 산책 삼아 거리로 나가 중고 가구점이나 골동품 가게를 찾는 버릇이 있다. 그 결과 내가 살고 있는 집 거실이나 서재에는 남들이 싫증을 느껴서 팔았으리라고 생각되는 물건들이 여기저기 놓여 있다. 미학적 식견이 있는 분들도 우리 집을 방문해 그것들을 보면 아주 값비싼 것인 줄 알고 놀라면서 어디서 구입했느냐고 묻는다.

물론 내가 수집한 것들은 먼지가 쌓이고 초라한 가게의 진열장에 늘어놓은 수많은 잡동사니들 가운데 묻혀 있던 것들이다. 내가 그것을 발견하는 것은 직감과도 같은 느낌 때문이다.

산책을 나갔다가 마음에 드는 물건을 하나라도 발견하면, 그날은 늦게까지 기분이 좋다. 장 발장이 사제관에서 훔친 은촛대가 아닌 무쇠로 만든 촛대, 아니면 사진 액자, 혹은 정물 하나라도 좋다.

언젠가는 동료 한 분이 궁금하게 생각하기에 함께 나갔는데 내가 면지투성이 잡동사니들 속에서 더러워진 소형 백랍 액자를 하나 집어 얼마 안 되는 값에 구입하는 것을 보더니 하찮은 듯이 웃었다.

그러나 그것을 집으로 가져와서 먼지를 닦아 내고 몇 년 전에 찍은 사진을 넣어 서재의 벽에 세워 두었더니 새로 구입한 목각 액자보다 훨씬 더 품위 있고 우아해 보였다.

남들이 싫증을 느껴 헐값에 팔아 버린 물건들에 내가 새로운 가치와 아름다움마저 발견하는 것은 무엇 때문일까? 나는 이러한 경우를 두고, "번쩍이는 모든 것이 금은 아니다"라는 말과 아울러 "번쩍이는 것이 금일 수도 있다"는 논리를 경험으로 깨닫는다. 사람들이 어떤 사물을 보고 가지고 싶어 할 때는 그것이 발하는 빛 때문에 순간적으로 눈이 멀 수가 있다. 그러나 그것을 소유하고 익숙해지면, 그 빛은 안으로 들어가서 꺼진 듯이 보이지 않는다. 그래서 그들은 그것들에 곧 염증을 느끼고 다른 새로운 것을 구할 욕망에 불타오른다.

다시 말하면 그들이 소유하고 있다가 팽개쳐 버린 물건들 가운데 그들이 진심으로 추구하던 미가 없었던 것은 아니다. 다만 그것이 물질적인 탐욕이나 성급한 미적 감각을 가진 사람들의 눈에는 보이지 않았을 뿐이다. 그것은 오직 사심이 없는 텅 빈 마음으로 작은 것에 아름다움을 느끼면서 산책하는 사람들에게만 현현顯現의 빛처럼 순간적으로 나타나 보일 뿐이다.

이를테면 갈매기가 날고, 소년 소녀들의 맑은 웃음소리가 들리는 여름 해변의 아름다움도, 공원에서 수없이 피고 지는 꽃들의 아름다움도, 마음을 비우고 그곳을 산책하는 사람들이 아니고서는 볼 수 없다.

그래서 가치 없다고 생각되는 기이한 물건들을 수집한 독일의 유명한 평론가 발터 벤야민이 지적한 것처럼, 내가 산책을 하면서 수집한 것들은 어린이들이 수집하는 그것들과 유사하거나 일치한다.

"수집은 어린이들이 가장 좋아하는 것으로, 그들에게 물건들은 아직 상품이 아니며 그 유용성에 따라 평가되지 않는다."

이러한 물건들 속에서 그들이 구하는 것이 무엇인지 명확하지는 않지만, 그것은 아마 칸트가 말한 이른바 '사심 없는 기쁨'에 대한 인식을 요구하는 어떤 아름다움이다. 그래서 이러한 수집은 어떤 목표를 위한 수단이 아니라, 그 고유한 가치를 지니고 있는 어떤 대상을 하나의 물체로서 되찾는 행위와 같은 것으로 생각되기도 하고, 과거라는 바다 밑으로 내려가서 그 속에 숨어 있는 산호와 진주를 캐는 것과 같다는 생각이 들기도 한다.

산책자가 진주를 캐는 사람처럼 (교환 가치를 위한) 아무런 물질적 욕망 없이 과거의 먼지 더미 속에 묻혀 있는 아름다운 촛대나 세월의 때가 묻은 도자기, 토기 한 점이라도 발견해 내는 것은 과거를 소생시키기 위한 것도, 사라진 시대의 부활에 기여하려는 것도 아니다.

그것은 수집가가 '시간이 가져오는 황폐에 굴복하지만, 부패의 과정은 결정結晶의 과정'이라는 것을 확신하고, 또 한때 살아 있던 것이 가라앉아 용해되는 깊은 바다 속에서 무엇인가 '바다의 작용에 의한 변화'를 겪고도 환경에 정복당하지 않은 채 남아 새로운 모양의 형태를 결정한 후 망각이라는 시간의 바다에서 현재의 시간으로 끌어올려지기를 기다리는 값지고 기묘한 어떤 것, 어쩌면 어떤 영원한 근원 현상과 만나 친숙한 관계를 맺는 것이다.

그래서 나는 뭇 사람들의 시선이 지나갔는데도 발견되지 않고 버려진 사물의 편린들이 지닌 영원한 빛을 위해 낡은 사진첩이나 서재에 피난처를 제공해 주고, 그 가운데서 데이비드 스미스와 같은 현대 조각가들이 여러 가지 버려진 쇠붙이로 새로운 아름다움을 창조하는 듯한 기쁨을 맛본다.

혹자는 왜 이러한 미를 발견하고 창조하는 일이 골동품과 같은 옛날 물건들을 수집하는 데서 일어나는가 하고 의아해할 것이다. 그러나 헤겔이 말한 대로 미네르바의 부엉이는 어두워져야만 비상을 시작한다. 그래서 수집가는 소멸 속에서만 이해될 수 있다.

아무튼 조용한 시간, 내 시선이 머무는 곳에는 삶의 무게로 질식할 것 같을 때, 모든 것을 훌훌 벗는 텅 빈 마음으로 산책을 나간 길에서 직관적인 느낌으로 만나 숱한 내밀한 이야기를 나누던 정물과 그림, 그리고 추를 흔들며 둔탁한 종소리를 내는 벽시계, 그 옛날 서양에서 샘물을 길어 올리던 밧줄이 달려 있는 두레박이 놓여 있다. 그것들은 내 지난날에 대한 수많은 상념들의 영상들로서, 추억의 밀물을 막아 주는 방파제가 되고 있다.

내가 밤늦은 시간 이것들을 바라보며 가끔 발터 벤야민이 옛날에 수집한 서책들에서 다음과 같이 느꼈던 것과 같은 경험을 하는 것도 이와 유사한 이유 때문이리라.

이것은 상념이라기보다는 영상이며 추억이라 할 수 있다. 그 많은 것들을 발견할 수 있었던 여러 도시의 추억들. 기가, 나폴리, 뮌헨, 단치히, 모스크

바, 피렌체, 바젤, 파리, 그리고 뮌헨의 호화스러웠던 로젠탈의 방들, 지금은 고인이 된 한스 하우에가 살던 단치히, 스톡홀름, 남베를린 쉬센쿠트의 곰팡내 나는 지하 책방, 또 이 책들이 머물러 있었던 방들, 뮌헨에서의 학창 시절 내 초라한 살림집, 베른의 내 방, 브리엔츠 호숫가 아젤트발트에서의 고독, 그리고 마지막으로 지금 내 주위에 쌓여 있는 수천 권의 책들 가운데 불과 네댓 권만이 자리 잡고 있던 내 소년 시절의 방―이 모든 추억들이 수집가에겐 더없는 행복이며 한가로운 사람의 지고至高한 기쁨이다.

「묘지 위의 태양」

특별히 가진 것은 없지만, 나는 아카시아가 숲을 이룬 작은 산을 뒤에 둔 집을 한 채 갖고 있다. 봄이 되면 아카시아 숲이 짙은 꽃향기를 아낌없이 실어다 주고 구구구 하고 우는 비둘기 소리가 들린다. 그곳이 나를 부르고 나는 그곳을 찾는다.

나는 몇 년 동안 불면증에 시달려 겨우 잠들었다가도 새벽이 되면 일어나 어둠을 뚫고 뒷산에 올랐다. 잠자리에서 일어나기는 힘들었지만 일찍 산정山頂에 올라 아직도 고요히 잠자고 있는 서울의 풍경이 새벽빛에 깨어나는 모습은 언제나 하나의 경이驚異였고 신비였다.

그런데 요즘은 어두운 신새벽보다는 해가 뜰 무렵 산에 오른다. 어느 날 뜻하지 않게 날이 밝은 후 뒷산에 올랐는데, 산꼭대기에 묘지가 있는 것을 발견했다. 그 묘지에 마음이 끌려 다가갔다가 나뭇가지 사이로 멀리 큰 불덩이 같은 아침 해가 솟아오르는 것을 보았기 때문이다. 또한 산 아래로 눈을 돌렸더니 도시의 숲 속에 장승처럼 서 있는 당인리 발전소 굴뚝에서 연기가 구름처럼 피어올랐다. 마치 거대한 증기선을 타고 움직이는 듯한 황홀감이 전해졌다.

새벽에 산에 올라 어둠이 자줏빛으로 변하는 풍경을 보는 것도 좋지만, 이제는 은빛으로 빛나는 한강의 띠와 솟아오르는 태양, 그리고 서서히 연기를 뿜어내는 당인리 발전소 굴뚝이 있는 풍경을 바라보는 즐거움이 더 컸다.

나는 묘지 위에서 태양이 떠오르지 않고 장승처럼 서 있던 굴뚝에서 연기가 피어오르지 않으면 그곳이 얼마나 쓸쓸하고 적막할까 하는 두려움 때문에 확인이라도 하듯 터벅터벅 가파른 산길을 오른다. 뒷산의 가파른 길을 오르내리면서 붉게 타오르는 태양과 연기 나는 굴뚝이 있는 풍경을 좋아하게 된 것은 죽음보다 삶에 대한 깊은 애정 때문 아닌가 반문해 본다. 땅 밑의 어둠 속에 묻혀 있다면 얼마나 무서운 일인가? 셰익스피어William Shakespeare의 〈햄릿〉이 그의 비극적인 무대 위에서 그렇게 광란적이었던 것도 죽음에 대한 두려움 때문이었으리라. 내가 태양이 떠오르는 것을 기다려 산을 오르는 것 또한 죽음에 대한 두려움 때문일지 모른다.

어둠에 대해 이러한 두려움을 느낀 것은 태어날 때부터의 일이 아니었을까? 죽음에 대한 두려움 때문인지 몰라도 나는 어렸을 때부터 불을 유난히 좋아했다. 그 시절 사기 등잔불이 신기해 물끄러미 들여다보다가 옆에 놓여 있던 성냥곽을 열고 성냥개비들을 꺼내 그곳에 가까이 가져갔다. 성냥개비 끝에 불이 붙어 순간적으로 폭발하듯이 타오르다 나무를 태우고는 곧 꺼져 버렸다. 나는 너무 흥미로워 어른이 방 안에 안 계실 때는 작은 성냥 한 곽을 다 태우는 불장난을 스스럼없이 했다. 이렇게 무서운 불장난을 많이 한 것은 아마 죽음에 대한 무의식적인 두려움과 불꽃의 끝없는 매력 때문 아니었을까.

불꽃에 대한 황홀한 이끌림은 이것으로 끝나지 않았다. 겨울날 어머니가 부엌에서 삭정이를 태우고 남은 등걸불을 화로에 가득 담아 방으로 가져오셨을 때는 추위 때문이기도 했지만, 별들을 따다 담은 것처럼 그렇게 아름다워 보일 수가 없었다. 그래서 숯불이 사위면 따뜻한 느낌마저 사라진 화로를 두 다리 사이에 끼고 앉아서 허옇게 타버린 잿더미를 뒤집고 그 속에 불씨가 묻혀 있는가 확인하곤 했다. 그러나 불꽃에 대해서 더 큰 매력을 느낀 것은 초동草童 머슴과 함께 사랑방 아궁이에 군불을 땔 때였다. 처음 장작에 불을 붙이기는 어려웠으나, 검은 장작이 우직우직 소리를 내며 불붙어 타오르자, 나는 황홀경에 빠졌다. 그래서 지칠 줄 모르고 억센 장작을 아궁이에 집어넣고서 그것이 아름다운 불꽃을 일으키며 타는 모습을 멍하니 바라보느라 날이 캄캄하게 어두워지는 줄도 몰랐다. 아궁이에 집어넣은 큰 나무둥치들이 다 타서 아궁이 바닥의 등걸불이 숯으로 변해 가는 것을 지켜보다 고개를 돌렸을 때, 어둠이 주위를 둘러싸고 있는 모습에 깜짝 놀랐다. 어찌 이것뿐이랴. 학교 갔다 오는 길에는 대장간에서 풀무질하는 광경을 넋을 잃고 구경했다. 대장장이가 용광로에서 불에 달군 낫과 호미를 모루에 올려놓고 망치질을 할 때면 황홀경에 빠져들었다. 그러나 그것이 식어서 붉은색을 잃었을 때는 너무나 슬펐다.

불꽃의 아름다움에 대한 깊은 인상은 유년 시절에서 성년으로 끊임
없이 이어졌다. 1960년대 어느 해 여름, 서울에서 고향으로 가기 위해
밤늦게 중앙선 완행열차를 탔다. 완행열차는 급행열차을 보내기 위해
서인지 어느 간이역에 멈추어 서더니 도무지 움직일 줄을 몰랐다. 나
는 한밤중의 차 안이 너무나 갑갑하고 숨 막혀서 흐르는 땀을 식히기
위해 열차 밖으로 나왔다. 마침 내가 탄 곳이 기관차 바로 뒤여서 열차
에서 내릴 때는 열차 밑에서 무쇠바퀴 사이로 흩어지는 수증기로 시야
가 흐려졌다. 안경에 낀 수증기를 닦고 위를 쳐다보니, 화부火夫가 기
관차 머리에서 타오르는 불꽃 속으로 검은 석탄을 삽질해 부어 넣고
있었다. 용광로같이 타오르는 기관실 보일러에서 흘러나오는 불빛이
화부의 얼굴을 비췄을 때 땀에 젖은 그의 얼굴이 어두운 밤하늘을 배
경으로 하나의 실루엣을 그렸다. 타오르는 불꽃 속으로 석탄을 쏟아붓
는 화부의 모습에, 나는 숨 막힐 듯했던 더위와 지루한 피로감도 잊어
버렸다. 그 순간 내 존재가 뜨겁게 타오르는 불꽃 속으로 검은 석탄을
삽질해 쏟아붓는 어둠 속의 그 화부와 일치되는 느낌이었다.

만일 화부가 화차火車의 보일러 속에서 끊임없이 타오르는 불꽃을
볼 수 없었다면, 무더운 여름밤 어둠 속에서 석탄을 그렇게 쉴 사이 없
이 화로 속으로 퍼 넣을 수 있었을까. 그가 그렇게 움직인 것은 자신이
퍼 넣은 석탄이 작열하며 일으키는 아름다운 불꽃에서 느끼는 무의식
적인 반작용과 황홀감 때문이었을 것이다. 어둠 속에서 타오르는 불꽃
이 없었다면, 화부는 그곳에서 버틸 수도 없었을 것이고, 수많은 사람

들을 태운 완행열차는 결코 움직일 수 없었을 것이다.

묘지 위에서 타오르는 태양의 황홀함은 불꽃에 대한 기억과 함께 빛의 아름다움에 대한 새로운 인식을 끊임없이 가져다주었다. 그래서 새벽뿐 아니라 대낮에 뒷산 언덕에 올라 햇빛이 찬란하게 비치는 산길을 걷는 것도 좋아한다. 그리고 가끔씩 시간 여유가 생기면 어둡기 전에 뒷산 언덕에 올라 붉게 타는 석양을 바라본다. 산 위에 올라서 보면 불덩어리 같은 저녁해가 저 멀리 지평선 아래 커다랗게 걸려 있다가 떨어지며 석류꽃보다 더 붉게 서쪽 하늘을 물들인다. 그러다가 곧이어 자줏빛 어둠이 죽음처럼 주위에 쌓인다. 어둠이 주위를 둘러싸면 슬픔에 잠겨 산을 내려온다. 그러나 나는 다음 날 아침 어김없이 또 이 아카시아 산을 오른다. 태양이 묘지 위에서 다시 타오르는 것을 맞이하기 위해서일까, 아니면 묘지 위에 태양이 다시 솟아오르는 것을 확인하기 위함일까. 아마도 두 가지 기대가 내 의식 깊은 곳에서 함께 작용하기 때문이리라.

아니, 그보다는 묘지가 있고 솟아오르는 태양이 있는 산이 나를 부르기 때문이리라. 끝없이 부침浮沈하는 생生을 닮은 산이 나를 부르기 때문이리라.

1

자 기 만 의

방

「유리 공예 사진 한 장」

알베르 카뮈가 많은 문학적 영향을 입었다는 장 그르니에Jean Grenier의
산문집 《섬》에는 다음과 같은 내용의 글이 있다.

저마다 일생에는, 특히 그 일생이 동터 오르는 여명기에는 모든 것을 결정
짓는 한 순간이 있다. 그 순간을 다시 찾아내기는 어렵다. 그것은 다른 수많
은 순간들의 퇴적 속에 깊이 묻혀 있다. 다른 순간들은 그 위로 헤아릴 수
없이 지나갔지만 섬뜩할 만큼 자취도 없다. 그것은 유년기나 청년기 전체
에 걸쳐 계속되면서 겉보기에는 더할 수 없이 평범할 뿐인 여러 해의 세월
을 유별난 광채로 물들이기도 한다.

젊은 시절에 이 구절을 읽었을 때는 유난히 신비스러운 매력을 느꼈

으나 관념으로만 기억에 묻어 두고 있다. 그런데 우연히 내 생의 해 질 녘에 그것을 삶의 체험으로 실감하는 축복 받은 기회를 갖게 되었다.

지난해 겨울이 지나고 봄이 찾아오는 길목에서 나는 갑자기 왼쪽 팔에 심한 통증을 느꼈다. 책상 의자에 앉는 자세가 나빴기 때문인지도 모른다. 삶의 유일한 낙인 책도 읽지 못하고, 밤에도 팔이 너무 아파서 잠을 못 이루고 있을 때, 가깝게 지내는 시인 한 분이 위로의 말과 함께 환상적이리만큼 아름다운 이탈리아 유리 공예 작품을 찍은 사진 몇 점을 음악에 실어 인터넷으로 보내 주었다. 그는 다른 말 없이 이 유리 공예 작품 사진이 "유년 시절 서교동 옛집 부근에서 총각들이 뜨겁고 물렁거리는 유리를 대롱에 달고 후후 불며 유리병을 만들던" 미술적인 풍경을 생각나게 한다고만 했다.

그의 짧은 글과 함께 보내온 아름다운 유리 공예 사진은 까맣게 잊어버렸던 내 어린 시절의 어느 순간을 물 위에 뜬 꽃잎처럼 떠오르게 했다. 6·25 전쟁 당시 나 혼자 학교에 다니도록 D 시에 남겨 놓고 우리 집은 고향인 먼 산골로 피난을 갔다. 그래서 나는 지금은 돌아가신 홀어머니를 모시고 외로이 살고 있던 당숙 집에서 자취 반 하숙 반의 생활을 해야만 했다. 그 친척집은 주택가 막다른 골목의 맨 끝에 위치하고 있었다. 신작로에서 멀리 벗어나 있지는 않았지만, 골목 입구에는 항상 소음을 일으키는 유리 공장이 있었고, 담 너머 집에서는 피아노 치는 소리가 언제나 들려왔다. 지루한 학교생활을 마치고 석양 무렵 귀가하는 발걸음은 무거웠으나, 집으로 들어오는 골목 입구의 유리 공장 앞에 쌓아 놓은 유리관들이 비끼는 저녁 햇살에 눈부시게 빛을 발하는 그 황홀한 아름다움에 마음이 끌려, 피곤함도 잊고 어느 동화책의 주인공이 된 듯한 느낌을 받았다. 그리고 그 길 부근에 깨져 뒹구는 유리 파이프를 집어서 입에다 물고 나팔처럼 불곤 했다. 그 순간 나는 막다른 골목길 끝 앞집의 담 너머로 흘러나오는 피아노 소리를 듣곤 했다.

당시 나는 여운이 긴 구성진 하모니카 소리를 좋아해서 그것과 닮은 풍금 소리에만 익숙했기 때문에, 맑고 우아한 피아노 소리의 아름다움을 쉽게 느낄 수 없었다. 그래서 집에 머물고 있을 때 앞집에서 누군가 피아노를 배우기 위해 건반을 쉴 새 없이 누르면 마치 내 신경줄을 망치로 때리는 것처럼 아프게 들렸다. 그러나 피곤한 학교 일과를 마치고 석양녘에 아무도 반기지 않는 나의 누추한 휴식처를 찾아오는 길목에서 들던 그 피아노 소리가 어느 날 갑자기 너무나 청아하게 들려와 어지럽고 혼탁했던 마음을 깨끗이 씻어 주는 것만 같았다. 겨울철에 눈이 왔을 때는 더욱더 그러했다. 건넌방에 6·25 때 이북에서 피난 와 살던 화사한 여인 때문에, 어떤 사내가 며칠 동안 밤마다 찾아와 괴로움에 못 이겨 담 곁에 서 있는 소나무 둥치를 잡고 몸부림하다가 돌아가던 눈 오는 날이면 그 피아노 소리는 슬프지만 더욱더 맑고 아름답게 울렸다.

힘겹고 우울했지만 생에 대한 의식이 '동터 오던 여명기'에 투명하고 신비로우며 환상적으로만 보였던 그 부서진 유리관 조각을 입에 물고 맑고 깨끗한 피아노 소리를 듣던 시절의 막다른 골목길 풍경은 집안 형편이 점점 더 기울어 내가 그 막다른 골목길에서마저 추방되었을 때

끝이 났고, 그 낭만적인 순간은 뒤이어 밀려온 수많은 순간들의 퇴적 속에 흔적도 없이 묻혀 버리고 말았다. 다만 그 뒤 나는 석탄과 콜타르 냄새가 범벅된 철길에서 멀지 않은 곳으로 옮겨 가 살던 어느 골방에서 문득 잠이 깨어 멀어지는 기적 소리가 들리면 그 속에서 피아노 소리를 들으려고 애써 노력했을 뿐이다.

그러나 무수한 세월이 지나 고마운 누군가의 도움으로 그 아름다웠던 순간들이 기억의 수면 위로 떠오를 때, 그 유년 시절의 경험들, 아니 그 후의 경험들 역시 없어진 것이 아니라 내 생애의 "전체에 걸쳐 계속되면서 겉보기에는 더할 수 없이 평범할 뿐인 여러 해의 세월을 유별난 광채로 물들"여 왔음을 깨닫게 된다. 나는 이렇게 저문 강에 나다르고 나서야 "겉으로 보아 온 세상의 모습은 아름답지만 허물어지게 마련이니 그 아름다움을 절망적으로 사랑하지 않으면 안 된다"는 사실을 직관적으로 알게 되었다. 내가 젊은 시절 이국땅에서 영국 시인 셸리Percy Shelley의 "생은, 다채로운 색유리로 된 궁륭穹隆처 / 죽음이 그것을 파편으로 부셔 버릴 때까지 / 영원한 흰 광휘를 물들인다"라는 시구를 읽고 감동의 눈물을 흘렸던 것도, 어린 시절 그때 그 순간 느꼈던 아름다운 경험이 적지 않은 울림으로 심금에 공명을 일으켰기 때문일 것이다. 또한 생의 슬픔에 대해 눈물 없이 침묵을 지킬 수 있었던 것도 아름다운 삶의 아픔을 맑고 우아하게 전음계全音階로 표현한 그 피아노 소리가 마음속 깊이 남겨 놓은 흔적이 보이지 않게 심리적으로 작용했기 때문 아니었던가.

어린 시절 그 막다른 골목길 입구에서 후후 불었던 그 깨진 채색 유리관 조각들과 그곳 담 너머에서 들려오던 피아노 소리는 프리즘처럼 슬프도록 아름답지만 공허한 허무로 끝나는 내 인생 전체를 물들이는 시간 속의 '작은 영원'이었던가. 내가 아픈 팔의 고통 속에서도 그 시인이 보내 준 이탈리아산 유리 공예 그림에 대해 아름답다고 느낄 수 있는 것은 그때 그 시절의 아름다웠던 기억이 아직도 남아 있는 내 삶의 '흰 광휘'를 물들이기 때문일 것이다.

「자기만의 방」

내 작은 방은 그동안 내가 살아온 시간의 침전물과 같은 수집품들로 가득 차 있다. 한쪽 벽에는 이름 없는 어느 화가가 졸업 작품으로 제출하기 위해 자줏빛 물감으로 파도 치는 바다의 물결 모양을 담아낸 그림 한 점과 무쇠로 된 촛대 두 개가 나란히 걸려 있고, 다른 쪽 벽에는 내가 읽었거나 읽어야 할 책들이 순서 없이 꽂혀 있다. 그리고 탁자 위 빈 공간과 책상 언저리에는 복제된 조각 미술품 몇 점이 놓여 있다. 이 것뿐이 아니다. 서가의 가장자리에는 태엽을 감지 않았거나 전지가 떨어져 움직이지 않는 앉은뱅이 시계 두 개가 놓여 있다. 그중 하나는 버리려고 했으나 다채로운 카지노 원판 모형으로 만든 것이어서 그 자리에 그냥 놓아두었다. 카지노 게임이 나타내는 운이 시간 속에도 담겨 있다고 생각했기 때문이다.

비록 잠을 자지는 않지만 대부분의 시간을 보내기 때문에, 이 공간은 내게 버지니아 울프Virginia Woolf가 말한 '자기만의 방'과도 같다. 그래서 외부 세계의 세속적인 일로 어지럽거나 지쳐서 피곤할 때 이 방으로 들어오면 마음이 평화로워진다. 나를 모르는 사람들은 외부와 접촉도 잘 하지 않고 닫혀 있는 듯한 이 방에 살고 있는 내가 무척 고독할 것이라고 생각한다. 그러나 나는 방 안의 고독이 나를 순수한 인간으로 만든다는 것을 경험으로 깨닫는다. 그래서 세파에 방파제 역할을 해주고 있는 이 방에서 시간을 보내면 고독하다기보다는 뭐라 말할 수 없는 안락함을 느낀다.

이때 내게 벗이 되어 주는 것은 말할 것도 없이 책이다. 책은 미지의 세계로 나를 인도할 뿐만 아니라 사물을 새롭게 인식하고 깨닫게 하는 기쁨을 가져다준다. 그러나 '자기만의 방'인 내 방에서 만남의 기쁨을 주는 것은 책들만이 아니다. 내가 이 방에서 순수한 시간을 가지게 되면, 여기에 놓여 있는 작은 수집품들이 그것들의 위치에서 아름다운 빛을 발하면서 침묵 속에서 나와 대화를 하기 시작한다. 벽에 걸려 있는 자줏빛 물결무늬 그림은 어두운 바다 밑의 물 흐름을 생각하게 하지만, 또한 나로 하여금 상상력 속에서 파도가 밀려왔다 밀려가는 바닷가 모래밭을 맨발로 걷게 하고 달의 인력으로 출렁이는 조수潮水의 움직임 속에서 인간의 비극적인 운명을 읽도록 한다. 또 나는 책상 끝 언저리에 올려놓은 로댕의〈생각하는 사람〉을 보고 그가 깊이 생각하는 것이 무엇이든 간에 그것에 심정적으로 깊이 동참한다.

석회암으로 조각한 로마 시대의 고귀한 여인의 초상 또한 말없이 한쪽 제자리에 놓여 있지만, 표정으로 삶의 진실에 대해 많은 것을 이야기해 준다. 이 고전적인 미술품 역시 내가 이 방에 가지고 있는 다른 조각품들처럼 복제품이고 작자 미상이다. 그래서 비록 진품이 나타내는 '아우라'는 없지만, 돌로 된 이 고대 귀부인의 초상은 시간의 벽을 넘어 내게 적지 않은 미학적 충격을 준다.

　내가 이 로마 여인의 얼굴을 처음 본 것은 안식년을 맞아 세속적인 욕망에서 벗어난 상태에서 스탠퍼드 대학에 머물고 있을 때였다. 어느 가을날 해거름 무렵 조용한 대학가인 팔로알토 거리를 걷다가 고미술 복제품 가게의 진열장에서 오벨리스크 옆에 놓여 있는 석회암으로 된 이 로마 여인의 초상을 보았다. 그 우아한 얼굴이 내게 보여 주는 부드러운 아름다움의 깊이가 너무나 커 나는 모든 것을 잊고 순수한 마음으로 돌아가 호주머니를 털어 그것을 구입해 보물처럼 취급하며 서울 집으로 가지고 왔다. 그런데 경이로운 것은 내가 이것을 처음 본 후 지금까지 미학적인 아무런 변화도 보이지 않는다는 것이다. 그것은 아마 내가 그것을 처음 보고 함께하기로 결심한 순간의 동기가 너무나 순수해서 그것이 지닌 미의 실체를 제대로 발견했기 때문일지도 모른다.

　이 고귀한 로마 여인은 비너스 얼굴처럼 미인도 아니고 모나리자처럼 "여러 번 죽어 무덤의 비밀을 배운" 신비스러운 여인의 얼굴도 아니다. 꽃피는 처녀의 얼굴은 더더욱 아니다. 결혼한 중년에 가까운 여인의 얼굴 모습을 하고 있다. 그럼에도 나는 그것이 나타내는 미적 감각에 이 여인의 얼굴에서 저항할 수 없는 매혹을 느낀다. 이 고귀한 여인의 입술은 모나리자의 입술처럼 너무나 정교하고, 그 아래 턱 부분은 얇은 천으로 감싸 있으며, 머리는 옆으로 땋아 올려 단정하게 밴드를 두르고 있다. 그러나 그것 때문은 결코 아니다. 나는 방문을 열고 들어올 때나 나갈 때마다 석회석으로 된 이 고귀한 여인의 초상이 지닌 한결같은 아름다움에 놀라움을 금치 못한다. 만일 아름답고 청초한 처녀의 초상이었다면, 나는 벌써 싫증을 느꼈으리라.

그렇다면 이 고귀한 여인의 아름다운 매력은 어디에서 나오는 것일까? 그것은 아마 이 로마 여인의 조각상이 순진하고 때 묻지 않은 소녀나 처녀와 달리 세월 속에서 입은 상처와 함께 삶의 무게를 느끼면서도 그것을 석회암 빛의 원숙한 미로 승화시켰기 때문일지도 모른다.

이렇게 소란스럽고 번잡한 세상을 살아가면서도 새로운 세계를 열어 주는 책들에 몰입할 수 있고, 때로는 어느 무명 화가가 조류潮流의 흐름을 땀 흘려 그린 자줏빛 화폭을 통해 해변을 마음껏 산책하기도 하고, 때로는 석회암으로 조각된 고귀한 고대 여인의 초상에서 승화된 미를 발견하고 그녀와 침묵으로 대화하며 삶의 진실을 깨달아 가는 내 방이 세속적인 욕망에서 벗어난 순수한 공간인 '자기만의 방'이다.

「이방인異邦人의 슬픔」

무섭게도 추웠던 지난해 겨울 혹한이 끝나가고 봄이 오는 어느 일요일 오후, 나는 끝내 어머니를 양로원으로 모셨다. 어머니 연세가 구순을 훨씬 넘겨 걸음을 걷기가 많이 불편했기 때문에 의료 시설이 갖추어져 있는 양로원에서 지내시는 것이 보다 안전할 것이라고 생각했다. 그러나 어머니께서 말씀은 하지 않으셨지만 서운해하시는 것 같다는 느낌 때문에 마음이 아팠다.

어머니의 집에 대한 애착은 눈물겹도록 집요했다. 비록 다리가 불편해서 서울로 올라오셨지만, 어머니는 그동안 견디기 어려운 외로움 속에서도 꽤 오랜 세월을 홀로 시골에서 보냈다. 시골집이 폐가에 가까울 정도로 퇴락했지만, 어머니는 몸을 가누기 힘들 때까지 그곳에서 머물기를 고집했다. 그것은 어머니가 그 옛날 꽃가마를 타고 시집와서 일찍 아버지를 여의고 굴곡 많은 고난의 50년 세월을 보낸 추억과 애환 때문이었는지도 모른다.

지난겨울 아내와 나는 어머니를 모시기 위해 녹번동에 있는 어느 실버타운을 찾았다. 아카시아 숲이 있는 언덕 기슭에 자리 잡은 양로원은, 병원은 물론 휴양 시설을 모두 갖춘 새로 지은 건물이었다. 우리는 양로원 직원의 안내를 받으며 시설을 돌아본 뒤 만족스러워했다. 그러나 어머니가 거처할 방에 들어간 순간, 주변 시설은 깨끗하고 좋아 보였지만 그곳에 넘쳐흐르는 고독감 때문에, 갑자기 뭐라 말할 수 없는 슬픔이 밀려왔다. 사실 그 방과 내가 머물고 있는 방은 다를 것이 없었다. 그러나 순간 어머니가 돌아가실 때까지 머물러야 할 그 방이 무슨 감옥과도 같다는 느낌이 엄습해 왔다.

그때부터 나는 침묵한 채 집으로 돌아올 때까지 내내 우울했다. 나는 외투를 입고 있었지만 추위에 떨며 옆에 아내가 함께 걸어가고 있다는 것도 의식하지 못했다. 나는 알베르 카뮈Albert Camus의 《이방인異邦人》에서 양로원에 있는 어머니가 사망했다는 부음을 듣고 전혀 눈물을 보이지 않고 뜨거운 햇빛 때문에 살인을 저지른 뫼르소와는 달랐기 때문일까. 아니면, 세네카Seneca의 말처럼 "가벼운 슬픔은 말이 많고, 큰 슬픔은 말이 없기" 때문일까.

어머니를 양로원으로 모셔 가기 전날 밤, 나는 보통 때와 달리 2층 방에 머물고 있던 어머니 곁으로 가서 어머니의 메마른 손을 잡고 어머니가 살아온 험난한 인생에 대해 속죄하는 마음으로 이야기했다. 아직 젊으셨던 시절, 어머니가 내 병역 관계 서류 때문에 읍내에 갔다 돌아오던 길에 강을 건너기 위해 얼어붙은 징검다리를 건너시다 넘어져 부러졌던 손목의 흉터 자국이 유난히 내 눈에 들어왔다. 그때 어머니는 무심하기 짝이 없었던 평소의 모습과 너무나 다른 나의 변신에 놀라는 것 같았다.

비록 어머니를 양로원으로 모시고 가면서 슬픔이 몰려오긴 했지만, 감정을 쉽게 내보이지 않았다. 객지 생활을 오래 했기 때문이 아니라 타고난 성격 때문인지, 아니면 후천적인 영향 때문인지 나는 고생하면서 때로 눈물을 흘리는 어머니에게조차 항상 이방인처럼 그랬다. 평소 아내는 말이 없고 무심해 슬픈 광경을 보아도 눈물을 보이지 않고 무감각한 것처럼 비치는 나를 비정하고 냉혹한 사람이라며 적지 않게 비난하곤 했다.

되돌아보면 나는 눈물이 없는 사람임에 틀림없다. 어린아이 때는 몰라도 커서 눈물을 흘리며 울었던 기억이 없다. 미국에서 공부할 때 아버지가 객사하셨다는 부음을 들었을 때도 눈물을 흘리지 않았다. 아버지를 앞세우시고 할아버지가 여름 장마 속에서 돌아가셨을 때도 나는 만상제로 상복을 입고 할아버지의 관 옆에서 며칠 밤을 지새웠지만, 결코 한 번도 눈물을 보이지 않았다. 내가 아내에게까지 감정 없는 냉혹한 사람으로 보인 것은 무엇 때문일까? 어쩌면 내 곁을 스치고 지나간 삶의 파도가 너무나 높고 가혹해 감정이 메말라 슬픔에 무감각해졌기 때문일 수도 있다. 아니, 천성적으로 그렇게 태어났기 때문일 수도 있다.

내가 다른 사람이 겪는 고통은 물론 장례식과 같은 슬픈 상황에서도 눈물을 보이며 소리 내어 울지 않는다고 해서 슬픈 감정이 전혀 들지 않았던 것은 아니다. 왠지 모르게 나는 일찍부터 눈물을 보이며 우는 것을 보기 싫어했고, 또 내가 우는 모습을 다른 사람들에게 보이는 것이 싫었다. 이러한 나의 심리적인 태도는 미셸 몽테뉴Michel Montaigne가 스스로 자기는 "슬픔이라는 감정에서 가장 멀리 벗어나 있는 사람 가운데 한 사람이다"라고 말하며, 다음과 같이 주장한 사실과 깊은 관련이 있을지도 모른다.

나는 슬픔을 좋아하지도 않거니와 존중하지도 않는다. 그런데 세상 사람들은 마치 당연한 것처럼 이에 유난히 호기심을 가지고 존중하고 있다. 그들은 그것으로 지혜·덕성·양심을 치장한다. 이탈리아 사람들은 그럴듯하게도 슬픔이란 낱말을 악의라는 뜻으로 상용하였다. 왜냐하면 이는 언제나 해롭고 우스꽝스럽다는 것이어서, 스토아학파는 이를 언제나 겁 많고 비굴한 것이라 하여 그들이 말하는 현자賢者들에게 그 감정을 금하고 있기 때문이다.

아내는 나를 두고 비극적인 참상이나 광경에 대해 눈물을 흘리지 않는 냉혈 동물이라고까지 말하지만, 눈물을 흘리지 않는 슬픔이 더 크다. 비극적 현실에 대한 충격이 너무나 크면 눈물을 흘리지 않고 질식해서 갑자기 숨을 거둘 수도 있다는 것이 이를 말해 준다. 미셸 몽테뉴는 이 문제에 대한 심리학을 이야기하기 위해 그리스의 헤로도토스Herodotos가 쓴《역사》제3권 14장에 있는 프삼메니투스의 비극을 다음과 같이 인용해서 설명한다.

이집트 왕 프삼메니투스는 페르시아 왕 캄비세스의 공격에 패해 포로가 되었다. 딸이 노예가 되어 노예 옷을 입고 물을 길어 오기 위해 그의 앞을 지나는 것을 보고, 주위에 있던 모든 이집트 사람들이 슬퍼하며 울부짖을 때, 그는 침묵을 지키며 꼼짝도 하지 않고 땅을 내려다보고 서 있었다. 또 아들이 사형장으로 끌려가는 것을 보고도 그는 여전히 같은 모습을 하고 있었다. 그러나 포로들 무리에서 늙고 병든 그의 종을 보았을 때, 그는 주먹으로 머리를 치며 너무나 처절하게 울부짖었다. 캄비세스가 이것을 보고 프삼메니투스에게 "어째서 아들과 딸의 불행에는 마음이 격하지 않고 종의 불행에 대해서는 참지 못했느냐!"고 묻자, 그는 "종의 불행은 눈물로 마음을 표현하지만, 전자의 두 경우는 마음속을 표현할 모든 한계를 넘었기 때문이오"라고 대답했다. 이 비극적인 사건을 두고 몽테뉴가 말하고자 한 것은 작은 불행에 대한 슬픔은 울음으로 나타내지만 보다 큰 불행으로 인한 슬픔은 그것으로 다 나타낼 수 없다는 것이리라.

아내의 말대로 슬픔 앞에서 눈물을 흘리지 않고 말이 없다고 해서 내가 감정이 완전히 메말라 버린 몰인정한 인간일까? 물론 때때로 아내의 말이 옳다고 느낄 때도 없지 않다. 그러나 그것은 아픔과 슬픔을 침묵 속에서 참고 삼켜 왔기 때문에 감정이 무뎌져서 나타난 현상일 수도 있다고 생각한다.

'이방인' 뫼르소가 어머니의 죽음에 무심했다는 죄를 사형당하는 순간까지 받아들이지 않은 것은 그가 감정이 무디고 부조리한 상황에 대

해 너무나 이성적이었기 때문일지도 모른다. 몽테뉴는 그의 유명한
〈슬픔에 대해서〉란 에세이에서 다음과 같이 말했다.

나는 이렇게 심한 슬픈 감정에 사로잡히지 않는다. 천성적으로 감수성이
둔하기 때문이다. 그리고 그것을 날마다 이성으로 무디게 그리고 두텁게
하고 있다.

「한 달 간의 불편한 동거」

어느 해 늦봄, 그러니까 모란이 피는 5월 어느 날 아내는 식탁에서 그녀가 나가는 의과대학 생화학교실 선배인 김 교수가 종자가 좋은 강아지 한 마리를 준다는데 어떻게 생각하느냐고 가족들에게 물었다. 우리집은 조그마한 뜨락이 있는 데다 낮에는 가족들이 모두 밖으로 나가기 때문에, 집에 혼자 있는 아이들 이모는 오래전부터 사납고 잘 짖는 개한 마리 키웠으면 좋겠다는 말을 소원처럼 해왔던 터라 아이들은 물론모두 다 좋다고 했다.

나는 김 교수 댁에서 왜 갑자기 값비싼 강아지를 우리에게 주려 하느냐고 물었다. 아내는 김 교수의 개가 이웃집의 도베르만이라는 독일애완용 개와 교미를 해서 강아지를 두 마리 낳았는데 젖을 떼자마자우리에게 주려 한다고 했다. 내가 자꾸 캐묻자, 우리에게 준다는 강아지가 마당의 잔디밭을 자꾸만 파는 나쁜 버릇이 있다고 했다. 김 교수 내외분은 강아지를 아끼는 마음에 다른 집보다는 우리가 잘 키울 수 있을 것 같아 주려는 것이라고 했다.

이튿날 아내는 그 집으로 가서 벌집처럼 구멍이 뚫린 상자에 강아지를 담아서 차에 싣고 왔다. 반갑고 궁금해서 설레는 마음으로 상자 뚜껑을 열어 보았더니, 까만 몸에 목과 다리 끝에 자줏빛 털이 난 미끈하게 잘생긴 강아지가 작은 방울이 달린 목걸이를 걸고 있었다.

아직 어리기는 하지만 그놈은 갖추어야 할 모든 것을 갖추고 있었다. 그러나 이상하게도 귀가 똑바로 서지 않았다. 그렇다고 완전히 축 처진 것도 아니었다. 눈은 영롱하게 빛을 발하기보다는 슬픔이 가득 차 보였다. 나는 그놈의 슬픔이 목에 드리워진 사슬에 대한 분노 때문이라 생각해, 곧 목에서 사슬을 풀어 주었다. 그러자 아이들이 그놈을 욕실로 데려가서 목욕을 시켜 주었고, 가게로 달려가 우유를 사다 주었다.

우리는 웬만하면 실내에서 키워 볼 생각이었다. 그러나 그놈은 쉴 새 없이 아래위층으로 뛰어다녔다. 그놈은 내가 글을 쓰는 책상 위에 뛰어올라 필갑을 넘어뜨리고 잉크병을 방바닥에 떨어뜨릴 정도로 소란을 떨었다. 무덤덤하게 사람을 좋아하면 좋으련만 달려들어 혀로 몸을 핥으며 심하게 소란을 떨었다. 게다가 마룻바닥을 변으로 더럽히기까지 해 몹시 곤란했다. 가족들은 그놈을 교육시키면 변을 가릴 수 있을 것으로 기대하고 약 일주일 동안 노력했으나 그놈의 태도에는 조금도 변함이 없었다. 그래서 그놈의 열기를 잠재우기 위해 며칠 동안 욕실에 가두어 두기로 했다.

이틀 동안 그놈은 욕실 안에서 밥을 먹고 잠을 잤다. 그러나 사흘째 되던 날 유난히 동물을 좋아하는 딸아이가 학교에서 돌아와 욕실로 들어가서 그놈을 풀어 주었다. 그놈은 욕실에서 풀려난 해방감 때문인지 이전보다 더욱 심하게 날뛰었다. 김 교수 사모님은 그 개가 가끔 땅을 파지만 어미 성격으로 봐서 길만 잘 들이면 온순해질 것이라고 말했다지만, 우리는 참으로 성가시기 짝이 없고 견디기 어려웠다. 그래서 아내는 그놈을 밖으로 내놓았다. 마당의 잔디밭이 그리 넓지는 않았지만, 어찌 좁은 실내 공간에 비할 수 있으랴.

그놈은 자유롭게 움직일 충분한 공간을 갖게 되었다. 그래도 아이들은 개집을 만들어 주기 전까지 욕실에서 잠을 자게 했다. 놈은 푸른 잔디가 있는 넓은 공간을 가진 것으로도 부족했는지 잔디밭을 심하게 파기 시작했다. 내가 소중하게 가꾸어 놓은 잔디밭을 파헤친 것을 보았을 때는 마음이 몹시 아팠다. 그러나 몇 번 야단을 치면 땅 파는 버릇을 고칠 수 있을 것이라 생각하고 참았지만, 미운 생각이 들어서 그놈을 욕실에서 재우지 않고 그냥 밖에서 재웠다.

그러나 다음 날 새벽에 현관문을 열고 밖으로 나오자, 그놈은 누구를 묻으려는 듯 잔디밭 기슭을 묘지처럼 파놓았다. 나는 치솟는 화를 억누르며 잔디가 죽을까 염려스러워 흙을 다시 묻고, 손을 씻기 위해 잔디밭 옆으로 돌아 수도꼭지가 있는 곳으로 갔다. 그런데 거기에 그놈이 파놓은 구덩이가 또 하나 있었다. 나는 더 이상 분노를 참을 수가 없었다. 개가 땅을 파면 좋지 않다고 하신 어머니 말씀이 생각났던 것이다.

나는 그길로 철물점으로 달려가 목걸이가 달린 쇠사슬을 사가지고
와서 그놈을 대문 옆에 세워 놓은 낡고 무거운 참나무 수레바퀴에다
매두었다. 그러자 그놈은 시끄럽게 짖고 울어 댔다. 아이들은 그놈이
울 때마다 풀어 주자고 아우성이었다. 그러나 나는 며칠 동안은 괴롭
겠지만 곧 익숙해지리라 믿고 그대로 두었다. 아내와 아이들은 그놈이
나무 밑 차가운 돌 위에서 잠자는 것을 안타까워했고, 나 역시 내심 몹
시 안된 마음이 들었다.

그러던 어느 날 방학을 맞은 큰아이가 친구와 함께 새로 집을 짓고
있는 뒷집 공사장에서 질 좋은 나뭇조각들을 얻어다 익숙하지 않은 솜
씨였지만 그럴듯하게 개집을 지어 주었다. 개의 작은 몸집에 비해 큰
집이었다. 큰아이 덕분에 강아지는 밤에도 이슬을 맞지 않고 잠을 잘
수 있었다. 또 아이들은 그놈을 동물 병원으로 데려가 전염병 예방 접
종을 시키는가 하면 두 번씩이나 광견병 예방 주사를 놓아 주었다. 큰
아이는 마지막 예방 접종을 마치고 나서 군에 입대했다. 우리는 그놈
을 며칠 동안 집에 묶어 두었다가 낮에는 풀어 주고 밤에는 다시 개집
앞에 묶어 두면서, 버릇을 고쳐 주려고 무척 애썼다.

그러나 땅을 파는 버릇은 결코 고쳐지지 않고 점점 심해졌다. 풀어
주었다가 다시 묶어 두면 심하게 울어 대기까지 했다. 우리는 그놈이
겪는 만큼의 고통을 함께 겪으며, 그녀석을 하나의 소중한 생명이라는
생각에 애정을 버리지 않았다. 그렇지만 오랜 시간을 두고 가꾸어 온
잔디밭을 더 이상 상하게 할 수도 없고, 어머님의 불길한 말씀이 자꾸
생각나 그놈을 영영 묶어 두지 않을 수 없었다.

아이 이모와 딸아이가 개집으로 내려가서 가죽 끈에 묶인 개의 목을 쓰다듬어 주며 안타까워하는 모습을 서재의 창문으로 바라볼 때면 내 마음도 몹시 괴로웠다. 우리는 그렇게 10여 일을 보냈다. 그동안 아이 이모와 딸아이, 그리고 나는 묶여 있는 그놈을 두고 숨바꼭질을 했다.

마침 일요일이어서 아내와 나는 개집을 청소하기로 했다. 개집 주변을 물로 닦았지만 깨끗해지지 않고 심한 악취가 나서, 다시 소독을 하고 비누로 깨끗이 닦아 주기로 했다. 청소할 동안 풀어 놓았더니 자유롭게 된 그놈은 잔디밭을 신나게 뛰어다녔다. 그러나 사슬에 묶여 있기 때문에 앞발로 사슬을 밟을 때면 목이 심하게 죄는 것이 안돼 보여 그놈의 목에서 가죽 끈을 풀어 주었다. 얼마나 자유로웠는지 그놈은 정말 좋아 날뛰었다.

그렇지만 우리 집에 온 지도 한 달이 훨씬 넘었기 때문에 밖으로 나갈 것이라고는 전혀 생각지 않았다. 아내가 개집 앞 바닥 닦은 물을 밖으로 버리기 위해서 대문을 열자, 마침 마당에서 뛰놀던 그놈이 그 틈을 타 대문 밖으로 나가 버렸다. 우리는 대수롭지 않게 생각하고 곧 집으로 돌아올 것이라 믿었다.

그러나 그놈은 한참이 지나도 돌아오지 않았다. 그날도, 그다음 날도 돌아오지 않았다. 그래서 나는 그놈이 거리를 돌아다니는 개장수에게 끌려가 보신탕집으로 팔려 가지 않고, 다른 집으로 들어가 착한 사람을 만나 며칠 지내다가 다시 돌아오기를 빌며 막연하게 기다렸다. 그놈의 행실로 봐서는 다른 어느 집에서도 머물 것 같지 않았지만, 그래도 대문을 열어 두고 가끔 밖으로 나가 보았다. 그러나 골목길은 마치 묘지처럼 조용했고, 그놈의 그림자는 어디에도 보이지 않았다. 아마 십중팔구 보신탕집으로 끌려가 참혹한 죽음을 당했으리라 생각했다. 그래도 그놈이 집을 나간 후 며칠 동안은 가끔 그놈을 찾으며 골목 언덕길을 오르내렸다. 그러나 번번이 혼자 지쳐 돌아오며 중얼거리곤 했다.

"그놈이 사람이 아니라 개였기 때문에, 절대적인 자유란 현실세계에는 없다는 것을 몰랐겠지. 조그마한 부자유와 불편은 참았어야지. 쯧쯧…… 그것이 제 삶의 조건인데, 쯧쯧……. 이 세상에 어디 완전한 자유가 있겠는가? 불쌍한 것, 쯧쯧……."

「 램프 수집의 변辯 」

언제부터인지 내겐 램프를 수집하는 버릇이 있다. 한가할 때면 밖으로 나가곤 하는데, 마음에 드는 램프를 만나면 서슴없이 구입한다. 그러나 화려한 조명등 가게에 가서 새것을 사는 일은 드물다. 가격도 가격이려니와 새것을 사서 등불을 켜는 것보다, 누군가의 손때가 묻은 램프를 구입해 등불을 켜는 것이 훨씬 좋기 때문이다.

낡고 먼지가 묻었더라도, 그것을 손질하고 잘 닦아서 불을 켜면 새것에서는 볼 수 없는 은은한 빛을 볼 수 있다. 중고 램프는 불이 켜 있지 않을 때는 다소 퇴색하고 낡아 보이지만, 불을 켜고 보면 전혀 다른 모습이 된다.

내가 램프를 유난히 좋아하는 것은, 물론 그것이 어둠을 밝혀 주기 때문이다. 어릴 때, 램프는 어둠을 밝혀 주는 빛의 원천이라기보다는 언제나 아름다운 신비의 대상이었다. 유년 시절 시골집 대청마루에서 하얀 한지를 발라 만들어 놓은 등을 보면, 그렇게 아름다울 수가 없었다. 그래서 나는 언제나 등불 곁에 앉아 있곤 했다.

이뿐만이 아니다. 내가 할아버지를 따라 험준한 산속에 위치한 적천사積天寺를 찾았을 때, 법당 한 모퉁이에 무리 지어 걸려 있던 연등을 보고 너무나 아름답고 황홀해서 할아버지를 따라 부처님께 무릎 꿇고 절하면서도 시선은 종이등이 하얗게 걸려 있는 천장으로만 향했다.

또 십 리 길을 걸어서 초등학교에 다닐 때 내가 늦으면 어머니는 항상 등불을 들고 동구 앞까지 마중을 나오곤 하셨다. 칠흑같이 어두운 여름밤이면 더욱 그러하셨다. 그래서 멀리 보이는 등불은 언제나 유년 시절에 대한 향수를 불러일으킨다. 나이가 들어서도 멀리서 또는 가까이서 철길 위로 불을 환하게 컨 열차가 주마등처럼 달리는 것을 볼 때나, 밤차를 타고 고향 집으로 갈 때 차창 밖으로 내다보이는 외딴 마을의 어느 집 창문에 불이 켜져 있으면 내 마음은 반가움과 그리움으로 가득 찼다.

부잣집 대문 앞에 켜져 있는 외등이 아니라도 좋다. 비 오는 날 어두운 길을 걷다가 기중忌中이라고 쓴 등불을 만날 때도 반갑고 경이롭다. 상가喪家를 알리는 등불은 길을 밝히는 불빛만이 아니라, 상복을 입고 시신 곁에서 밤을 새우는 '남아 있는 자들의 슬픔'을 함께하며, 그들의 마음을 위로하기 위해 찾아오는 사람들의 길을 밝혀 주는 것이기 때문이리라. 아니, 그것은 망자가 어두운 저승길을 갈 수 있도록 비춰 주는 등불이 되기 때문이리라. 그래서 세월 따라 마음의 감성이 녹슬어 갈 때에도 망자의 집 앞에 걸려 있는 호젓한 등불을 볼 때면, 그 집으로 들어가서 흰 옷을 입고 관 앞에서 고개 숙인 사람들과 함께 곡을 하고 싶은 마음이 바람처럼 스쳐 가곤 했다.

어릴 적 내 마음에 화인火印처럼 찍어 놓은 등불의 이미지는 제단에서 빛을 발하는 촛불에서도 발견되었다. 자신을 불태우며 주위를 밝히는 촛불이 등불과 무엇이 다르랴.

오랜 세월이 흐른 지금, 나는 아직도 빈 시간만 찾아오면 중고품 가게에 들러 남들이 사용하다 버린 램프가 아직 쓸 만하고 우아한 품격을 지니고 있으면, 주머니를 털어 반갑고 기쁜 마음으로 그것들을 구입한다. 촛대의 경우도 마찬가지다. 그래서 서재에 홀로 있을 때에는, 여러 개의 램프를 연등처럼 밝힌다. 한쪽 벽에는 무쇠로 만든 촛대가 걸려 있고, 책장 주위에는 나무로 된 등잔과 유리로 된 서양 촛대들이 줄지어 서 있다.

책장 옆 때 묻은 진열장 안에는 백랍으로 된 촛대가 놓여 있다. 그리고 서재 뒤 골방에는 놋쇠로 된 중고품 램프를 비롯해 도자기로 된 램프들이 여러 가지 모양의 촛대들과 함께 작은 숲을 이루고 있다.

비록 내가 방에 놓아둔 램프와 촛대들에 불을 밝히지 않더라도, 장의자에 기대어 눈을 감으면, 어두운 골방에 놓여 있는 램프들의 숲에 찬란하게 불이 켜져 있는 꿈을 꾼다. 마치 어두운 세상을 밝히려는 연등처럼.

램프를 수집해서 불을 켜고자 하는 욕구는 죽음으로부터 탈출하고자 하는 태어날 때부터의 욕망인가? 아니면 살아 있는 자는 물론 어둠 속에 갇혀 있는 망자의 길을 비춰 주고자 하는 슬픈 인간의 부질없는 희망인가? 나는 오늘도 시간이 나면, 누군가가 버려 불이 꺼져 있는 램프를 찾아 집을 나서고 싶은 마음을 떨치지 못한다.

「색초를 가져온 수녀님」

십수 년 전, 내 강의를 듣던 루시아라는 수녀가 마지막 졸업 논문을 제출하려고 찾아와, 수녀원에서 만들었다며 크리스마스 색초 한 자루를 놓고 말없이 가버렸다. 마침 그 수녀가 찾아왔을 때 다른 학생과 대화를 나누고 있었기 때문에, 나는 그를 뿌리치고 그녀와 이야기를 길게 나눌 수가 없었다.

대화를 나누던 학생을 보내고 건물 밖으로 나왔으나 검은 수녀복을 입은 그녀는 텅 빈 운동장 끝으로 사라지고 있었다. 나는 무슨 큰 죄나 지은 듯한 느낌을 떨칠 수가 없었다. 그러나 곰곰이 생각해 보니, 그녀에게 특별히 할 말도 없었다. 그녀 또한 마찬가지였으리라.

루시아 수녀가 방문을 열고 들어왔을 때, 나는 눈으로 반갑게 웃으면서 의자에 앉으라고 손짓을 했고, 그녀도 그 순간 맑게 웃었다. 만일 그녀가 나에게 하고 싶은 말이 있었다면, 아마도 그것은 색초에 불을 붙이면 그 불빛이 얼마나 아름답고 찬란할지 평범하지만 그 속에 숨은 진리에 대한 것이었으리라. 또 만일 그녀가 내게 더 할 말이 있었다면, 춥고 어두운 밤에 그 색초에 불을 붙이면 그 불빛이 너무 밝고 따뜻할 것이라는 이야기였으리라.

어느 날 그녀가 강의가 끝나는 시간에 찾아와서 학교를 졸업하면 대학에 들어오기 전에 아이들을 가르쳤던 대전의 초등학교로 돌아갈 것이라고 말했다. 그녀가 대전으로 내려간다는 말을 듣는 순간, 나는 왜 중학교나 고등학교로 일자리를 구해서 가지 않느냐고 말하려다 입을 다물었다. 지금 생각하면 그때 내가 왜 그런 생각을 했는지 부끄럽다.

혹시 졸업식에 루시아 수녀가 다시 교정을 찾아오면 볼 수 있을지도 모른다고 생각하고 있었다. 그러나 졸업식 때는 학생들이 모두 검은 가운을 입으니 검은 수녀복을 입은 그녀의 모습을 찾기가 쉽지 않다. 이름을 부르며 찾으면 가능하겠지만 그렇게까지 하고 싶지는 않다. 내가 만일 루시아 수녀의 이름을 부르고 그녀가 간직하고 있는 아름다운 이야기를 다른 사람들과 나눈다면, 그녀를 싸고도는 달무리의 빛이 모두 부서져 버릴 것이라는 사실을 나는 너무나 잘 알고 있었기 때문이다.

책상 위에 말없이 색초를 놓고 사라진 그녀를 위해 내가 해야 할 일은, 다시 그녀를 찾아 그때 왜 긴 이야기를 나눌 수 없었는지 변명하는 것이 아니라, 그녀를 떠나보낸 그 교실에서 다시 맞이하는 학생들에게 어느 해 크리스마스에 아름다운 색초 한 자루를 놓고 간 그 수녀님이 초등학교로 다시 돌아간 깊은 뜻을 전하는 것이라고 생각했다.

어린이들은 아름답다. 아직 때 묻지 않았기 때문이기도 하겠지만, 어른들의 세계가 너무나 어두워서 더욱 아름답게 보인다. 새 학기가 되어 어린이들이 우리 집 앞 골목길을 메우며 학교 가는 모습이 아름다운 촛불의 무리들처럼 보이리라. 그리고 그 속에 루시아 수녀가 그날 내 책상 위에 놓고 간 별기둥 모양의 그 큰 초가 타오르는 환상에 사로잡힌다.

「카지노 장난감 시계」

몇 년 전 내 강의를 듣던 시를 쓰는 제자 한 사람이 오스트레일리아 여행을 다녀오면서 카지노 테이블 모형에 숫자판을 집어넣은 작은 탁상용 전자시계를 기념품으로 사다 주었다. 오스트레일리아는 카지노 오락 시설이 개방된 나라이기 때문에 도시 어디를 가든지 카지노장의 문이 열려 있고 카지노를 알리는 상품들이 눈에 쉽게 띄지만, 나는 오스트레일리아의 잔잔한 푸른 바다와 원시적인 자연의 숲을 예찬한 그가 인공적으로 만든 카지노 시계에 어떻게 시선을 주었을까 의아하게 생각했다.

그러나 조용한 시간에 그 카지노 시계를 모래시계와 함께 책상 위에 올려놓고 바라볼 때마다 그것에 그의 호기심을 자극하는 숨은 비밀이 있었으리라고 상상해 보았다. 그 비밀은 무엇일까? 나는 그것을 순간적으로는 느끼지만 말로 표현할 수 없고, 말로 표현하면 그것이 지닌 연약한 진실이 모두 부서져 버릴 것 같다고 생각하며 오랜 세월을 보냈다.

그러던 어느 날 그가 두 번씩이나 웃으며 내게 준 장난감과도 같은 카지노 모형의 그 시계를 보는 순간, 어린 시절로 돌아간 듯한 경이로움에 흥분과 전율이 마법의 원을 그렸다. 비록 장난감 같은 선물이었지만, 그것은 내게 하나의 수집품으로 다가왔기 때문인지도 모른다. 발터 벤야민은 어린이들에게 수집은 "재생의 한 과정, 즉 과거의 세계를 새롭게 탄생시키는 것"이라고 말하지 않았던가. 이 카지노 모형의 작은 시계를 마주하자, 젊은 시절 어느 저무는 세밑에 초대권을 쥐고 누군가와 함께 워커힐을 찾아 녹색 카펫 위에 오색찬란한 카지노 원판이 돌아가는 현란한 풍경을 보고 황홀경에 빠졌던 일이 기억 속에서 현실로 되살아났다.

그때는 몰랐지만 지금 생각하면 내가 찬란한 불빛 아래 회전목마나 메리고라운드처럼 원을 그리며 다채로운 얼굴을 하고 서서히 돌아가는 카지노의 원판 모습에 그렇게 매혹을 느꼈던 것은 그것이 나의 인생과 일치하거나 그 일부를 상징적으로 나타내고 있기 때문이었으리라. 우리의 삶의 궤도는 원형이고 기회와 행운은 우연히 찾아오는 것 아닌가. 기회가 운명을 결정하는 경우도 없지 않지만, 태어나기 이전에 우리에게 주어지는 재능이라든가 운명은 우연에 의해 이루어진다는 느낌을 지울 수가 없다.

내가 워커힐에서 카지노판이 현란하고 우아하기까지 하다고 느끼며 황홀경에 빠진 지 30여 년이 지난 지금, 그 카지노 모형 시계의 매혹적인 아름다움에 저항할 수 없이 마음이 끌리는 것은 그것이 근원적인 삶의 원형적인 형태를 비밀스럽게 보여 주었기 때문 아닐까. 이러한 사실을 확실하게 해준 것은 나의 제자인 그 시인이 선물로 준 꼬마 카지노 모형에 박혀 움직이는 전지 시계가 서서히 회전하는 카지노 얼굴과 일치한다고 느꼈기 때문이다. 신神들이 던지는 주사위에서와 같이 우리의 행운과 액운은 모두 카지노에서와 마찬가지로 원형으로 반복하는 우리 삶 속에 숨어 있는 기회에 있는가? 마치 나는 내 인생의 운명이 그것에 묶여 있는 듯 이 카지노 시계에서 결코 눈을 뗄 수가 없다.

몇 년 전에 선물 받은 이 카지노 모형 시계는 전지가 완전히 소모되어 멈추어 선 지 오래됐으나 나는 그것을 버리지 못한다. 나는 오늘도 인간은 카지노 시계와 같은 원의 덫에서는 벗어날 수도, 자유로울 수도 없다는 우울한 생각에 빠져든다.

「바퀴를 보면 굴리고 싶어진다」

"태양이 있을 때 건초를 만들라"는 말을 뜻대로 지키지는 못했지만, 지금까지 살아오는 동안 나름대로 열심히 일했다. 비록 세상을 놀라게할 만한 책을 쓰지는 못했지만 몇 권의 책과 적지 않은 잡문들을 자화상을 그리듯이 써왔다. 남들에게는 그것들이 초라하고 보잘것없는 인쇄물이지만, 나에게는 부끄러움과 긍지의 덩어리였다.

그러나 어느 날 갑자기 내가 파묻혀서 하고 있는 작업에 회의를 느끼기 시작했다. 그것은 아마 금년 들어 벌써 눈 깜짝할 사이에 달력을 네 장씩이나 찢어 내면서 시간의 흐름을 가속적으로 느꼈기 때문인지도 모른다.

4월 어느 날 창문을 열고 뜨락에 비가 내리는 것을 바라보다가 또 한번의 소중한 봄을 어느새 뜻 없이 보내고 있다는 사실을 깨닫고 갑자기 허망한 기분에 젖어들었다. 그래서 며칠 동안 일손을 멈추고, 섬광처럼 지나가는 시간의 흐름을 얼마간이라도 잡아 보기 위해 권태를 느낄 정도로 게으름을 피웠다.

그러다가 갑자기 잃어버린 시간에 대한 향수 때문에 대문을 열고 나와 인사동 거리를 찾았다. 시간의 잔해들이 널려 있는 고미술점에 세워 놓은 옛 우마차 바퀴 한 쌍이 시야에 들어왔다. 나는 이상하게도 이 바퀴에 남다른 매력을 느끼고, 초라한 주머니를 털어 그것은 물론 대나무 물레 한 점까지 사가지고 돌아왔다.

우마차 바퀴는 내 시선이 창문을 통해 항상 머무는 뜨락의 울타리 앞에 세워 두고, 옛 아낙네들이 호롱불 아래서 흰 목화실을 잣던 물레는 거실 한쪽 모퉁이에 놓아두었다. 그리고 빈 시간이면 하루에도 몇 번씩 그것들을 바라다본다.

내가 지나간 시대에 살던 사람들이 사용한 때 묻은 이들 바퀴에 부드러운 애정마저 느끼는 것은 그것들에 얽혀 있는 잃어버린 내 유년 시절에 대한 향수 때문인지도 모른다.

어린 시절 십 리 길을 걸어서 초등학교를 다녔던 나는 하굣길에 우마차를 만나면, 마음씨 좋은 마차 주인의 허락을 받고 뒷자리에 걸터앉아 짧은 다리를 그네처럼 흔들면서 우리 마을의 동구까지 오곤 했다. 또 건초를 잔뜩 실은 우마차를 만나면, 앞에서 소를 몰고 가는 주인 몰래, 짙은 풀 냄새를 맡으며 반듯이 누워 구름 흘러가는 하늘을 바라보며 집 앞까지 실려 올 때도 있었다.

노랗게 퇴색하고 때 묻은 물레는, 돌아가신 할머니께서 눈이 내리는 겨울밤 물레 틀에서 하얀 목화실을 잣다가 말없이 광으로 내려가 짚 속에 감추어 두었던 빨갛게 익은 차가운 홍시를 내게 가져다주시던 모습을 생각나게 한다.

그러나 내가 이들 바퀴를 바라보기 좋아하는 것은 시인 황동규가 노래했듯이 아직도 "바퀴를 보면 굴리고 싶어지기" 때문인지도 모른다. 사실 지금 나는 자동차 바퀴도 제대로 굴리지 못하지만, 어린 시절에는 여름이면 태양빛이 찬란히 쏟아지는 하얀 길 위로 굴렁쇠를 즐겨 굴렸고, 거울이면 얼어붙은 강가에서 낫으로 깎은 팽이를 열심히 쳤다.

나무로 깎아 만든 팽이 얼굴에 크레용으로 서툴게 채색되어 있지만 그것을 빠른 속도로 돌리면, 팽이의 얼굴에 묻은 원색들은 보이지 않고 흰색에 가까운 아름다운 조화의 색조를 보였다. 나는 그것이 좋아서, 팽이를 팽이채로 쉴 새 없이 때렸다. 굴렁쇠를 굴릴 때도 마찬가지였다. 그것이 쇠막대기에 의해 아름답게 굴러갈 때는 흥미로움은 물론 야릇한 전율과도 같은 쾌감을 느꼈다.

어느 순간 갑자기 내가 하던 일, 아니 내가 가던 길 위에서 말 못할 정도로 밀려오는 상실감과 허무감 속에서 오는 회의로 말미암아 걸음을 멈추고 있으면서도, 바퀴를 보면 남다른 매력을 느끼는 것은 왜일까. 아마도 그것은 아직까지 내 핏속에 유년 시절처럼 바퀴를 보면 굴리고 싶은 욕망이 숨어 있기 때문일 게다.

창을 통해 내다보이는 담벽에 기대어 놓은 수레바퀴가 석양빛에 그림자를 드리울 때, 나는 축을 중심으로 뻗은 바큇살 하나하나가 지나온 삶의 수많은 고빗길을 나타내는 것처럼 느껴진다. 정말이지 이 순간 그리스 신화에 나오는 비극적인 주인공처럼, 나 자신이 그 바큇살에 운명적으로 묶여 있는 듯한 느낌이 든다.

그런데 삶이란 이름의 수레바퀴를 힘겹게 한 바퀴 거의 다 굴려 온 내가 뼈저리게 느끼는 허무감 속에서 또다시 그것을 굴리고 싶은 욕망을 느끼는 것은 무엇 때문일까? 이렇게 나이를 먹었지만 아직까지 아픔과 괴로움 속에서 느끼는 기쁨이 권태로운 늪 속에서 느끼는 안락보다 내 마음을 더욱 평화롭게 해주기 때문일까? 바퀴가 굴러가기 위해서 만들어졌듯이, 인간 역시 고역스럽지만 움직임 속에서 자신에게 주어진 시간을 쉴 새 없이 불태우도록 만들어졌나 보다.

신의 선물처럼 우리에게 주어진 인생을 한참 동안 살아가다 보면, 그것을 송두리째 잃어버리거나 도난당한 듯한 기분을 느낄 때가 많다.

그래서 나는 좀 쉬기도 하고 또 비 온 뒤 급류처럼 흐르는 시간을 붙잡기 위해 얼마 동안 일손을 멈추어 보았다. 순간 시간은 조금 느리게 흐르는 듯했지만, 나 자신이 늪 속에 빠진 사람처럼 괴롭지 않으면 또 마냥 허탈해하지 않을 수 없음을 발견해야만 했다. 이것은 마치 어린 시절 얼음판 위에서 아름답게 균형을 유지하면서 돌아가던 팽이가 쓰러지거나, 잘 굴러가던 굴렁쇠가 돌부리에 부딪혀 길섶으로 굴러가서 쓰러지는 것을 보고 느꼈던 것과 유사한 절망감이 아닌가 하는 생각이 든다.

쏜살같이 지나가는 세월이 아쉬워 헛바퀴를 돌리듯 뒷걸음질을 치거나 가던 길을 멈추면, 우리는 굴러가는 수레바퀴가 쓰러지듯 어떤 의미에서는 죽은 자와 다름없게 되지 않을까? 바퀴는 앞으로 굴러갈 때만 그 값어치가 있듯이, 사람 역시 춤을 추듯 움직일 때 모순된 기쁨을 느끼는 것은 부정할 수 없는 진실 아닌가?

톨스토이가 말했듯이 어떻게 생각하면 인간은 역사의 수레바퀴를 굴리는 수단에 지나지 않을지도 모른다. 그렇다면 역사의 목적은 무엇인가? 막연하게 역사의 수레바퀴가 마지막 도착하는 곳이 역사의 목적지란 말인가?

그런데 수레바퀴의 이미지만 생각하면, 바퀴는 결코 도착할 곳이 없는 듯하다. 바퀴는 항상 굴러가야만 하는 길 위에 있을 뿐이고, 그곳에서만 생명이 있는 것이다. 그것이 어느 지점에 도착해서 멈추었을 때는 그 기능을 상실하고 누군가가 다시 움직여 주기만을 기다릴 뿐이다.

내가 인생의 수레바퀴를 한 바퀴 다 돌려 갈 무렵에 와 있는데도 바퀴를 보면 다시금 굴리고 싶어지는 것은 잃어버린 삶에 대한 단순한 향수가 아니라, 인간에게 주어진 운명과 의무에 복종하려는 마음의 움직임 때문인지도 모른다.

나이가 든 사람이 아직도 그늘에 앉아 쉬지 못하고 바퀴를 보면 굴리고 싶어 하고, 거대한 수레바퀴를 굴리던 가난한 젊은 시절을 그리워하고, 그때 그 시절의 힘겹고 감미로웠던 추억을 반추하는 것에 대해 단순히 어리석은 만용이나 미성숙이라고 탓할 수만은 없을 것이다.

바퀴를 보면 이렇게 굴리고 싶어 하는 것은 아직도 내가 살아 있다는 증거이다. 그것을 통해서 나 자신이 안고 있는 숨은 뜻을 깨닫고 실현할 수 있기 때문이다.

내가 현기증이 날 만큼 빠르게 흘러가는 시간에 떠밀려 가는 것이 못

내 싫어 저항하다가 발길을 멈춘 순간, 잃어버린 시간을 찾아 나섰던 인사동 길 위에서 시간의 흐름을 나타내는 수레바퀴를 시간의 잔해 속에서 다시 찾은 것은 분명히 어리석고 모순된 짓이었다. 그러나 그것은 보이지 않는 신의 명령에 복종하는 운명적인 나의 마음의 울림에서 온 결과였는지도 모른다.

「수필 2제 二題
— 잊을 수 없는 은사를 생각하며」

우리의 달력을 보면, 어느 달이든 기념일이 없는 달이 없다. 외국 사람들이 보면 바쁜 세상에 왜 이렇게 축일祝日이 많으냐며 의아하게 생각할 것이다. 얼핏 생각하면 기념일의 축하 의식儀式이 허식이라고 느껴질지도 모른다. 그러나 반드시 그렇지만은 않으리라. 기념일의 축하 의식은 생명이나 우주의 사이클처럼 그 움직임이 한 바퀴를 돌아서 다시 시작의 원점으로 돌아와 또 하나의 원을 그리고 있다는 것을 모두 함께 즐거워하며 맞이하는 신화적인 의미를 지니고 있다. 쏜살같이 흐르는 세월 속에서 이러한 행사마저 없다면 우리 생활이 얼마나 무미건조하겠는가.

세상이 각박해서 스승과 제자의 관계가 옛날 같지 않다고들 말하지만, '스승의 날'만 되면 나는 아직도 오늘의 나를 있게 해주신 은사恩師

를 잊을 수가 없다.

지난여름 장마가 계속되던 어느 날 집배원으로부터 조금은 우울하고 조금은 경건해 뵈기까지 하는 흰 봉투 한 장을 받았다. 불길한 예감을 안고 보낸 사람의 주소를 살펴보니 미국에 계신 옛 은사 패터슨 Thomas M. Patterson 선생님의 부인으로부터 온 서한이었다.

뜯어 보니 패터슨 선생님께서 돌아가셨다는 부음이었다. 그 순간 반가웠던 마음은 슬픔과 회한으로 변해 눈시울을 뜨겁게 했다.

패터슨 선생님은 비록 외국인 스승이었지만, 지극히 어려웠던 젊은 시절의 나를 어두운 방황의 미로에서 구해 학문의 길로 인도하시고 문학을 사랑하도록 이끌어 주신 분이다. 만일 그분의 손길이 아니었다면 지금 나는 어디에서 무엇을 하고 있을지 모른다.

그분이 돌아가셨다는 비보를 접하고 슬픔 못지않게 회오의 눈물을 흘린 것은 그분의 제자로서, 아니 인간으로서의 도리를 한 번도 하지 못했기 때문이다.

10여 년 전 하버드 대학교에 객원 연구원으로 가면서, 패터슨 선생님이 계신 남부 채플 힐을 찾았으나, 철부지처럼 다른 벗들을 만나기에 바빠서 선생님을 모시고 충분한 시간을 보내지 못했다. 보스턴에 갔다가 다시 한 번 선생님을 뵈려고 생각했으나 차일피일하다가 '비자' 만기일 때문이라는 구실로 그냥 귀국길에 올랐다.

케임브리지로 가는 길에 처음 남부로 내려갔던 그해 여름, 선생님께서는 노구를 이끌고 관절염을 심하게 앓고 계셨던 사모님과 함께 나를 공항까지 차로 데려다주시고, 그 큰 손으로 내 작은 손을 굳게 잡으시며 크리스마스에 꼭 내려오라고 말씀하셨는데, 그것이 선생님의 마지막 모습이 될 줄 누가 알았으랴.

패터슨 선생님은 스승으로서, 그리고 선생님의 은사에 대해서는 훌륭한 제자로서 도리를 다하신 분이었다.

1966년 12월, 나는 먼 나라에서 온 초라한 동양인의 모습으로 미국 남부 학문의 '메카'라는 유서 깊은 채플 힐에 도착했다. 대학 기숙사에 들어갈 때까지 선생님 댁에서 며칠 동안 머물렀는데, 선생님 댁은 소나무 숲 속에 있는 작은 집이었다.

그때 그 집에는 단정한 늙은 부인 한 분이 계셨다. 처음엔 그분이 선생님의 어머니인 줄 알았다. 그러나 얼마쯤 시간이 지난 후, 그분이 선생님 은사의 부인이라는 사실을 알게 되었다.

선생님 은사 되시는 분의 댁은 유명한 예일 대학교가 있는 북부 뉴헤이븐에 있었는데, 그 부인은 해마다 겨울이 되면 추위를 피해 남쪽으로 내려와 죽은 남편 제자의 집에서 머물곤 하셨던 것이다. 선생님의 은사님도 정년 퇴임 후, 겨울마다 패터슨 선생님이 계신 남부에서 봄까지 지내시다가 4월이 되면 예일로 돌아가시곤 하였다고 한다. 패터슨 선생님의 그 은사님은 돌아가실 때도 마침 겨울이라 남쪽으로 내려오셨다가 제자 곁에서 임종하셨다고 한다.

패터슨 선생님의 그 은사님은 돌아가시기 전 남부에 있는 제자 집에 오셔서 자기의 스승인 세계적인 극작가 손턴 와일더Thornton Wilder를 뵙고 싶어 하셨다고 한다. 그래서 패터슨 선생님도 〈우리 읍내Our Town〉의 작가로 유명한 손턴 와일더 선생님, 즉 그분의 은사의 은사를 꼭 한 번

뵙고 싶었다고 한다.

지성이면 감천이듯이, 패터슨 선생님의 은사님이 돌아가신 뒤, 입관을 하여 차에 모시고 뉴헤이븐으로 가는 도중 어느 휴게소에서 잠시 쉬고 있었는데, 마침 손턴 와일더 선생님 역시 돌아가셔서 그의 시신을 싣고 가는 운구차와 상복을 입은 유가족을 만났다는 것이다. 비록 두 분은 관 속에 있었지만 삼대의 스승과 제자가 우연히도 마지막 가는 길에 만났던 것이다.

패터슨 선생님은 자기 은사에게만 잘해 드린 것이 아니라, 나라와 민족을 초월해 인류애의 차원에서 제자들을 키우셨다.

1960년대와 1970년대 우리 연극계에서 크게 활약하신 원로 극작가 이근삼 선생도 그분이 키우신 제자다. 1950년대 말 이근삼 선생이 그곳에 유학 가서 쓴 희곡을 보시고는 영어는 서툴지만 위트와 유머는 물론 아이디어와 구성이 훌륭하다면서 그것을 다시 쓰게 하다시피 하셔서 유명한 캐롤라이나 대학교 무대에 올리게 하셨다고 한다.

그리고 서울대 미학과를 나온 이원복이라는 여자 제자가 당시 미시간 대학교에서 박사 과정을 공부하고 있었다. 어느 해 겨울 크리스마스 무렵 내가 선생님 댁을 방문했다가 부엌의 식탁에 놓인 메모지에 "미시간에 눈이 너무 많이 내려 길이 막혀서 원복이가 오지 못하는구나. 그립다, 원복이!"라고 쓴 선생님의 낙서를 읽고 순간적으로 그녀에게 질투심을 느끼고는 나 자신을 부끄러워한 적이 있었다.

패터슨 선생님 부처가 내게 베풀어 주신 사랑과 관심은 누구 못지않게 극진했다. 동양인으로서 영문학 공부를 하다가 너무 힘에 겨워 좌절할 때마다 선생님은 다시 일어설 수 있는 용기와 힘을 주신 정신적인 지주였다. 내가 영문학 공부의 어려움과 장래에 대한 불안감 때문에 전과轉科를 생각하고 있을 때, 선생님은 "자기가 좋아하는 일을 포기하지 않고 열중하다 보면, 끝에 가서 반드시 길이 열린다"고 말씀하시며 학문하는 데 지구력이 무엇인가를 가르쳐 주셨다.

내가 3년 동안 미국에 머물다 돌아온 후에도 선생님은 한 해도 나를 잊지 않고 계절이 바뀔 때마다 작은 글씨로 긴 편지를 써서 삶에 대한 교훈을 소리 없이 가르쳐 주셨다.

한번은 선생님의 얼굴에 짙어 가는 주름살을 슬퍼하는 편지를 보냈더니, 나를 꾸중하시며 그것은 "삶의 전쟁에서 이긴 무사의 훈장"과도 같은 것이라고 말씀하셨다.

선생님은 또 나와 관련 있는 책을 골라 크리스마스 선물로 해마다 보내 주셨다. 내 논문 지도 교수님이 쓴 책이 나왔을 때도 값이 비싸 지도 교수님도 보내 주지 않았는데, 선뜻 구입해서 저자의 사인을 받아 항공 우편으로 보내 주셨다. 패터슨 선생님은 가난하신 편이었지만, 나에 대한 선생님의 사랑은 돌아가실 때까지 변함없었다.

선생님의 고귀한 사랑을 받을 때마다 단 한 번이라도 참된 제자 노릇을 해야겠다고 다짐하곤 했었다. 그러나 선생님께서 이역만리 먼 곳에 계신 것이 원인이라고 하겠지만, 살기에 바쁘다는 이유로 한 번도 선생님을 모셔 보지 못하고 세월을 보내다가 지난여름 갑자기 선생님이 돌아가셨다는 슬픈 소식을 접하게 되었던 것이다.

내 이기심은 비단 패터슨 선생님에 대해서뿐만이 아니었다. 대학 시절 나를 무척 아껴 주시고, 어려웠던 시절에 두 번씩이나 크게 도와주셨던 은사님께서 암으로 돌아가셨을 때도, 미국에 있다는 이유로 문상조차 하지 못했다. 귀국하면 바로 선생님의 사모님을 찾아뵈려 했으나 뜻대로 되지 않아 이제는 죄밑이 되어 다시는 찾아뵈올 수 없는 운명이 되었다.

스승에 대한 나의 배은망덕한 소행은 이것뿐만이 아니다. 어린 시절, 시골에서 초등학교 다닐 때 심한 병을 얻어 어느 병원에 입원했는데, 담임선생님께서 몇몇 급우를 데리고 기차를 타고 멀리까지 찾아와 주셨다. 그러나 퇴원 후, 바로 대구로 전학하고 이어서 6·25가 터져 그 담임선생님께 인사 한 번 못 드렸고, 지금은 선생님의 성함마저 기억하지 못하고 있다. 아마 선생님은 이미 돌아가셨을 것이다.

곰곰이 생각하면, 몸은 부모님으로부터 받은 것이지만, 정신은 선생님들로부터 물려받은 것이다. 어찌 이뿐이랴! 오늘날과 같이 각박하고 험난한 세상에서 내가 올바르게 살아갈 수 있는 터전을 마련해 주신 것도 선생님들의 은혜다.

패터슨 선생님께서 살아 계실 때, 나는 기껏해야 1년에 한 번씩 편지를 드리면서 선생님의 은혜에 보답하는 길을 제자들을 훌륭히 키우는 일에서 찾겠다고 말씀 올리곤 했다. 그러나 나는 제자들에게 패터슨 선생님에 대한 이야기는 가끔 하면서도 그분이 내게 베풀어 주신 정성의 10분의 1도 그들에게 베풀지 못했다.

선생님이 돌아가셨다는 부음을 받고 보니, 선생님이 국경을 초월해 문학 교육의 힘으로 어렵게 이어 왔던 인간애의 끈을 내가 끊어 버리고 말았다는 생각이 들었다. 사람에 대한 평가는 사후死後에 이루어진 다는데, 마지막 순간 나 자신의 평가는 선생님의 그림자 역할도 못한 것이 되겠다고 생각하니 깊은 자괴감에 빠지지 않을 수 없었다.

'스승의 날'이 되면 기억해야 할 선생님이 몇 분 계시지만, 결코 잊을 수 없는 또 한 분은 서울대 총장을 지내신 김종운 선생님이시다. 선생님이 격의 없는 덕으로 보여 주신 사랑은 나로 하여금 어릴 때 김종운 선생님의 은사였던 이양하 교수님의 추모집을 읽었던 먼 기억을 소리 없이 일깨워 주었다. 1960년대 초 대학교 2학년 때였다. 지금은 작고하신 은사 한 분이 귀여워해 주셔서 나는 선생님 댁을 자주 드나들었다. 시골에서 올라온 터라, 나는 미국에서 유학하고 돌아오신 교수님 댁의 모든 것이 신비롭고 황홀했다. 교수님이 미국의 위대한 흑인 여가수 마리안 앤더슨Marian Anderson의 〈아베 마리아〉를 들려주실 때는 마치 미지의 나라에 와 있는 것 같았고, 교수님의 생활이 그렇게 부러울 수가 없었다.

그때 일 가운데 가장 기억에 남는 것은 마리안 앤더슨의 노랫소리보다 작고하신 서울대 이양하 교수님의 추모집 한 권을 빌려 읽었던 일이다. 그 책은 나에게 지울 수 없는 인상을 남겼다. 40여 년 전 일이라 뚜렷이 생각나지는 않지만, 그 책에는 늦게 결혼하셨던 이화여자대학교 장영숙 교수님의 서문이 있었고, 이어서 이양하 선생님께서 임종이 가까우실 무렵 복수腹水가 찬 부푼 배를 두고 쓰신 〈내 배는 땅땅고〉라는 시가 실려 있었다. 그때 나는 젊은 나이라 죽음의 문제를 처절하게 의식하지는 못했지만, 이상한 매력에 이끌려 그 시에 담긴 슬픈 시정詩情을 읽고 또 읽었다.

그다음 장에는 교수님의 유명한 글 〈나무〉 외 몇 편이 실려 있었다. 고등학교 교과서에서 선생님이 번역하신 〈페이터의 산문散文〉을 읽었지만 〈나무〉만큼 큰 감명을 얻지는 못했었다. 그리고 이양하 선생님께서 천하의 영재들인 제자들과 나눈 서간문들로 구성되어 있었다. 정직하게 말해 수필 〈나무〉는 내게 짙은 문학적 감동을 주었지만, 내가 제일 부러워한 부분은 이양하 선생님이 제자들과 나눈 편지글이었다.

이양하 선생님이 제자들에게 보낸 서신에는 제자에 대한 사랑이 조용한 음조音調 가운데서도 줄줄이 넘쳐흘렀고, 제자들이 이양하 선생님께 보낸 편지글은 짧지만 선생님에 대한 존경으로 가득 차 있었다. 지금 생각해도 놀라운 것은 이양하 선생님께서 제자가 보내온 편지를 버리지 않고 그렇게 오랫동안 모아 두셨다는 사실이다.

나는 세상을 사는 동안 은사님들이나 제자들에게 이렇다 할 만한 일을 한 번도 하지 못했지만, 남들이 부러워할 만큼 여러 선생님들로부터 너무나 많은 은혜를 입었다.

자세한 내용이야 어떻게 말로 다 할 수 있겠는가마는 김종운 선생님께 받은 침묵 속의 은혜와 사랑은 바다와 같이 넓고 깊다. 어느 해인가 '스승의 날'에 선생님께 잠깐 인사 가겠다는 말씀을 올렸더니 서울대에 새로 지은 호암관으로 나와서 점심을 같이하자고 하셨다. 마침 시애틀 워싱턴 대학교에 머물 때 교수님을 찾아가서 뵌 일이 있는 어린 제자와 함께 갔는데, 선생님께서 먼저 오셔서 내 이름을 부르며 맞아 주셨다. 점심을 먹고 나서 선생님께서는 자동차를 직접 운전해 우리 두 사람을 태우고 관악산 언덕 높은 곳에 자리 잡은 교수회관 부근까지 드라이브를 시켜 주시면서 5월의 교정을 바라보게 하셨다.

우리는 잠시 그곳에서 5월의 빛과 어우러진 교수님의 훈훈한 사랑을 느낀 후 돌아왔다. 나는 전철을 타고 한강을 건너오는 내내 눈을 감고 있었다. 교수님의 사랑이 너무나 넘쳐흘러 한동안 마음의 울림을 가눌 수가 없었다. 교수님께서 주신 사랑의 모습을 생각하느라고 지하철의 무쇠 바퀴가 굴러가는 소리조차 듣지 못했다.

선생님의 이러한 소리 없는 가르침을 떠올리며 이번 '스승의 날'에 '사람이 해야 할 일'이라는 의미를 지닌 인사人事라도 하기 위해 직은 정성을 담은 서한을 한 장 보내 올렸더니 바쁘신 가운데도 하루 오찬을 같이하자고 부르셨다.

그러나 좋은 일이 가까이 오기란 그렇게 어려운 일인지 선생님을 뵙기로 한 이틀 전날 새벽에, 나는 갑자기 욕실에서 심한 현기증을 일으켜 병원으로 실려 갔다. 어두운 병실에서 눈을 떴을 때 난蘭 향기가 병실을 가득 채우고 있었다. 불을 켜고 보았더니 선생님께서 보내신 동양란 한 포기가 백자 화분에서 보랏빛 꽃을 곱게 피우고 있었다.

나는 침대에 누워 내가 만일 선생님보다 오래 살 수 있다면 윌라 캐더Willa Cather가 쓴 〈어느 조각가의 장례식〉의 그 등장인물처럼 선생님의 관을 메고 온갖 속된 더러움으로 물든 마을을 지나 무덤으로 가는 행렬의 맨 앞줄에 설 것이라는 생각을 했다.

제
2
장

마음의

섬

그러나 현현의 순간이 없는 여행이라도 좋다. 불타는 태양 아래 유유히 흐르는 강물을 따라 터벅터벅 걷다가 석양 무렵, 아름다운 경치가 있는 곳에 와서 머물다가 무덤을 바라보며 삶의 의미를 읽을 수 있다면 그것으로도 큰 수확을 얻었다고 생각할 수 있겠다. 왜냐하면 그와 같은 풍경을 경험한 사람은 여행을 하지 않고 닫힌 공간 속에 머물고 있는 사람보다 생을 몇 갑절이나 풍부하게 살고 있기 때문이다.

2

마음의

섬

「 우수 憂愁 」

의식의 눈을 갖고 있지 않아도 사람이면 누구나 우울한 표정의 얼굴보
다 환하게 웃는 얼굴을 좋아한다. 그러나 우수에 찬 모습에 마음을 끄
는 아름다움이 없는 것은 아니다. 참된 우수는 갑작스럽게 의식적이
되는 것을 의미하기 때문이다. 하얀 깃발의 여류 시인 에밀리 디킨슨
Emily Dickinson은 "나는 고뇌하는 모습을 사랑한다. 그것이 진실임을 알기
때문에"라고 노래했다. 존 키츠John Keats 역시 〈우수〉라는 시에서 "미는
진실"이고, 미의 극점은 죽음이기 때문에 "우수는 미, 죽어야만 하는
미와 함께한다"라고 했다. 햇살이 비끼는 가을날 별리의 상처 때문에
우수에 차 테라스 창가에 앉아 있는 여인이 이상하게도 아름다워 보이
고, 그녀에게 연민의 정까지 느끼는 것은 "그것이 진실이기 때문이다".
　　우리가 우수에 찬 얼굴에서 막연히 그리움과도 같은 동정을 느끼는

까닭은 무엇일까? 그것은 아마도 눈물을 흘리며 우는 모습은 아픔에 대한 굴복을 의미함과 동시에 타인의 도움을 구하고자 하는 외침이겠지만, 우수에 찬 모습은 극복하기 어려운 어두운 그림자와 싸우면서 느끼는 삶의 아픔을 견디려는 침묵 속의 언어를 담고 있기 때문일지도 모른다.

밤안개 짙은 거리에 외로이 서 있는 가로등불이 우수에 차 있지만 아름다운 것은 그것이 죽음과도 같은 어둠에 저항하며, 남다른 견인력으로 고독과 싸워 이기고 있기 때문 아닐까? 가을 풍경이 우수에 가득 차 있는 것도 한여름에 무성하게 자란 뭇 생명들이 침묵 속에서 죽음과 처절하게 싸우며 사멸하고 있기 때문일 것이다. 아니면 아름다운 생명들이 시간 속에서 불꽃처럼 산화하는 것을 반영하고 있기 때문일지도 모른다. 솔 벨로Saul Bellow의 소설 《허조그》에 나오는 고독한 퇴직 교수는 어머니가 임종하는 모습을 다음과 같이 그린다. "아름다운 미인이었던 어머니가 임종의 침상에서 보여 주셨던 슬픈 눈빛과 우수에 찬 표정은…… 행복과 죽음의 반영"이었다. "그 인간적인 우울, 그 검은 피부, 인간이 된 운명에 순종하는 굳어진 주름살, 그리고 그 눈부신 얼굴은 어머니의 섬세하고 고운 마음이 슬픔과 죽음으로 가득 찬 위대한 인생에 어떻게 반영되었는가를 보여 주었다."

무감각한 사람들은 우수에 찬 얼굴을 무심히 스치고 지나간다. 그러나 의식의 눈을 가진 사람은 슬픈 표정을 가진 사람이 무엇인가 새로운 것을 모색하기 위해 견디기 어려운 내면적 갈등을 겪고 있다는 것을 감지한다. 그러나 더욱 깊은 통찰력을 가진 사람은 우수에 찬 얼굴에서 극복할 수 없는 어떤 대상과 내면적인 갈등을 하고, 거기에서 오는 역설적인 기쁨마저 느끼는 미학을 발견한다. 디킨슨의 〈비끼는 햇살〉은 이러한 삶의 진실을 탁월한 은유로 표현하고 있다.

겨울날 오후
비끼는 햇살—
무겁게 누른다
대 사원大寺院의 풍금 소리같이.

그것은 거룩한 아픔.
상처는 볼 수는 없지만,
마음속은 아프다
그것의 의미는 거기에 있지—

아무도 그것을 가르칠 순 없다, 아무도.
그것은 비밀스러운 절망—
하늘에서 보내온
장엄한 고통.

그것이 나타나면 풍경은 귀 기울이고—
그림자들도 숨죽인다.
그것이 가버리면, 죽음의 표정에

어리는 거리만큼 아득하다.

우수에 찬 이 시편에서 화자話者는 겨울날 오후의 '비끼는 햇살'을 보고 잃어버린 사랑을 노래하고 있다. 잃어버린 사랑을 상징하는 듯한 '비끼는 햇살'은 사원의 풍금 소리처럼 그녀의 마음을 우울하게 억누른다. 비록 이 시가 종교적인 색채를 지닌 사원의 풍금 소리로 짙은 우수를 나타내고 있지만, 그것은 경건함과 감미로움을 함께 지니고 있다. 풍금 소리는 그녀에게 아픔을 주지만 '거룩한' 것이고, 눈에 보이지 않는 상처를 주지만, 그것은 또한 사랑의 상실이 의미하는 내면적인 변화를 가져온다. 왜냐하면 헤럴드 블룸Harold Bloom이 지저한 비와 같이 화자는 '비끼는 햇살'이 '환희'에 가까운 '비밀스러운 절망'과 '장엄한 고통'이라고 말하기 때문이다. 그래서 마지막 연에서 화자는 삶이나 사랑의 현상처럼 찾아오고 사라지는 '햇살'에 대해 경건한 태도를 보인다. 그에게 고통을 주고 사라지는 '햇살'이 존재론적인 빛이든, 에로스를 상징하는 빛이든 기울어진 햇살의 풍경 때문에 우수에 젖어 있다. 그러나 그 우수 속에는 침묵으로 말하는 변증법적인 숭고함이 잉태되어 있다.

이렇게 자기 자신의 힘에 의존하는 남다른 견인력에서 느끼는 미학적 경험을 우수가 깃든 언어 속에 담은 시가 우리나라에도 없지 않다. 유치환의 〈바위〉는 그 자체가 하나의 슬픔이지만, 이것에 대한 하나의 예가 될 수 있다.

내 죽으면 한 개 바위가 되리라

아예 애련哀憐에 물들지 않고

희로喜怒에 움직이지 않고

비와 바람에 깎이는 대로

억년億年 비정非情의 함묵緘默에

안으로 안으로만 채찍질하여

드디어 생명도 망각하고

흐르는 구름

머언 원뢰遠雷

꿈꾸어도 노래하지 않고

두 쪽으로 깨뜨려져도

소리하지 않는 바위가 되리라

　우리는 대부분 무심히 스치고 지나가지만 우수에 찬 눈매를 가진 얼굴만큼 인간의 깊은 고뇌와 의지를 함께 담은 표정도 없다. 그늘진 우수에 찬 얼굴은 철학적이라고 할 만큼 내면적으로 어두운 힘과 싸우면서 무엇을 깊이 생각하며 탐색하고 있음을 나타내는 표정이 아니고 무엇이랴. 철학자의 파안대소破顔大笑도 내면적인 고뇌를 해결한 후에 나타나듯이, 환한 웃음도 우수에 찬 얼굴에서 피어날 때 더욱 아름답게 빛난다.

　우수에 찬 표정은 어둡지만, 가벼운 웃음보다 더욱 깊은 빛을 우리 마음에 남긴다. 우수에 찬 얼굴은 고뇌의 아픔과 슬픔, 그리고 인간적

인 시련과 싸우는 진실을 나타내는 '흐리고 애처로운 거울'이다. 내가
어느 누구의 우수에 찬 얼굴의 눈망울에 저항할 수 없이 이끌리는 것
은 그것이 내게 무엇을 호소하기보다 내 마음의 진실을 비춰 주기 때
문이다.

「어느 발레리나 교수의 초상」

저문 강에 이르기까지 세상을 살아가다 보면 아쉬운 것이 참으로 많다. 그중에서 가장 슬픈 것은 아마도 생명의 소멸 현상일 것이다. 나는 봄밤의 라일락 향기를 무척 좋아하지만 그것과 함께하는 수많은 꽃들이 어둠 속으로 지는 것을 보면 짙은 연민을 느끼지 않을 수 없다. 꽃은 지기 때문에 아름답다는 말은, 비극미悲劇美는 언제나 죽음의 아픔 및 위엄과 함께한다는 의미 아니겠는가?

6월이 되면 나는 넝쿨 장미 꽃잎들이 흐드러지게 떨어져 있는 골목길을 찾아 걷기를 좋아한다. 아름다운 꽃의 잔해가 쌓인 한적한 길을 찾아가는 것은 풍경을 보기 위함인가, 아니면 떨어진 꽃들과 아픔을 함께하기 위함인가?

세상의 아름다운 시간과 모습들이 쉴 사이 없이 사라지는 아쉬움은 꽃잎이 지는 곳에서만 볼 수 있는 것이 아니라, 세월 속에 묻힌 벗들의 상처 입은 모습에서도 수없이 발견한다. 내 마음속 깊이 '어둠 속의 판화'처럼 새겨져 있는 모습들이 시간의 물결 속에 침몰되어 가는 것을 볼 때, 안타까움을 숨길 길이 없다.

오랜 세월 동안 길 건너 학교에서 발레를 가르치시는 어느 여선생님을 저만치 홀로 앞서 가고 있는 여인처럼 바라보며 지냈다. 내가 길 위에서 지나가는 선생님의 옆모습을 지켜본 것이 오랜 세월 동안이라고 말했지만, 선생님이 먼 뒤안길에서 돌아온 여인처럼 내 앞에 선 것은 단지 몇 번에 지나지 않았다.

선생님을 처음 만난 것은 30여 년 전 어느 가을날이었다. 선생님이 외국에서 막 학위를 마치고 돌아와 첫 논문 발표를 할 때, 내가 우연히 사회를 보게 되었다. 그때 선생님은 공부하느라고 오랫동안 어려운 시간을 보냈지만, 풋풋한 아름다움을 지니고 있어서 적이 마음이 이끌렸으나 시간 속에 묻어 버린 채 망각의 세월을 보내고 있었다. 몇 년 지나고맙게도 두 번씩이나 선생님과 해후하는 운명적인 기회가 있었다. 한 번은 자동차 물결이 끊임없이 흐르는 길 위의 구름다리를 내려오다 선생님을 만났고, 또 한 번은 어느 해가 5월 선생님이 가르치는 학교의 숲길을 지나오다 우연히 마주쳤다. 그때 나는 선생님과 나무 그늘에 서서 몇 마디 말을 나누었지만 흐르는 맑은 물소리처럼 귓전에 와 닿던 선생님의 목소리를 잊을 수가 없다. 내가 아직 젊은 시절이었기 때문인지 선생님과 헤어진 뒤 유서 깊은 교문을 나와 언덕길을 내려올 때까지 한참 동안 잊을 수 없었던 것은 선생님의 목소리가 내 마음에 잔잔한 파문을 일으키며 하얗게 부서지던 긴장감이었다. 그것은 마치 어릴 때 산 너머에서 들려오던 기적 소리 같기도 하고 또 멀리서 들려 오는, 고흐가 말한 "프랑스 혁명의 나팔소리의 되울림" 같기도 했다. 그때 선생님이 보여 주었던 인상적인 모습이 내 마음 한구석에 깊이 자리 잡고 있었기 때문인지 오랜 시간이 지나 불혹의 나이에 접어들기 전 유럽 여행길에 올랐다가 인도의 뉴델리 공항에 잠시 머물게 되었는 데, 나도 모르게 어두운 성채城砦에 여명이 밝아오는 풍경이 담긴 그림 엽서 한 장을 사서 주변의 비참한 삶의 모습을 담은 글을 써서 선생님 께 보낸 일이 있다.

그 무더웠던 뉴델리 공항에 누워 있던 무거운 거인들의 군상群像을 보고 존재에 대한 물음을 반문했던 우울한 그림엽서 한 장으로 충분했 으리라. 그러나 파리의 여름 거리를 헤매다가 갑자기 소나기를 만나 빗줄기를 피하기 위해 들어간 어느 카페의 테라스 의자에 앉아 인도에 서 보낸 그 엽서의 암울했던 내용에 대한 자의식 때문에 낙엽 지는 자 작나무 숲 그림이 담긴 또 한 장의 그림엽서를 선생님께 썼다. 선생님 을 향해 두 장의 엽서를 쓰면서도 나는 결코 한 번도 답장을 기대하는 마음을 갖지 않았다. 다만 길 위에서 마음이 가는 대로 붓을 움직였을 뿐이다. 그런데 뜻밖에도 그해 늦가을, 서울에서 선생님으로부터 고맙 다는 전화를 받았다.

그것이 인연이 되어 우리는 그해가 저무는 세밑에 만나 12월의 아름 다움을 이야기하느라 교외로 나가 푸른 카펫 위에 카지노가 돌아가는 현란한 풍경들과 어린 무희들이 무대 위에서 경쾌한 춤을 추는 것도 보며 잠시 함께 시간을 보냈다. 선생님은 일 년 중 한 학기가 끝난 세밑이 제일 좋다고 말했다. 그날 밤 강변길을 따라 돌아오는 차 안에 흐르는 불빛에 비쳤던 선생님이 입었던 치마의 꽃무늬를 지금도 잊지 못하고 있다. 그것은 마치 누군가 선생님의 치마폭에 찬란한 꽃을 아름으로 따다 놓은 것만 같았다. 그 후 선생님은 시간 속에 묻혔고, 나 역시 세월 속에 묻혀 오랫동안 만나지 못했다.

10년이란 긴 세월이 검은 휘장처럼 무거운 침묵을 드리운 채 지나간 후, 어느 해 가을 우편집배원이 대문을 두드리며 책상 앞에서 졸고 있던 내게 까맣게 잊고 있던 선생님이 보낸 책 한 권을 배달해 주었다. 그 것은 선생님이 그동안의 삶을 담아 쓰신 수기와 같은 수필집이었다. 그러나 그 책을 열어 보니 보통의 수필집이 아니라, 선생님이 생전의 어머님을 홀로 간호하면서 느낀 꺼져 가는 생명에 대한 눈물 어린 애정이 농담濃淡 짙게 묻어 있는 귀중한 책이었다. 그 수필집 속에서 내 마음에 가장 큰 울림을 준 부분은 선생님이 지는 꽃잎을 보기 위해 목련꽃 숲 속을 거닐었다는 판화와도 같은 삽화였다. 어두울 녘에 목련 꽃 숲 속을 찾은 것은 생명의 불꽃이 꺼져 가는 어머님의 모습이 투영된 듯한 목련꽃이 속절없이 지는 아픔을 함께하고자 함이었던 것이다.

그 수필집이 인연이 되어 나는 다음 해 어느 늦은 봄날 한강이 내려다보이고 분수대가 있는 광장에서 선생님을 잠깐 만날 수 있었다. 그 때 선생님은 검은 옷을 입고 있었고, 루주를 바르지 않았기 때문인지 약간 불안해 보였다. 햇볕이 너무나 뜨겁고 찬란해서 눈을 바로 뜰 수가 없었으나, 선생님이 얼굴 위로 흘러 내려오는 머리카락을 손으로 쓰다듬어 올릴 때 바람에 날리는 머리카락 사이에 섞여 있는 흰머리가 하나씩 둘씩 유난히도 나의 시선을 끌었다. 선생님은 옛날보다 더욱 우아했지만, 상복을 입은 여인처럼 시간의 무게를 무거워하는 듯한 모습이었다. 그래서 나는 그분이 짊어진 시간의 무게를 가볍게 해줄 수 있을 것처럼, 목련꽃이 떨어지던 교정을 걷던 선생님을 생각하며, 선생님이 늙지 않게 해달라고 기도했다.

그 후 스무 해 넘는 세월을 보내면서 저물어 가는 세밑에 있는 '시간의 빈터'를 찾아가 보았으나, 그때 그 겨울 빛은 사라지고 소란스러움만 남아 피곤함을 느끼게 했다. 그리고 몇 년이 지난 어느 해 겨울 초대받지 않은 어느 출판 기념회에 가서 선생님이 상 받는 모습을 멀리서 보았으나 검은 테 안경을 쓰고 무척 수척해 보여 알아볼 수가 없었다. 그러나 남다르게 우아한 품위를 갖고 너무나 의연해 보여서 소리 없이 갈채를 보냈다.

추운 밤에 밝게 불이 켜진 병원 옆 담장 길을 걸어서 돌아오면서 갑자기 찰스 램Charles Lamb이 쓴 〈꿈속의 어린이들—하나의 몽상〉이란 글 가운데 다음과 같은 구절이 생각났다.

파일드 큰할머니가 돌아가셨을 때…… 그분의 장례식에는 수 마일 안팎에 사는 모든 가난한 사람들과 몇몇 가문 있는 유지들이 구름처럼 몰려와 인산인해를 이루었다. 할머니는 정말 선량했고, 또 얼마나 신앙심이 두터웠는지 《시편》은 물론 성서의 엄청난 부분을 암기하고 있을 만큼 대단했기 때문이다. ……우아한 모습을 한 할머니가 젊었을 때는 마을에서 춤을 가장 잘 추는 여인이었다. ……하지만 암이라는 잔인한 병에 걸려 고통으로 할머니의 몸이 휘어지고 말았다. 그러나 그 병도 할머니의 고귀한 정신을 꺾거나 구부러뜨릴 수는 없었다.

해마다 6월이 되면 우리 집 담장 위로 자라는 넝쿨 장미의 그 많은 꽃잎들이 묘지처럼 조용한 길 위에 떨어져 쌓이는 아름답고 슬픈 풍경을 보고 싶은 마음을 떨칠 수가 없다.

2

마 음 의

섬

「삶의 미학적 공간」

언제부터인지 나는 불행했던 천재 화가 반 고흐의 그림을 좋아해 그의
화집을 몇 개 가지고 있다. 그의 그림은 하나같이 나에게 깊은 인상을
주지만, 그중에서도 가장 충격적인 작품은 그의 자화상들이다. 그는
생애가 끝나기 전 마지막 5년 동안 서른일곱 점이나 되는 자화상을 그
렸다. 내가 수집한 그림책 속에 담긴 그의 자화상은 다섯 점에 불과하
지만 그것들은 서로 다르다. 이런 사실은 비록 초상화는 순간의 표정
에 따라 다르게 그려진다 할지라도 그의 초상화가 거울에서 볼 수 있
는 실제 얼굴과 다르다는 것을 말해 준다. 그의 사진을 한 번도 보지 못
했기 때문에 무엇이라 말할 수는 없지만, 불타는 듯한 인상으로만 그
려진 그의 자화상은 사실적인 측면에서의 얼굴과 많이 다를 수 있으리
라 생각한다. 물론 그는 거울 앞에 서서 그 속에 비친 자기의 얼굴을 그

렸겠지만 말이다.

내가 그의 자화상 바라보기를 유난히 좋아하는 것은 그것과 실제 얼굴 사이의 미학적 거리 때문이다. 고흐가 자화상에서 창조한 미학적 거리는 단순히 빈 공간으로 이루어진 것이 아니다. 마치 그 안에서 무엇인가 무섭게 불타고 있는 듯한 신비스러운 인상을 준다. 불타는 것은 모두 시간이 지나면 재로 변한다. 그러나 그의 화폭에서 불타고 있는 것이 그가 그린 사이프러스 나무처럼 타버리지 않고 항상 거기에 머무르고 있어, 나로 하여금 끝없는 물음과 탐색을 요구한다. 그가 창조한 미학적 공간에서 타는 듯한 불길은 사진기 렌즈나 거울이 나타내는 모습과 다른 신비감을 주기 때문에 언제나 나의 시선을 머무르게 한다. 여기서 말하는 신비감은 고흐가 거울에 비친 자신을 보고 자화상을 그릴 때, 그가 일정한 거리를 두고 자기 얼굴을 인식한 결과 나타난 현상이다. 또 이것은 하이데카가 그의 나막신 그림이 인생의 노동과 땀을 나타내고 있다고 말했듯이 자기의 삶에 숨겨져 있는 부분이 예술의 힘을 통해 밖으로 나타난 아우라를 형상화한 것과도 같다.

이러한 사실은 어느 화가가 그려 준 내 초상화에 던지는 내 시선의 경우에도 마찬가지다. 나는 거울을 좀처럼 유심히 들여다보지 않는다. 거울에 비친 내 얼굴에 탐색할 것이 없기 때문이다. 나는 유화로 그려진 나의 초상화에서 사진이나 거울 속에 비친 것과 똑같은 나의 모습을 발견할 수 없다는 것을 너무 잘 안다. 그러나 만일 내가 내 초상화에서 거울에 비친 나와 똑같은 모습을 발견한다면, 그것을 보는 기쁨마저 사라질 것이다. 그러면 나는 무엇 때문에 사실적으로 닮지 않은 초상화에 시선을 주는 것을 멈추지 않는가? 그것은 내가 초상화에서 예술이 만든 새로운 미학적 공간을 찾으려고 하기 때문이다. 그 점은 또한 괴테가 "예술 작업이 재창조한 면"이라고 말한 그것 때문인지도 모른다. 내가 고흐의 초상화는 물론 내 초상화에서 미학적 공간을 찾고 또 그것을 찾는 과정에서 기쁨을 느끼는 것은 그 미학적 공간에서 일어나는 인식 작용이 신비스러운 미지의 삶에 대한 인식 작용과 같거나 비유될 수 있고 또한 그것과 연결되어 있는 것 같기 때문이다.

우리가 오늘을 살아가는 것도 어떻게 생각하면 채워야 할 미지의 경험 공간이 남아 있기 때문일지 모른다. 어린이들이 유년 시절에 그렇게 행복한 삶을 누릴 수 있는 것은 그들이 채워야 할 삶의 공간이 신비에 무한히 싸여 있기 때문이다. 그들에게는 아침에 해가 뜨고 저녁에 해가 지는 것은 물론 하늘을 나는 새 떼들과 들판에 핀 꽃들이 신비롭기 때문에 아름답게 느껴지는 것이다. 살아 있는 재두루미와 들꽃이 종이학과 종이꽃보다 아름다운 것은 그것들이 생명이라는 영원한 신비의 세계와 연결되어 있기 때문이다. 다시 말해, 재두루미는 종이학과 달리 무한한 공간을 날 수 있고, 들꽃은 처녀들의 머리카락이나 젖가슴의 향내처럼 신성한 것과의 '교감'을 위해 넓은 들판에 뿌릴 향기를 지니고 있기 때문이다. 우리의 삶에서도 부끄러움과 두려움이 남아 있을 때만 미학적 기쁨을 누릴 수 있다. 인생의 모험도 그것이 신비롭기 때문에 가능하다. 인간은 자기 자신이 신비롭기 때문에 자신을 사랑한다. 물론 자신에 대해 신비로움을 느낄 때는 자신이 아직 인식 작용을 할 수 있는 미학적 공간을 창조할 수 있다는 것을 의미한다.

그러나 냉혹한 시간은 인간이 삶을 경험할 공간을 끝없이 잠식시킨다. 그래서 시인 보들레르Charles Baudelaire는 〈악의 꽃〉에서 다음과 같이 노래했다.

그리고 시간은 매 순간 나를 삼킨다.
거대한 눈발이 뻣뻣한 시체를 덮듯이.

그러면 시간의 흐름이 생에 드리워진 신비의 휘장을 걷어 올리거나 찢어 버릴 때, 인간은 죽음과도 같은 막다른 골목에서 시간과 싸울 무기를 완전히 상실하고 말 것인가. 마르셀 프루스트에 의하면 인간온 영원의 시간이 아닌 역사 속의 시간에 필적할 만한 또 하나의 무기를 가지고 있다. 그것은 역사적인 시간과 영원한 시간을 이어 주는 추억이다. 추억 혹은 기억은 나이가 들어감에 따라 확대되어 그것대로의 새로운 미학적 공간을 창조한다. 개인에 따라 다르겠지만, 프루스트처럼 무의식적 기억의 에너지를 창조하는 사람은 경험의 공간에서 볼 수 있는 것보다 더욱 신비롭고 광활한 미학적 세계를 펼칠 수 있다. 추억이 만드는 미학적 거리는 경험의 시간에서 찾아볼 수 없을 만큼 멀고 길기 때문에, 그것을 탐색하는 사람은 육체적인 아픔 없이 또 하나의 신비로운 세계를 발견할 것이다. 우리가 경험의 세계 속에 살면서도 항상 지나간 세월에 대해 우수에 찬 마음으로 향수를 느끼는 것은 기억의 세계가 지닌 원초적인 유토피아의 세계 때문이리라. 끝없는 회상의 공간은 발터 벤야민이 말한 것처럼 일요일의 그것과도 같다. 그래서 시간의 영역에서 떨어져 나간 파편과도 같은 영혼들이 그곳에서 베르그송Henri Bergson의 말처럼 죽음마저 억압한다. 그래서 보들레르는 추억의 종소리를 듣고 다음과 같이 읊었다.

갑자기 종들이 광폭하게 흔들린다.
그리고 하늘을 향해 무시무시한 아우성을 퍼붓는다.
참기 어려운 통곡의 울음을 터뜨리는
정처 없이 방황하는 영혼들처럼.

그러나 '작은 영원'을 나타내는 일요일의 공간과 같은 추억의 공간도 시간 속에서 이루어진 경험이 없으면 텅 빈 공간으로 남을 것이다. 경험의 공간을 열심히 채운 사람은 추억의 공간도 그만큼 풍요로우리라. 이것은 워즈워스가 이른 봄날 수많은 수선화 무리가 대낮의 미풍에 춤추는 것을 본 사람이 조용한 시간에 우울한 마음으로 장의자에 기대어 누울 때 그것이 "고독의 천국인 마음의 눈" 속에 은하수처럼 흘러가는 것을 보는 것과도 같다. 그래서 보들레르는 아무 일 없이 자신을 시간 속에 뜻 없이 흘려보내는 것보다 '악의 꽃'이라도 피우는 것이 났다고 했다. 추억의 공간에서는 '악의 꽃'이 다시 피지 않지만, 경험의 세계에서 피운 '악의 꽃'에 대해 흘리는 회한과 참회의 눈물은 처절하리만큼 아름답다.

예술가는 경험의 시간 속에서 삶을 더욱 풍요롭게 만들기 위해 사진처럼 판에 박힌 얼굴에 상처를 입히거나 사실적인 선을 지워 그것을 낯설게 함으로써 미지의 세계를 인식하는 미학적 공간을 만든다. 미학적 공간은 보이지 않는 보다 큰 어떤 것과 결합되어 있기 때문에 신비롭다. 인생이 신비로움 속을 탐색하는 여행이라면, 고흐와 같은 화가들이 그들의 화폭 위에 새로이 창조한 신비로움은 곧 삶의 진폭을 그만큼 더 넓힌 미학적 공간과도 같은 것이다.

「울음과 웃음」

안톤 슈나크는 〈우리를 슬프게 하는 것들〉이란 글에서 "울음 우는 아이들이 우리를 슬프게 한다"라고 썼다. 그렇다. 우리는 우는 것보다 웃는 것을 좋아한다. 울면 우리를 슬프게 할 뿐만 아니라 어둡고 우울한 골짝이나 심연으로 몰아가기 때문이다. 그러나 웃음은 비록 순간적이지만 그 웃음소리가 던지는 심리적 파장은 봄날의 들판을 달리는 시냇물 같다.

현실은 우리로 하여금 웃음보다 눈물을 흘리게 하는 경우가 더 많다. 그럼에도 우리가 웃는 얼굴을 좋아하고 우는 얼굴을 싫어하는 궁극적인 이유는 무엇일까?

우리는 보통 웃는 얼굴과 우는 얼굴을 단순한 감정의 표현으로만 생각한다. 그러나 얼굴에 나타내는 웃음과 울음은 인간이 삶의 현실에

취하는 자세 및 태도와 심층적으로 깊은 관계가 있다. 우리는 기쁘고 즐거울 때 웃는다. 또 비극적인 상황에 부딪히거나 견디기 어려울 정도로 슬픈 감정이 북받치면 자연스럽게 운다.

여기서 우리가 잊지 말고 반드시 기억해야 할 사실은, 웃음은 자신의 감정을 이긴 결과로서 나타나는 현상이고, 울음은 자기의 감정, 특히 슬픈 감정을 이기지 못하고 그것에 지배되어 나타나는 감상적인 현상이라는 것이다. 웃음은 자기 자신뿐만 아니라 자기가 처한 상황을 이긴 감정적인 표현이고, 울음은 역으로 자기 자신뿐만 아니라 자신이 처한 상황과의 싸움에서 패배해 무의식적이지만 주변으로부터 연민과 동정을 구하려는 무절제한 감정의 분출을 의미한다.

사람들의 의식 수준이 높은 사회에서는 아무리 어렵고 무서운 비극적 상황에 처해 있다고 하더라도 눈물을 흘리며 울기보다는, 비록 실패하더라도 최후의 순간까지 그것을 극복하기 위한 인간적인 용기와 위엄을 보인다. '비극의 탄생'은 주인공이 비록 '비극적인 오점' 때문에 비극적 상황에 놓이더라도 패배자의 눈물보다는 인간임을 확인하는 장렬한 죽음에서 보이는 디오니소스적인 음악과 인간적인 위엄에서 나타난다. 웃음은 희극적 상황에서만 나오는 것이 아니라, 비극적 상황에서 극한적인 저항을 나타내는 초극적인 표현도 될 수 있다. 케니스 버크Kenneth Burke 역시 "비극적인 상징은 우리로 하여금 어떤 상황 가운데 존재하는 인간적인 위엄을 느끼게 함으로써 그 상황을 받아들일 수 있도록 하고, 희극적인 상징은 우리가 그 상황을 극복할 수 있는 힘을 느끼게 함으로써 그 상황을 받아들이게 할 수 있다"라고 말했다.

많은 사람들은 울음이 있는 곳에 비극이 있고 웃음이 있는 곳에 희극이 있다고 생각한다. 그러나 참다운 비극에는 눈물이 없고 자기 자신과 싸우면서 두려움을 극복한 결과를 나타내는 비장한 웃음마저 있다. 희극에서의 웃음은 비극적 상황을 이겨 낸 인간 승리의 깃발과도 같은 감정의 표현이다.

이것뿐만이 아니다. 베르그송은 웃음이란 생명이 없는 기계적인 움직임을 극복하기 위해 갑작스레 밀려오는 해방감의 물결과 같다고 말하지 않았던가. 희극에서의 웃음은 사회적인 규범에 어긋나는 어리석은 행위와 균형을 잃은 자세를 바로잡기 위한 사회의식에서 비롯되었기 때문에 대단히 이성적이고 지적인 요소를 담고 있다.

웃음과 울음은 겉으로 나타나는 모습 못지않게 그것이 지니고 있는 내면적인 심리 구조가 매우 다르다. 그래서 웃는 얼굴을 하고 밝은 빛을 찾는가, 아니면 어두운 면을 노래하며 눈물로 세월을 보내는가에 따라 그 사람의 지적·문화적 수준이 달라진다. 눈물 없이 웃는 것이 눈물을 흘리며 우는 것보다 훨씬 더 문명적이고 세련돼 보인다는 것은 이러한 사실에 기초를 두고 있음에 틀림없다.

인간이 처해 있는 실존적인 상황은 그 누구에게나 비극적이다. 부조리한 상황 속에서 모든 아픔을 견디어 내고 웃음을 보이며 밝은 세상을 이야기하는 것이 우울한 현실을 슬퍼하고 불안한 내일을 염려하는 것보다 어렵고 힘들다. 어두운 비극적인 상황을 보더라도 눈물 없이 아리스토텔레스가 말한 카타르시스를 위한 것이거나 에밀 졸라Émile Zola처럼 무질서하고 추하고 더러운 것에 새로운 미적 질서를 부여하기 위한 예술가적인 도전이라면 다를 수 있다. 그러나 우리는 '인간의 힘'을 지니고 있기 때문에 비극적인 상황에서도 웃음을 보일 수 있는 것 아닌가.

그런데 사막과도 같이 비정한 상황에서 항상 자연적인 웃음을 웃을 수는 없다. 가식적인 웃음을 웃을 수는 있지만, 그러면 자유로운 결과를 가져오기보다 오히려 희극적인 웃음의 대상이 될 수 있다. 그리고 너무나 본능적인 충동에 복종해 실실거리며 천박한 웃음을 웃는 것은 그것 자체의 언저리에서 흘러나오는 눈물 때문에 우리를 기쁘게 하기보다 오히려 슬프게 한다.

그래서 사무엘 베케트Samuel Beckett와 해럴드 핀터Harold Pinter 같은 부조리 극작가들은 제임스 조이스같이 비극적인 실존적 현실을 눈물 보이지 않는 희비극으로 나타내기 위해 말을 대중이 이해할 수 없을 정도로 침묵에 가깝게 축소시켜 버렸다. 프로이트가 간결함이 희극적 감수성을 지적으로 나타낼 수 있는 위트의 정수라고 말한 것을 기억하면, 감정의 절제를 나타내는 웃음의 미학이 지나친 감정이 홍수처럼 넘치는 울음의 바다보다 왜 더욱 이지적이며 소중한지 알 수 있다.

2

마 음 의

섬

「작은 곱사등이」

독일의 유명한 민요집 《소년의 마적》에는 카프카가 즐겨 읽었다는 다음과 같은 민요가 있다.

　내가 지하실에 내려가
　포도주를 좀 꺼내려 할 때,
　작은 곱사등이 거기 있어
　나의 술 항아리를 가로채네.

　내가 부엌에 들어가
　수프를 만들려 할 때,
　작은 곱사등이 거기 있어

나의 작은 그릇을 깨뜨렸네.

내가 방에 들어가
잠자리를 만들려 할 때,
작은 곱사등이 그곳에 있네
온몸을 흔들며 웃고 있네.

내가 걸상 위에 무릎을 꿇고
기도를 올리려 할 때,
곱사등이 사나이가 방 안에 있네
귀여운 아이야, 네게 간청하노니
작은 곱사등이를 위해서도 기도해 주렴.

이상한 내용을 담은 이 독일 민요는 망각 속에 묻혀 있는 인간의 심리가 취하고 있는 부조리한 양상을 우화적인 인물을 통해 탁월하게 형상화하고 있다. 여기서 지하실과 방은 인간의 내면세계이고 '작은 곱사등이' 사내는 저주받은 인간이 지닌 악마적인 요소를 나타내는 상징적 이미지인 듯하다.

이 독일 민요가 형상화하고 있는 우리의 내면세계는 지극히 우울하다. 그러나 우리가 이 민요에 대해 저항할 수 없을 정도로 마음이 끌리는 것은 그것이 진실이기 때문이다.

어렸을 때 우리는 이러한 어두운 현상을 외면 세계에 있는 힘으로 막연히 생각하고 두려워했지만, 그것은 외면 세계뿐만 아니라 우리의 내면세계에도 있다.

오늘날 과학이 아무리 발전했다고 하더라도 천둥과 번개, 홍수와 가뭄 같은 것을 정복하지 못하는 것처럼, 인간의 내면세계에도 완전히 억제할 수 없는 무서운 힘이 있다. 그 힘은 개인적인 영역에 있는 것처럼 보여도 오히려 개인의 의지 밖에 있는 것 같다. 이를테면 카인이 동생인 아벨을 죽였다든지, 맥베스가 덩컨 왕을 살해한 행위, 로미오와 줄리엣을 죽음으로 몰아넣은 것은 모두 인간이 이해할 수 없는 어떤 어두운 힘이 작용했기 때문 아닌가? 많은 신학자와 철학자, 그리고 시인들은 이러한 무서운 힘을 에덴동산에서 추방된 사탄의 힘과 관련지어 생각한다.

이러한 문맥에서 볼 때, 이 독일 민요에서 기도하는 사람은 '작은 곱사등이'와 별개의 존재로 생각되지만 상호 밀접한 관계가 있다고 말할 수 있겠다. 민요 속의 주인공이 아름답고 경건한 모습으로 기도를 하는 것도 그의 마음속에 '곱사등이'가 상징하는 것이 존재하기 때문이다. 이러한 현실은 역사적인 풍경 속에 언제나 나타난다. 사람이 태어나서 일정한 시간을 살다가 죽고, 또 태양이 아침에 찬란하게 솟아올랐다가 지는 일을 끝없이 반복하는 것은 신이 만든 우주 가운데에 '곱사등이'와 같은 불완전한 존재가 있기 때문 아닐까.

우리는 저주받은 듯한 '곱사등이'를 보기 싫어한다. 그러나 만일 이 우주나 인간 가운데 '곱사등이'와 같은 존재나 현실이 없다면 어떻게 될까? 우리는 햇빛 찬란한 아침과 붉게 물드는 석양의 아름다움도 보지 못할 것이다. 또 신에게 경건한 마음으로 기도하는 사람의 모습도 보지 못할 것이다. 우리가 날이면 날마다 잘못을 저지르고 기도하면서 반성하는 생활을 하는 것도 모두 '곱사등이'와 같은 불완전한 존재 때문이리라. 여기서 '작은 곱사등이'는 우리 일을 방해하지만, 자기 자신에 대해 기도드려 달라고 하는 것은 그가 저주만 받을 악마가 아니라, 역사적 현실처럼 착하고 선한 존재로 발전할 수 있는 가능성을 가지고 있기 때문인 듯하다.

위선적인 사람들은 자신들의 내면세계엔 '작은 곱사등이'와 같은 존재가 없다며 외부적으로 나타난 불완전한 형태나 모양을 저주하고 그것으로부터 멀리 떨어져 있고 싶어 한다. 그러나 그들은 자신의 내면에서 이러한 '작은 곱사등이'를 만나게 될 것이다. 인간의 외면 세계와 내면세계에서 '작은 곱사등이'를 만나도 아무런 관심을 보이지 않고 자기 자신은 물론 그들에게 아무런 도움을 주지 못하거나 기도를 드리지 못하면, 그는 결코 인간이라고 말할 수 없다. 불완전하기 때문에 인간이다. 완전한 존재를 향해 반성하고, 용서받기 위해 기도를 드리지 않는 사람은 참다운 인간이라고 말할 수 없다.

참다운 인간은 자신의 불완전함을 언제나 솔직히 받아들이고 겸허한 자세로 '작은 곱사등이'에서처럼 자기 자신에게 기도를 드려야 한다. 사실 투명하게 생각해 보면, 다른 생명의 시체로 만든 음식을 먹는 것도 죄고, 죽음을 전제로 하는 생명을 탄생시키는 것도 죄다. 그러나 엄격한 의미에서의 죄를 짓지 않으면, 인간은 결코 존재할 수 없으리라. 불완전한 죄나 신으로부터의 억압은 모순된 것이지만 그것은 삶의 조건이고 인간의 조건이다. 불완전함이라는 모순은 분명히 부조리한 것이지만, 그것은 인간만이 지닌 귀중한 재산이라고 생각해야만 하겠다.

완전한 것을 사랑하기는 쉽지만, 불완전한 것을 사랑하기는 어렵다. 그러나 불완전한 것을 사랑하고 그것을 보다 나은 모습으로 만들기 위해 기도드릴 때 우리는 그것에서 참된 인간 가치를 발견할 수 있다. 인간 스스로는 불완전하기 때문에, 자신이 불완전하다는 것을 받아들이지 않으려 한다. 그러나 자신이 불완전하다는 것을 인식한다면 불완전한 것을 받아들일 수 있는 가능성이 열린다. 어떻게 생각하면 우리가 일하는 것은 이러한 가능성을 실천하는 길이고 방법이다.

언제나 우리의 내면과 주변을 돌아보고 완전하고 아름다운 것보다 누추하고 불완전한 것에 시선을 주고 사랑하며, 그것을 위해 기도하자. 이것이 신의 길이 아닐지라도 인간의 참된 길임을 우리는 알아야 하고 또 받아들여야만 한다.

아이에게 초라하게만 보이는 '작은 곱사등이'가 '온몸을 흔들며 웃고' 있는 것은 자신에 대한 자조일까, 아니면 아이의 기도와 더불어 자신의 곱사등을 펼 수 있다는 희망 때문일까. 어떠한 경우라도 좋다. 다만 우리가 해야 할 일은 그 '작은 곱사등이'를 위해 경건하게 기도하는 것이다.

「 조감도鳥瞰圖가 있는 삶의 풍경 」

존 던John Donne은 "인간은 세상을 투명하게 보지 못하고 희미하게 볼 수 있을 뿐이다"라고 말했다. 이 말에는 "인생은 나이 오십이 되어서야 안다"는 우리 옛말과 상통하는 면이 있는 듯하다. 비록 사람은 미망 속에서 살지만 오십이 되면 생의 대부분을 경험하게 되고 죽음에 대해서도 깊이 생각하기 때문이다.

젊은 시절에는 인생이 무한하게 느껴지고 신비 속에 싸인 삶이 뜨겁고 아름답기 때문에 그 속에 묻혀 사느라 자기의 삶을 제대로 보지 못하지만, 나이 오십이 되면 초연한 입장에 서서 차갑게 흐르는 물속을 들여다보듯 흘러가는 인생을 볼 수 있다.

젊은 나이에 요절한 시인 윤동주가 "하늘을 우러러 한 점 부끄러움이 없기를"이라고 노래했지만, 대부분의 범인凡人들에게 완벽하고 후회 없는 삶이란 그렇게 쉽지만은 않을 듯하다. 레프 톨스토이Lev Tolstoi도 젊은 시절에는 방탕한 생활을 했고, 말년에 가서야 지난 시절의 잘못을 참회하는 생활로 일관했다. 그래서 조지 오웰George Orwell은 그의 죽음을 리어 왕의 죽음과 비교하기도 했다. 그가 아스타포프 역장의 집에서 임종했을 때, 침상 곁에 도스토옙스키의 《카라마조프의 형제들》과 몽테뉴의 《수상록Assai》이 놓여 있을 만큼 그는 도덕주의자였다. 죄에 대한 속죄 의식은 그의 후기 작품들에도 지배적으로 나타나 있다.

그의 대표작 가운데 하나인 《안나 카레니나》의 여주인공도 젊은 시절의 생활에 대한 도덕적 양심의 갈등 때문에, 달리는 기차에 투신자살한다. 또 《부활》의 주인공 네플류도프는 젊은 날 자신의 잘못을 후회하며 스스로 끝까지 고행의 길을 걷는다.

네플류도프는 코르차킨 공작의 딸과 약혼하고서도 시골 귀족의 아내인 마리아 비실리예프와 불의의 정사를 맺고 감미로운 생활을 즐긴다. 그런데 4월 어느 날 그는 지방 재판소의 배심원으로 법정에 나갔다가, 피고석에 죄인으로 앉아 있는 매춘부의 얼굴과 그녀의 이름을 듣는 순간 크게 놀란다. 왜냐하면 그녀는 그가 젊었을 때 순간적인 욕정을 이기지 못해 유린한 후 돌아보지 않았던 카추샤였기 때문이다. 그는 그녀가 심문을 받고 끌려가는 모습을 본 후 돌아오는 마차 안에서 카추샤와 자기 사이에 일어났던 과거의 일을 회상한다.

네플류도프가 카추샤를 처음 만난 것은 대학 시절 시골에 살던 고모님 댁을 방문했을 때다. 그는 군대에 입대하여 전선으로 가는 도중 다시 고모님 댁을 찾아가 사육제가 있던 날 밤 아름답고 순결한 그녀를

범한다. 다음 날 그는 돈 1백 루블을 편지 한 장 없이 봉투에 남겨 두고 떠나 버린다. 사생아로 태어난 카추샤는 세 살 때 고모의 양녀로 들어온 공녀工女였기 때문인가. 그 뒤 네플류도프에게 버림받은 카추샤는 임신한 몸으로 주인집에서 쫓겨나고, 거친 세파에 시달리다가 마침내 남성에 대한 원한 때문에 매춘부로 전락한다.

그녀는 어느 주정뱅이 손님의 돈을 탐낸 호텔 종업원의 계략에 빠져 살인범의 누명을 쓰게 된다. 카추샤는 술에 취해 소리 지르는 술주정뱅이 손님에게 지친 나머지, 호텔 종업원 남녀가 수면제라고 준 극약을 술에 타서 그를 잠재운다. 카추샤는 법정에서 자기는 아무 죄가 없음을 소리쳐 부르짖지만 징역 4년을 언도받고 시베리아로 유형을 떠난다. 네플류도프는 죄수복을 입고 초췌한 얼굴로 법정에 서 있던 카추샤를 본 순간부터 부끄러움과 자책감으로 심한 고뇌에 빠진다. 그는 자신이 카추샤를 파멸의 수렁으로 몰아넣은 장본인이라 생각하고 자신의 양심과 싸운 끝에 다음 날 감옥으로 그녀를 찾아가 용서를 빌고 그녀를 석방시키기 위해 어떤 일이라도 하겠다고 약속한다. 네플류도프의 여생은 그녀에게 속죄하는 고행으로 이어진다.

나이가 들어서인지, 아니면 삶의 진실에 눈을 떠서인지 언젠가부터 조용한 시간이면 삶의 마루턱에 올라 지나온 길을 돌아보고 남몰래 소리 없이 눈물을 흘리곤 한다.

나는 인생이 모래시계 속의 모래가 흘러내리는 것처럼 짧고 빠르다는 것을 깨닫지 못한 채 쫓기는 개처럼 항상 바쁘게 허덕이며 살아왔다. 그 순간에는 깨닫지 못했지만 살아오면서 부끄러울 정도로 후회스러웠던 일들이 한두 가지가 아니다.

초등학교 때 반장이라는 우쭐함 때문에 대나무 회초리로 어린 급우들을 잔혹하게 매질한 적도 있고, 중학 시절 밤나무 숲으로 소풍 갔을 때 몇몇 급우들과 함께 대열에서 이탈해 논 것이 발각되어 수학 선생님께 포플러 생가지로 종아리를 맞고는 너무 아파 친구들을 배신하는 말을 한 적도 있다. 비굴했던 그때를 생각하면 정말 부끄럽다.

대학 시절에는 태양에 그을린 듯한 얼굴빛 때문에 멕시코 처녀를 닮았다고 생각한 여학생을 한참 동안 혼자 좋아했었다. 당시 내 형편으로는 구하기 어렵고, 그래서 더욱 소중하게 여겼던 가죽 표지의 일본 겡규우사硏究社판 영영 사전을 그녀에게 주었다. 그러나 그녀는 끝내 내게 아무런 반응도 보이지 않았다. 나에게는 귀한 것이었지만, 그녀에게 그 영영 사전이 무슨 소용이 있었을까? 지금 생각하면 참으로 어리석은 짓이었다.

나는 몇 번인가 열병을 앓을 정도의 배반을 당했다. 또한 나도 모르게 몇 사람에게 배반 아닌 배반을 했다. 그때는 내 행동이 최선은 아니더라도 차선은 된다고 생각했지만, 지금 생각하면 도덕적으로 완전하지 못했다는 생각에 부끄러울 뿐이다. 내가 그때 그렇게 미숙한 행동을 한 것은 그때의 생이 지니고 있던 아름다움에 눈이 멀고 그 향기에 취해 있었기 때문인지도 모른다.

비록 자랑스러운 삶을 살지는 못했지만, 지금 나를 후회스럽게 만든 것이 절대 나쁘지만은 않다는 생각도 든다. 가끔 한밤중에 잠이 깨어 식은땀을 흘리며 무의식적인 기억 속에 과거의 행적을 더듬고 회한의 눈물을 흘리는 것은 괴롭고 쓰라린 일이지만, 그것이 내 삶을 빈곤하게 만든 것만은 아니라는 생각도 없지 않다.

많은 성자들은 물론, 톨스토이가 젊은 시절에 후회 없는 삶을 살았다면, 만년에 그와 같은 위대한 도덕주의자가 될 수 있었을까? 안나 카레니나의 비극적인 참회의 죽음과 네플류도프의 속죄의 편력은 모두 젊은 날의 잘못된 삶이 그 원인이다. 그러므로 인간의 잘못도 그것에 대한 참회의 고백을 한다면 용서받을 수 있고, 또 역설적으로 없는 것보다 나을 수 있다.

젊음은 미숙하지만 아름답다. 젊은이들이 신비 속에 싸인 생을 탐닉하듯 모험하지 않는다면 삶이 얼마나 무미건조할까? 그리고 세계가 또 이렇게 성숙하고 발전할 수 있을까? 그래서 신은 참회의 눈물을 흘리는 자를 용서했고, 많은 시인들은 생명의 신비를 끝없이 노래했다. 보들레르는 한 알의 밀알꽃이 교회당을 향기로 가득 차게 했다고 노래했고, 워즈워스William Wordsworth는 미풍에 춤추는 호숫가의 아름다운 수선화를 회상 속에서 노래하면서 많은 사람들의 흔들리는 마음을 잠재웠다. 토마스 아퀴나스Thomas Aquinas는 "진정한 예술은 조화롭게 구조적으로 행동하고 움직이며 노래하는 것이 아니라", 그러한 조화로운 활동에 대해 책임 있는 구조적인 관계를 "아는 데" 있다고 했다.

그러나 음악과 춤의 조화를 알고 깨닫는 것도 그 음향과 율동이 있어야만 가능하지 않을까. 노래를 부르지 않고 춤을 추지 않는 사람이 그것이 지닌 조화의 미학을 아는 것과 그것을 경험한 사람의 그것은 다를 것이다.

벌집이 지니고 있는 구조적인 규칙성과 나이팅게일의 노랫소리는 물론 예술의 산물이 아니라 자연의 산물이다. 그러나 그것은 인간이 조화의 아름다움을 인식하는 예술의 상태에 도달하는 데 필요한 대상을 제공해 주고 있다. 신이 뜰에 꽃을 피우고 인적 없는 심산유곡이나 벌판에도 나비와 벌들을 끌어들이는 향기로운 꽃들을 피고 지게 하는 일에 아무런 이유가 없는 것일까? 알렉산더 포프Alexander Pope가 "존재하는 모든 것은 정당하고 그것대로의 이유가 있다"고 말한 것은 이와 같은 현상을 두고 한 이야기일지도 모른다.

나는 요즘 빈번히 깊은 잠에서 꿈을 꾸다 눈을 뜨고 지난 세월의 길을 줄달음쳐 내려간다. 지난날에 저지른 잘못에 대한 회오의 아픔을 외상外傷에서 심하게 느끼기 때문이다.

이제 나이 오십이 되었으니 인생을 알 때도 되었다. 이렇게 생의 마루턱에 올라서 보니, 아직도 우주의 신비와 신의 뜻은 알 수 없지만 생명의 흐름만은 조감할 수 있을 것 같다. 아름다움은 추한 것으로 변하고 추한 것은 또한 아름다운 것으로 변한다는 사실도. 이것은 어릴 때 나를 그렇게 사랑하시던 아버지와 할머니, 그리고 늦게까지 사셨던 할아버지께서 돌아가시고, 어린 아들딸들이 내 곁에서 장성해 가는 것을 보고 경험하기 때문이다.

인생은 오십이 되어서야 안다는 말은 나에게는 오십이 되어야 지난날의 자신을 차가운 시선으로 되돌아보며 자기의 잘못을 후회도 하고 깊이 반성할 줄 안다는 뜻으로 들린다. 회한의 눈물과 속죄의 아픔은 정말 부끄럽고 쓰라리지만, 다른 한편으로 그것은 무엇이라 말할 수 없는 생의 깊은 의미를 발견하도록 한다.

후회나 반성을 하지 않는 사람은 완전하다고 스스로 자랑스러워할지 모르지만, 그는 그만큼 인간적으로 많은 것을 잃고 있지 않을까 생각한다. 젊은 날에는 몰라도 늙어서 지은 죄는 결코 용서받을 수 없다는 말도 이러한 사실과 깊은 관련이 있는 것 같다.

2

마 음 의

섬

「절제의 미학」

샌프란시스코에서 그리 멀지 않은 스탠퍼드 대학교에 머물 때, 그곳의 날씨가 너무 좋아 팔로알토 대학가를 즐겨 걸었다.

어느 일요일 오후에 산책을 나갔다가 팔로알토 역 부근에 있는 낡은 고미술점 하나를 발견했다. 진열장 안에는 주변의 밝은 풍경과 대조적으로 이색적인 부처의 좌상이 놓여 있고 옛 사람들이 쓰던 장신구 등이 놓여 있었다. 나는 야릇한 향수를 느끼면서 가게 안으로 들어가 보았다. 조형미가 뛰어난 상형 문자가 새겨진 직선으로 깎은 청동 위에 앉아 있는 이집트 여인상의 기하학적인 아름다움에 무척 마음이 이끌렸다. 그러나 값이 200달러가 훨씬 넘어 살 엄두를 내지 못했다.

몇 개월이 지나 팔로알토를 떠날 때 다시 들렀더니 그 여인상은 이미 팔리고 없었다. 나는 천재일우로 발견한 소중한 아름다움을 빼앗긴 듯

한참 동안, 아니 지금도 잊지 못해 아쉬워하고 있다.

수년 전 어느 추운 겨울날 우연히 장한평에 나갔다가 욕심 많은 골동품 가게 주인이 가야시대 항아리를 잠깐 보여 주고는 얼른 숨기던 경우와 같은 기분이었다. 주인에 따르면, 그 항아리는 어려서 죽은 어린이의 시체를 담아 땅속에 묻었던 것이라고 했다. 하지만 그런 슬픈 사연과는 아랑곳없이 흙빛이 잘 살아 있고 조형미가 뛰어났다.

옛 장인들이 만든 이러한 예술품들에 강렬한 인상을 받고 유난히 마음이 이끌리는 것은 그것들이 지니고 있는 단순하면서도 기하학적이고 원시적인 아름다움 때문이다. 다시 말해, 원시적인 조형물들에서는 늪과도 같은 인간의 감상적인 경험을 통제하고 무한한 공간을 축소해서 압축할 수 있는 절제의 미학을 발견할 수 있기 때문이다. 전쟁 속에서 요절한 천재 비평가 흄Thomas Hulme이 원시적이고 기하학적인 예술에서 외부 세계와의 단절을 의미하는 '공간의 부끄러움'은 물론, 지나친 욕망으로 빚어진 원죄 문제를 속죄하려는 종교적인 의지마저 감지할 수 있었던 것도 결코 우연이 아닌 듯하다.

태곳적부터 영겁으로 불고 있는 광막한 이집트 사막의 무서운 바람 속에서도 차가운 바윗돌 위에 단정히 정좌하고 있는 그 여인상의 경건한 모습과 어린 나이에 죽은 아이의 몸과 영혼을 담고 수천 년 동안 땅속에 묻혀, 그 무서운 시간의 무게를 이겨 내고도 한 점 흐트러짐 없이 내 눈앞에 나타났던 그 항아리에서 그렇게 심오한 아름다움을 느낀 것은 구도자의 금욕주의와도 비교할 수 없는 여물고 단단한 절제의 미학이 내 영혼을 울려 주었기 때문 아닐까. 나이가 들면서 유난히 옛 장인들의 손길이 깃든 고미술품을 사랑하게 된 것은 어떤 예술 작품에서보다 강인한 인간 정신을 발견할 수 있기 때문이다.

그리스 시대의 아름다운 비너스상이나 힘센 근육을 자랑하는 로댕의 〈생각하는 사람〉이 아니라도 좋다. 역사를 엮고 문명을 일으킨 인간의 지혜를 간직한 대학 도서관이라면 어디에서나 흔히 마주치는 학자들의 조상彫像이면 충분하다. 그들은 짧은 생애, 제한된 시간 속에서 인간으로서의 책임을 다하며 외길을 걸은 역사의 거인들이다. 그래서 그런지 그들의 흉상을 대하면 기하학적인 미에 가까운, 절제되고 강인한 인간 정신의 아름다움이 배어 나온다.

그래서 나는 훌륭한 조각품을 볼 때마다, 인간이 지닌 가장 아름답고 숭고한 모습들이 굳어져서 죽음의 시간과 싸워 이기고 있는 것을 발견하고 깊디깊은 승리감과 즐거움을 느낀다. 파블로 피카소Pablo Picasso도 이러한 현상을 발견했기 때문인지 만년에 가서, 비록 구리와 돌은 아니었지만 리놀륨 판화를 그렸다. 죽음을 앞둔 그는 유년 시절의 고향을 회상하면서 원색의 메타모르포제metamorphose인 뛰어난 갈색과 흑색을 사용해 스페인의 정열적이고 아름다운 풍경을 자연이 아닌 인간 공간에다 독특하게 창조했다. 그래서 나는 예술가가 창조한 아름다움은 신이 창조한 아름다움과 다르다는 것을 알고, 또 더 훌륭하게 느낄 때도 있다. 물론 신은 우리가 이해할 수 없는 아름다움으로 가득 찬 우주를 창조했지만 말이다.

눈을 뜨면 자연 어디에서든 무한한 아름다움을 발견할 수 있다. 무성하게 피어오르는 뭉게구름이 있는 하늘에도, 굽이쳐 흐르는 강물에도,

아니 차가운 겨울 하늘을 향해 손을 펼치고 있는 나목 한 그루에도 아름다움이 있다. 그러나 자연에서 볼 수 있는 아름다움은 거대한 우주 공간에 뿌리박고 있기 때문에 인간 세계의 공간으로 가져올 수 없다. 이를테면, 파도 소리가 들리는 바닷가 모래밭에 흩어져 있는 아무리 아름다운 진주조개라도 그것을 집으로 가져와 책상 위나 벽난로 위에 놓고 보면 그 아름다운 빛을 상실하고 만다. 들에 핀 풀꽃도 꺾어서 가져오면 그러하고, 가을날 아름답게 물든 단풍잎도 마찬가지다.

어떻게 생각하면 인간은 '자연의 미'를 인간적인 공간으로 가져올 수 없기 때문에, 그것에 대한 '모방'을 통해 예술을 시작했고, 불완전한 자연의 미를 완성시키는 것이 예술인지도 모른다. 그래서 살아 있는 유기체로서 자연이 지니고 있는 미는 인간이 백지와도 같은 무無의 공간에서 새로이 창조한 예술적인 미와는 다르다.

예술가가 창조한 화폭이나 조각된 형상들은 실제로 자연처럼 살아서 숨쉬는 유기체는 아니지만, '에스프리esprit'라는 이름의 인간 정신으로 가득 찬 '유기체 아닌 유기체'로 구성되어 있다. 그래서 훌륭한 예술가들이 만든 작품 하나하나에는 표현하고자 하는 대상은 물론 그것을 나타내는 색채나 선에도 숭고한 인간 정신이 숨어 있다. 우리의 시야에 조형물로 뚜렷하게 나타나지 않는 풍경화 한 점도 마찬가지다. 저 유명한 모네의 〈수초〉를 예로 들어 보자.

그 인상 깊은 그림을 보는 사람이라면 누구나 화폭에 그려져 있는 수초가 실제보다 빛이 짙고, 더욱 아름답다고 느낄 것이다. 모네가 여름날 연못에서 자라는 수초를 그렇게 아름답게 그린 것은 있는 그대로가 아니라, 생명력을 상징하는 물 위에 떠 있는 수초 가운데서 직관적으로 발견한 내면적인 본질을, 그의 상상력은 물론 에스프리와 함께 오는 육감적인 감수성으로 표현할 수 있었기 때문이다. 이런 과정을 거쳐 불완전한 대상은 완전한 예술로 다시 태어난다. 치열한 절제의 미학 속에 농축시킨 선과 색채로 변형시켜 불완전한 대상을 완전한 것으로 만들었기 때문이다.

또 그가 화폭이라는 탁월한 구도 속에서 수초의 놀라운 아름다움을 발견했을 때는 그것이 지닌 깊고 푸른 빛과 젊고 아름다운 인간이 지니고 있는 풋풋한 생명력과 비교하려는 생각도 없지 않았을 것이다. 고흐가 자연 가운데에서 타고 있는 불꽃을 발견하고 그것을 화폭에 옮겨 놓아 탁월한 예술 작품을 창조한 것도, 불타는 듯한 〈해바라기〉처럼 자신의 뜨거운 정열과 생명력 속에서 불타 버려야만 하는 비극적인 운명을 그 속에서 직관에 가까운 에스프리로 발견했기 때문일 것이다.

또 나는 피카소가 '청색 시대'에 그린 명화 〈인생〉과 〈곡예사 가족〉이란 작품을 무척 사랑하는데, 그것들 안에서 황량한 자연이나 불행한 사회 환경과 싸우면서 힘겨워하는 경건한 인간의 우울한 모습 가운데서 인간의 양심과 동정을 불러일으키는 도덕적인 절제의 미학을 발견할 수 있기 때문이다.

샤갈의 그림이 우리의 마음에 와 닿는 것도 그것이 비록 초현실주의로 환상적인 면을 지니고 있지만, 다른 화폭에서 찾아볼 수 없는 신비스럽고 완전한 평화 속에서 인간의 구원 문제를 종교적인 바탕 위에 원시적인 색채로 탁월하게 형상화했기 때문이다.

이러한 미학적인 현상은 동양화의 경우에도 마찬가지다. 나는 인간을 자연 가운데서 왜소하게 그리거나 인간을 자연과 일치시키는 동양화에 대해서는 별다른 감동이나 아름다움을 발견하지 못한다. 그러나 갈매색 푸른 하늘을 등지고 웅장하게 솟아 있는 큰 산의 자태를 힘찬 선으로 그린 산수화와 넓은 절벽 끝이나 넓은 여백의 공간을 두고 청초하게 자라난 난초 등에서는 지고한 아름다움을 발견한다. 그것들은 모두 죽음과 같은 자연주의적인 어려움 속에서도 인간의 의지와 지조를 굽히지 않는 엄정하고 우아한 모습들을 격조 높게 형상화했기 때문이다.

그런데 동양 예술 가운데 무엇보다 내게 크나큰 미학적 충격을 가져다주는 것은 한지 위에다 침묵을 말하는 검은 먹으로 힘차고 단정하고 고고하게 써 내려간 서예다. 자크 데리다Jacques Derrida의 '글쓰기'에 대한 근원적인 이론을 빌려 오지 않더라도, 그것은 항상 곧게만 자라는 대나무를 그린 묵화와 함께 고매한 인간 정신을 탁월하게 표현하고 있다.

글쓰기가 바로 자연을 초월한 인간 영혼의 시원始原과 깊은 관계를 맺고 있다는 것을 생각하면, 그것은 어느 그림 못지않게 흰 여백이라는 자연 공간을 인간 정신과 얼로서 가득 채우고 있다고 볼 수 있다. 특히 나이가 들면서 훌륭한 서예에 대해서 남다른 아름다움을 느끼는 것은 그것이 무서운 절제 속에서만 발견할 수 있는 기하학적인 은유의 미학을 지니고 있기 때문이다. 그래서 옛 선비들은 서예를 서도書道라고 말했나 보다.

조용히 주변을 돌아다보면 인간적인 절제의 미학이 없는 곳에는 결코 아름다움이 존재할 수 없다는 것을 발견하게 된다. 거기에는 미에서 가장 중요한 절제를 통한 균형과 조화, 그리고 투명한 빛이 없기 때문이다. 생명력이 자연이나 예술 가운데서 아무리 중요한 요소라도, 그것이 절제를 잃고 나타나면 광란스럽고 추해 보이며, 아름다운 꽃이나 6월의 싱싱한 나뭇가지에서 볼 수 있는 아름다움을 결코 지닐 수가 없다. 한 송이 꽃이 필 때는 그 뒤에 얼마나 뜨거운 정열이 불타고 있겠는가! 그러나 그 꽃은 그것을 기하학적인 구도와 틀 속에 압축하고 절제시켜, 독특한 빛으로 형상화시키기 때문에 그렇게 고와 보이는 것이다.

꽃은 살아 있는 생명이지만 잠깐 피었다가 시들어 버리는 반면, 예술가가 화폭에 그린 꽃은 눈으로 볼 수 없는 에스프리를 지니고 더욱 진한 빛으로 영원히 불탄다. 그림 속의 꽃에는 자연과 다른, 결코 꺼지지 않는 인간 영혼이 깃들어 있기 때문이다.

인간 정신이 자연보다 훌륭한 미를 창조하는 데 얼마나 중요한 역할을 하는지는 미국 시인 윌리스 스티븐스Wallace Stevens의 〈항아리의 일화〉에서 잘 설명되고 있다. 그는 이 시에서 항아리 한 점을 벌판의 언덕 위에 올려놓았더니, 그것이 황량한 들판에 탁월한 질서를 형성했다고 들려준다. 항아리는 인간이 만든 하나의 정물에 지나지 않지만 항아리가 그곳에 놓였을 때 황량한 벌판이 언덕을 둘러싸는 결과를 가져와 무질서했던 황야의 모든 영역을 지배하는 미학적인 현상을 창조했다고 그는 노래한다. 아무리 거친 황야일지라도 예술가가 창조한 조각품 한 점을 그곳에 올려놓으면, 그것이 자연환경과 독특한 조화를 이루어 아름다운 미적 공간을 창조한다.

그래서 나는 눈으로 볼 수 있거나 없거나 간에, 인간 정신이 깃들어 있고 절제된 인간의 모습이나 그 그림자가 담겨 있는 곳에서는 어디서든 견인적인 미를 발견한다. 생을 바라보듯 유리벽이나 유리창을 내다보고 있는 어린이들의 모습을 담은 사진에서도, 또 세월에 마멸되어 가는 주름이 깊은 인간의 숙명적인 모습에서도 나는 어쩔 수 없는 아름다움을 발견한다.

원시적인 이집트 여인상이나 뛰어난 조형미를 지닌 원시인들의 토기에서 발견하는 기하학적인 소박한 단순미를 낭만적이고 유기적인 자연의 아름다움보다 더욱 좋아하는 것은 자연인이면서도, 그것을 완성시키려는 인간적인 미학 의지를 지니고 있기 때문이다.

2

마 음 의

섬

「 플루트 연주회 」

10여 년 전부터 매년 봄 또는 가을에 독일 만하임 음대에서 오랫동안 연주 공부를 하고 돌아온 어느 음악가의 플루트 독주회에 초대받아 간다. 그 음악회는 피아노 반주만 있든가 아니면 무반주 플루트 리사이틀이어서 조촐하고 청아한 플루트 소리가 심포니 오케스트라의 화음 속에서와 달리 선명하게 들린다. 그래서 어렴풋이만 알고 있던 플루트의 악기 소리를 분명히 알게 되었다. 그러나 나는 음악을 전공하지 않은 객석에 앉아 있던 대부분의 사람들과 같이 기대했던 것만큼 그 연주회를 즐기지 못했다. 연주회가 끝나고 밤늦게 집으로 돌아올 때면 언제나 연주자의 레퍼토리가 내가 이해하기에 너무 어렵다고 생각했다.

그러나 지난가을 짙어 가는 어둠 속에서 그 플루티스트의 음악회를 찾았을 때는 내게 약간의 변화가 일어났다. 연주곡이 여전히 어렵긴 했지만, 연주자의 기량이 많이 향상되었다는 느낌과 함께 플루트 소리가 한층 더 격조 높게 들렸다. 그동안 내가 플루트 음악을 많이 듣고 친숙해졌기 때문일까? 그것만은 아니었다. 그것은 이번 무대에서 플루트를 불고 있던 그녀가 입고 있는 의상에 풀잎을 엮어 두른 듯한 띠 모양의 장식 때문이었는지도 모른다. 나는 그것을 보는 순간 태초에 아담과 이브가 금지된 지식의 열매를 따 먹고 부끄러움을 느껴 나뭇잎으로 아래를 가렸던 모습이 연상돼, 나도 모르게 멀리 희랍 신화에 나오는 '황금시대'로 거슬러 올라가 풀피리를 부는 양치기를 생각했다. 그녀가 객석을 향해 열심히 불었던 플루트 소리가 그 옛날 '황금시대'에 구름에 싸여 있는 넓은 들판에 흩어져 있는 양 떼를 부르는 목동들의 피리 소리에서 연유했을 것이라고 혼자 생각했다.

　그래서 그날 밤 늦게 집으로 돌아오자마자 아깝게 요절한 천재 비평가 레나토 포졸리Renato Poggioli 교수가 쓴 《밀짚 피리: 목가적인 시와 목가적인 이상理想》을 무질서하게 쌓여 있는 책 더미에서 정신없이 찾았다. 이 책은 내가 1978년 하버드에 1년 동안 머물 때 수강했던 영문학 교실에서 추천한 일급 권장 도서였으나 절판되어 쉽게 구할 수 없었다. 그러던 어느 날 하버드 대학 출판부 전시실에 들렀다가 좀 더러워지긴 했지만 할인해서 팔고 있는 그 책 한 권을 발견하고 큰 횡재라도 한 듯 흥분해서 구입했다. 그러나 책 내용이 현대 문학이 아니라 많은 부분 고전 문학에 관한 것이었기 때문에 서둘러 읽지 않고 서가에서 오랜 세월 동안 잠자게 했다. 그러나 그 책이 펼쳐 보이는 세계가 너무나 아름답고 깨끗해 밤이 깊어 가는 줄도 모르고 새벽까지 읽고 또 읽었다. 훌륭한 책은 아무리 깊은 곳에 묻혀 있더라도 결국 독자를 찾는다는 사실을 실제로 경험하는 순간이었다.

그러나 다음 날 대낮에 잠에서 깨어나서는 현재 내가 살고 있는 이 시대가 순진무구한 인간이 목가적인 이상을 추구하며 평화로운 삶을 살았던 그 옛날의 '황금시대'가 아니라는 것을 알고는 마치 낙원에서 추방된 이방인처럼 잃어버린 시간에 대해 짙은 향수를 느꼈다.

그동안 나는 시간 속에 묻힌 '황금시대'의 목가적인 땅을 단순히 환상적인 세계로만 생각하고 그것이 지닌 가치를 정확히 알지 못한 채 살아왔다. 그러나 내가 그 책 속에서 발견한 목가적인 세계는 비록 시적인 상상력의 세계에 속한 것이었지만, 우리의 편견과 달리 현대인들이 절실히 필요로 하는 덕목을 지니고 있었다. 우리가 머릿속에서 목가적인 세계를 그리워하고 향수를 느끼는 것은 그것이 그만큼 아름답고 소중한 가치를 지니고 있었기 때문이리라.

포졸리 교수가 밝힌 바에 의하면, '황금시대'의 목가적인 삶은 극단적인 노력을 통해 절대적인 행복과 같은 어떤 목적과 대상을 궁극적으로 쟁취하려는 것이 아니라, 주어진 자연적인 삶을 물 흘러가듯 지나침 없이 있는 그대로 품위 있게 즐기며 사는 것이다.

목가적인 것을 갈망하는 인간의 심리적인 뿌리는 절대적인 것에 도달하려는 영적인 깨달음이나 재생을 통해서가 아니라, 단순한 삶, 즉 한거閑居를 통해 '순결과 행복'을 되찾는 데 있다. 목가적인 인간은 세상으로부터가 아니라 '속세'로부터 조용히 한 걸음 뒤로 물러나 영혼의 훌륭한 목자牧者를 닮은 삶보다 양치기의 삶을 모방하는 소박한 생활을 통해 새로운 삶을 얻으려고 한다.

목가적인 이상은 기독교적인 이상과 정반대된다. 그들은 인간이 예수의 십자가를 짊어지고 가는 것보다 양치기의 지팡이의 도움으로 더 멀리 걸어갈 수 있다고 생각한다. 그래서 목가적인 이상이 비록 자기희생을 요구하는 기독교적인 명령보다 쉬워 보이지만, 항상 황야에서 양 떼들을 소리쳐 부르며 남아 있기를 원한다. 믿음은 산을 움직이지만, 양치기들이 갖고 있는 감상적이거나 미학적인 환상은 시골과 도시 또는 산림 지대와 농경지를 가로질러 건너가도록 강요하지 않는다. 예수는 믿음이 두터운 사람들에게 구원과 행복을 약속했지만, 목가적인 부름에 열심히 관심을 보이는 사람들은 전원생활이 천국이 아니라 기껏해야 연옥purgatory의 상태지만, 진실한 양치기들이 도시에 사는 사람들과 궁중에 사는 사람들보다 깨끗하고 행복하다는 것을 발견했다. 아벨은 원래 신의 은총으로 축복받은 양치기였고 카인은 땅을 가는 농부였지만, 카인이 동생인 아벨을 살해하고 도시를 건설함으로써 세상에 범죄와 문명을 동시에 가져왔다는 것은 도시적인 삶이 목가적인 삶과 비교되는 원초적인 이야기다.

기독교적인 시각이 신념의 초석 위에 놓여 있다면, 목가적인 이상은 희망하는 생각의 흐름에 따라 변한다. 양치기들이 소망하는 생각은 도덕적이고 종교적인 감정 가운데 가장 약한 것이다. 그것은 꿈, 특히 몽상적인 것을 내용으로 하고 있다. 양치기들이 말하는 것은 기독교적인 의미에서 순교를 통해서가 아니라, 고독한 삶을 위해 공적이고 사회적인 삶의 갈등과 집단생활의 어려운 시련을 포기하고 고독한 삶을 택함으로써 오히려 도덕적인 진실과 마음의 평화를 얻게 된다는 것이다. 양치기는 성인聖人이나 승려처럼 유혹이나 죄의식의 강박 관념에 묶여 있지 않고 죄의식으로부터 자유롭다. 그는 조용하고 수동적이기 때문에 범죄를 저지르는 경우가 드물다. 그래서 양치기는 태만의 죄를 도덕적인 것으로까지 취급하려고 한다. 그들에게 가난은 신비적인 교훈을 가르치는 것이 아니라 실제적인 교훈을 가르쳐 과장이나 지나침에서 오는 위험을 피하게 한다.

베르길리우스Vergilius와 그 이후의 많은 시인들은 목가적인 전통에서 테오크리토스Theocritos의 본보기를 따랐다. 이것은 문학적인 모방과 일치를 나타낼 뿐만 아니라, 도덕적인 여유와 휴식, 그리고 감정적인 해방의 수단으로 사용하기 위함이다. 목가적인 시는 소란스럽고 쫓기는 도시 생활이 견디기 어렵게 되어 사람이 적어도 사고의 압력에서 피하고자 할 때 나타났다고 그들이 말한 것은 이러한 사실을 증명해 준다.

삶의 비전에 관해서 말하면, 목가적인 것은 주로 현대 사회에서 부정적인 새로운 에토스를 암시적으로 나타낸다. 그것은 또 몇 가지 도덕적인 것을 말하기도 하지만, 다른 한편으로 악을 행하지 못하게 하는 것으로 되어 있다. 목가적인 정신이 거부하는 것들 가운데 가장 중요한 것은 세속적인 부의 남용이나 소유와 관련 있는 것이다. 그것은 욕심에 대한 열정, 즉 재산과 부에 대한 탐욕이고 부의 축적에 대한 동경이고 유복함에 대한 욕심이며, 돈과 귀중품에 대한 욕망이다. 목가적인 삶을 주장하는 사람들은 부를 추구하는 행위를 잘못된 행동이 아니면 범죄로 생각했다. 왜냐하면 이러한 행위는 행복의 추구를 불가능하게 만들기 때문이다. 이윤 추구를 하는 사회에서는 이러한 행위를 도덕적이고 경제적인 양면을 동시에 지닌 것으로 생각한다.

목가적인 세계 역시 윤리적이고 실용적인 면에서의 자립 자족 경제를 전제로 한다. 그것은 가정 경제다. 목가적인 공동체는 필요한 모든 것을 자체적으로 생산한다. 그러나 그들은 생활의 안정을 위해 작은 여분 이외에는 초과 생산을 하지 않는다. 그것은 욕망과 필요성을 일치시키는 것을 의미한다. 또 그들은 산업과 무역을 거부한다. 외부 세계와 물물 교환이 이루어진다고 하더라도 그것은 상품 교환이 아니라 선물 교환이다. 이와 같은 경제 체제에서는 돈과 신용과 빚이 불필요하다. 이러한 경제 시스템은 계획과 예측이 없음에도 불구하고 자연적인 기적의 힘이 생산과 소비 사이의 불균형을 피하게 한다는 것이 그들의 주장이다.

목가적인 가부장은 부르주아적인 의미에서 공급자는 결코 아니다. 그에게서 검약함은 필요한 덕이라기보다 신비적인 특성이다. 그는 결코 일어나지 않을 것이라고 생각하는 재난에 대비하는 것 이외에는 저축을 하지 않는다. 시적인 양치기들은 그들의 엠블럼을 겨울의 도전을 준비하기 위해 일 년 내내 일하는 우화에 나오는 현명하고 분별 있는 개미에서가 아니라 여름내 노래 부르고 춤추는 걱정 없는 베짱이에게서 찾았다. 이것은 자연이 관대하게 모든 것을 베푸는 어머니가 되는 새로운 에덴동산을 전제로 한다. 그래서 그들은 방문객들에게 베르길리우스가 단테에게 말한 다음과 같은 지상 낙원의 선물을 이야기한다.

여기 땅이 스스로 키운 풀과 꽃과 그리고 작은 나무를 보라.

그들이 이러한 자세를 갖는 것은 가난이 인간을 욕망의 노예로부터 해방시켜 줄 뿐만 아니라 부富의 짐으로부터 벗어나게 해준다고 생각하기 때문이다.

그들은 생활에 필요한 식품을 자연적 생산에 의존하지만, 목가적인 땅을, 소시지가 나무들에 걸려 있고 사람들이 케르메스kermes에 탐닉하는 환락의 땅 코케뉴Cockaigne로 만들지 않는다. 목가적인 땅에는 하늘에서 내려 주는 음식 만나manna가 떨어지지 않는다. 양치기들은 단식을 하거나 잔치를 벌이지 않지만, 과일과 물같이 땅에서 제공하는 가장 소박한 선물이나 양들을 키워서 얻는 우유와 치즈로 목마름과 굶주림을 채운다. 그들은 농부처럼 밀을 기르지 않고 사냥꾼처럼 야생 동물을 잡아먹지 않는다. 수렵 생활은 목가적인 것과 반대되는 것이다. 그들을 상인들 및 선원들과 비교하면, 상인들은 사업을 하고, 선원들은 이익을 위해 모험을 하지만, 양치기들은 초식草食을 하며 집 안에 머물고 싶어 한다. 그들은 어부처럼 고기를 잡지만 거친 바다가 아니라 집 부근에 있는 호수나 강에서 낚시질을 하는 정도다. 그는 온순하고 친절하며 평화로운 정신을 가진 인내심과 여유를 가지고 행동하는 사람이기 때문에, 사냥꾼이나 매잡이보다 훨씬 철학적이고 경건한 마음 자세를 가지고 있다.

양치기는 의식적 혹은 무의식적 철학자로서 금욕주의자도 아니고 냉소주의자도 아니다. 그러나 그는 삶을 즐기는 사람으로서 에피쿠로

스학파의 윤리를 자연스럽게 지킨다. 그래서 그의 행복 추구는 정신적일 뿐만 아니라 육체적이다. 그러나 그것은 어디까지나 인간의 품위를 잃지 않는 범위 내에서만 허용된다. 양치기는 극단적인 세련됨과 복잡하게 타락한 환락적인 쾌락을 거부하고, 진지함과 검소함, 그리고 소박함에 기초를 둔 에토스를 깨뜨리지 않는 범위에서 만족감을 얻는다.

양치기는 기질면에서는 귀족적이지만, 낭만적인 사랑의 함정으로 추락하지 않는다. 왜냐하면 목가적인 에로스는 황홀한 매력보다 신선한 젊음을 보다 좋아하기 때문이다. 목가적인 사랑은 위로 바라보지 않고 아래를 내려다보며, 유행을 좇는 정부情婦의 우아한 아름다움보다 소박하고 꾸밈없는 사랑스러움을 선호한다는 의미에서 반낭만적이다. 목가적인 사랑의 영역은 격렬한 정열에서 벗어나 있다. 양치기들이 이러한 자세를 가지는 것은 품격의 문제도 있겠지만 후회와 죄의식에 빠지지 않기 위함이었다.

비록 스쳐 가는 눈짓이지만, 지금까지 포졸리 교수의 책이 보여 준 '황금시대'에 양치기들의 실체와 그들이 지켰던 목가적인 삶의 에토스는 그 시간적인 거리만큼이나 큰 차이가 있고, 경쟁과 갈등이 비등하는 현대적인 도시 사회에서는 도저히 받아들일 수 없을 것만 같은 존재 양식이다. 그런데 문제는 우리가 목가적인 삶의 양식을 받아들이든 받아들이지 않든 간에 오늘을 사는 대부분의 사람들의 의식은 치열한 삶을 전제로 한 자본주의적인 삶의 논리에 얽매어 순응하며 살아왔기 때문에, 목가적인 삶의 의미와 진정한 가치를 알지 못하고 환상적인 것으로 외면해 버린다는 것이다.

이것은 플루트 연주회에 참석한 대부분의 도시 사람들이 대중적인 음악에는 귀를 기울이지만 황야에서 양 떼를 부르는 목가적인 소리와 같은 플루트 음악의 역사와 가치를 전혀 모르고 객석에서 눈 감고 앉아 있는 것과 같다. 우리는 적어도 그 훌륭한 연주자가 청춘을 불사르며 밤을 새워 플루트를 분 이유와 안개가 자욱하게 낀 벌판에서 들려오는 듯한 플루트 소리의 깊은 뜻을 이해하려고 노력해야만 한다.

비록 도시에 사는 사람들은 목가적인 삶의 가치가 실용적인 것이 못 되고 환상적인 것이라고만 생각하겠지만, 복잡한 도시의 삶에 지친 그들의 마음속에는 '황금시대'의 목가적인 삶의 행복과 일치되는 전원생활에 대한 향수와 꿈이 서려 있으리라. 플루트의 연주 소리는 도시의 소음 속에서 연약하게 들리지만, 그것은 우리를 잃어버린 낙원인 목가적인 세계로 실어다 주지 않는가. 심포니 오케스트라가 인간의 영혼에 큰 울림을 주는 것도 플루트 소리가 그 속에 부분적으로 담겨 있기 때문일 것이다.

지난가을 바람 부는 어느 토요일 밤에, 나는 그 플루트 독주회에 갔다 돌아오는 길에 한참 동안 음악 소리가 너무 어려워 귀에 잘 들어오지 않는다고 생각했던 나 자신이 무척이나 부끄러웠다.

「사색과 경험」

18세기 프랑스 고전주의 문학을 대표하는 《팡세》의 저자 파스칼은 원래 과학자였다. 그는 불과 열두 살 때 우주 속에 신이 창조한 질서가 있다는 사실에 눈떠, 유클리드의 32개 명제를 혼자서 발견했고, 열여섯 살에는 《원추곡선론》을 썼으며, 열아홉 살에는 인류 최초로 계산기를 만들었다. 그는 물리학에도 재능을 보여 스물아홉 살 이전에 깊은 신앙생활과 함께 기압과 액체의 평행에 관한 진공론眞空論을 수립했다. 그가 이러한 과학적인 결실을 거둔 것은 이성적인 인간으로서 우주 가운데 어떤 불변의 법칙을 받아들였을 뿐만 아니라, 그 법칙의 불가사의한 의미를 찾으려 노력한 결과라고 말할 수 있다.

그런데 그가 과학자로서 만족하지 않고 《팡세》라는 위대한 문학 작품을 남긴 것은 과학적이고 이성적인 것보다 더욱 큰 것이 우주 가운데 있음을 믿었기 때문이다. 과학자로서 이러한 믿음을 가지게 된 것은 아버지의 갑작스러운 죽음에 이어 뇌이 橋의 마차 사고에서 기적적으로 살아난 후 수녀인 그의 누이 재클린으로부터 신앙생활에 대한 간청을 받고 우주에 숨어 있는 절대적인 존재를 직관적으로 발견해 물질보다는 인간성의 심연으로 파고들었기 때문이다. 그래서 그는 《팡세》에서 다음과 같이 썼다.

지나친 것 두 가지, 이성理性을 받아들이지 않는 것과 이성밖에는 받아들이지 않는 것.

《팡세》에 나오는 여러 가지 훌륭한 말 가운데 가장 널리 알려진 말은 "인간은 생각하는 갈대"이다.

인간은 자연 가운데서 가장 약한 갈대에 불과하다. 그러나 생각하는 갈대다. 그것을 짓밟아 죽이는 데 온 우주가 무장할 것까지는 없다. 수증기 한 줄기, 물 한 방울로도 그를 죽이기에 충분하다. 그러나 우주가 그를 짓밟아 죽인다 해도, 인간은 그것보다 훨씬 고귀할 것이다. 왜냐하면 인간은 자기가 죽는 줄을, 우주가 자기보다 우세함을 알고 있으나, 우주는 여기에 대해 아무것도 모르니까.

그러므로 우리의 모든 위엄은 사유에 있다. 우리가 일어서야 하는 것은 여기서부터지, 우리가 채울 수 없는 공간이나 시간에서부터가 아니다. 그러니 잘 생각하도록 노력하라. 여기에 '도덕적인 근원이 있다'.

그런데 중요한 것은 파스칼이 인간은 '생각하는 갈대'라는 사실을 발견했다는 것이다. 다시 말하면 파스칼이 인간을 '생각하는 갈대'라고 생각한 것은 결코 우연이 아니다. 그것은 이성적인 인간으로서 그가 겪은 인간적인 시련 때문이었으리라.

만일 어둠이 전혀 없었다면, 인간은 자기의 타락을 깨달을 길이 없었을 것이다. 만일 빛이 없었더라면, 인간은 구원을 바라지 않았을 것이다.

그렇다면 인간에게 가장 소중한 것은 경험 아니겠는가. 그러나 평범하고 순탄한 삶을 사는 사람에게는 뜻있는 경험이 결코 찾아오지 않는다. 쉽게 살아가는 사람들도 사색을 하지만, 이러한 사람들의 사색은 경험과 함께 오는 사색과 다르다. 허영에 차서 불안해 보지 않은 사람은 절대적인 믿음의 고마움을 모른다.

실제로 인간은 절망과 좌절, 그리고 비참한 허무의 늪에 빠져 보아야만 우리를 구원해 줄 수 있는 절대적인 존재의 힘이 무엇인지 알 수 있다. 인간은 연약하지만, '생각하는 갈대'이기 때문에 자신의 잘못을 뉘우치고 반성한다. 반성하는 생각과 마음은 곧 절대적인 존재와 진리에 가까이 가는 길이 된다.

우리는 죽음을 무서워하지만, 죽음이 없으면 인생은 물론 구원의 의미도 알 수가 없다. 그러므로 우리가 놓여 있는 힘겨운 현실을 극복하고 받아들일 때 살아 있는 기쁨을 누리고 인생을 풍요롭게 만들 경험을 얻게 된다.

그러나 경험을 경험으로만 받아들이고 도덕적인 상상력을 위한 바탕으로 만들지 못하면 그것의 의미는 반감되고 만다. 이것에 대한 예로서 일본의 '노(能)'에 나오는, 샘물에서 두레박으로 물을 긷는 여인의 경우를 생각해 보자.

극중 인물인 그녀는 젊은 시절부터 늙어서까지 궁중의 우물에서 물을 길어 올리는 일을 한다. 그런데 그녀는 우물에서 밧줄로 두레박질하는 것을 단순히 물을 긷는 것으로 생각하지 않고 우물에 어린 아름다운 자신의 얼굴을 건지려는 노력으로 생각한다. 그녀는 늙어서 자신의 노력이 허망함을 깨닫고 슬퍼한다. 그러나 만일 그녀가 우물 아래를 내려다보면서 두레박줄을 내리지 않았다면, 수면 위에 비친 자신의 아름다운 얼굴을 발견할 수 없었을 것이다. 하지만 아무런 생각 없이 우물에서 물 긷는 일만 계속했다면, 그녀가 두레박질하는 것을 수면 위에 비친 자신의 얼굴을 건지려는 노력이라고 미처 생각하지 못했을 것이다.

일생을 두고 물을 퍼 올렸지만 자신의 아름다운 얼굴을 건져 올리지 못하고, 세월 따라 주름진 얼굴이 수면에 비치는 것을 발견했을 때, 그녀는 끝없는 허무를 느낀다. 그러나 그녀가 '생각하는 갈대'로서 허무감을 느낄 때, 역설적으로 그녀는 인간임을 확인하고 절대적인 존재를 생각했을 것이다.

현대인들은 많은 문명의 혜택을 입으며 편리하게 산다. 그러나 편리하게 살기 때문에 얻는 것도 많겠지만 너무나 많은 경험을 잃어버리고 있다. 십 리 길도 자동차를 타고 가면 순식간이지만, 걸어서 가면 먼 길이 된다. 그러나 힘겹더라도 걸어서 가면 그만큼 더 많은 경험을 하고 또 그것을 바탕으로 사색의 날개를 펼 수 있다.

의식이 있는 사람은 편리한 삶 속에서도 사색의 지평을 확대하지만, 그렇지 못한 사람은 인간 의식을 퇴화시켜 버리기 쉽다. 누구든지 현실에 안주해서 기계의 노예가 된다면 그는 '생각하는 갈대'라고 부를 수 없다. '생각하는 갈대'는 능동적인 경험을 바탕으로 사색의 영역을 확대할 때만 존재한다. 20세기 미국 시인 로버트 프로스트Robert Frost가 죽음을 의미하는 듯한 밤이 와도 창 곁에 있는 나무를 보기 위해 커튼을 내리지 않았다는 것 또한 삶에 대한 그의 절실한 경험의 갈구 때문이었으리라.

나무 한 그루 창 곁에 서 있고,
밤이 오면 나는 들창문을 내린다.
그러나 커튼은 치지 말자.
너와 나 사이.

불변의 진리는 베일에 가려 반은 보이고 나머지 반은 보이지 않는다. 나머지 반에 접근하는 길은 경험이 있는 사색을 통해서다. 그래서 경험이 없는 인생은 공허하고 사색이 없는 삶은 무의미하다.

2

마음의

섬

「 해후邂逅와 재회의 순간들 」

힘겨운 생의 여정旅程을 살아가는 동안 가장 아쉽고 고통스럽지만 애
틋하고 아름답게 기억되는 감정은, 한때 깊은 정을 나누었으나 오랫동
안 잊었던 사람을 해후邂逅하거나 재회하는 순간에 얻을 수 있다.

곰곰이 생각해 보면, 우리는 모두 '자기 앞의 생'을 살아가면서 어느
누구를 만나 무덤까지 함께 가거나, 깊은 정을 나누었지만 헤어져야만
하는 비극적인 슬픔으로 괴로워해야 할 운명에 놓여 있다. '해후'는 서
로 만나 깊은 정을 나누었으나 피할 수 없는 운명 때문에 이별한 뒤
'만남은 이별을 낳고 이별은 새로운 만남을 기약하듯', 오랜 시간이 지
난 후 숱한 기다림 속에서 낯설지만 친숙한 얼굴을 다시 만나는 것을
의미한다.

서로가 그리워하면서도 부딪치는 삶의 파도에 떠밀려 배반 아닌 배

반으로 헤어져 수많은 세월 동안 가슴에 묻고 있던 사람을 거리에서나 어느 유리벽 찻집에서 만나면, 반가움을 그 무엇으로 표현할 수 있으랴.

그러나 '해후'가 가져다주는 찰나적인 놀라움 속에 느끼는 순수한 만남의 환희가 해 질 녘의 찬란한 빛처럼 사라지고 나면, 서로의 변한 모습에 절망한다. 낯선 장소에 마주앉아 서로의 모습을 찬찬히 바라보다가 발견한 순간의 어색함이 세월의 파도가 스쳐 간 자국이든 아니면 홍진紅塵이 묻은 상처든, 그것은 그리 중요하지 않다. 진정 중요한 것은 물처럼 흘러간 시간이 가져온 변화의 아픔이다. 그래서 "옛 애인은 만나지 말아야 한다. 만나면 그 모습은 누더기와 같다"는 옛말이 생겨나지 않았을까. 프루스트도 이와 유사한 감미롭고 쓰라린 경험을 다음과 같이 말하고 있다.

나는 몸이 약하고 상상력이 지극히 조숙한 열 살의 소년을 알고 있다. 그는 자기보다 나이 많은 소녀에게 순진한 사랑을 바쳤다. 그는 소녀가 지나가는 것을 보려고 언제나 창가에 서 있었다. 그는 소녀를 보지 못하면 울고, 보면 또 봤대서 울었다. 그가 소녀 곁에서 지내는 순간은 지극히 드물고 지극히 짧았다. 그러던 그가 침식寢食을 잊어버린 어느 날 창에서 몸을 던졌다. 사람들은 처음에 그가 죽은 것은 소녀에게 가까이 갈 수 없는 것에 절망하였기 때문이라고 생각했다. 그러나 실제로 그가 죽은 시점은 소녀와 장시간 이야기를 나눈 뒤였다. 소녀는 그에게 지극히 친절히 대해 주었던 것이다. 사람들은 이렇게 상상했다. 그는 소중히 간직하던 도취의 감정을 되돌릴 기회가 없을 것이라 여겨 삭막한 여생餘生을 버린 것이라고. 그러나 그가 동무들에게 때때로 고백한 바로 미루어 보면, 그는 소위 그 '꿈의 여왕'을 만날 때마다 일종의 기만을 느꼈다고 생각된다. (이양하의 《프루스트의 산문》에서 재인용)

물론 어느 누구든지 다시 만날 수 있는 것은 아니지만, 오랫동안 그리워했던 사람을 우연히 만나면 지나간 시간의 괴리가 가져온 상처 때문에 절망한다. 물론 재회의 경우는 해후와 다르지만 많은 유사점을 가지고 있다. 다시 말하면 젊은 시절 서로 순수한 마음으로 깊은 정을 나누며 마음에 깊은 우물을 팠지만, 운명의 여신이 서로의 만남을 허락하지 않아 이국땅이나 먼 곳에 떨어져서 살게 된다. 그 결과 한때 열병처럼 뜨거웠던 감정은 식고, 그들은 이성적이고 현실적인 생활인으로 변신해 성숙한 인간으로서 일상적 삶을 살아간다.

그러나 프루스트의 말처럼 감수성이 예민한 시적詩的인 인간이 아니라도 사람들은 한때 자신과 행복한 시간을 보냈던 그리운 이의 모습이 기억 속에서 물안개처럼 피어오르는 것을 발견한다. 잃어버린 시간 속에 묻혀 버린 사람들에 대한 애틋함은 인간이라면 누구나 가질 수 있는 보편적인 감정이다. 그래서 그들은 애정을 표백한 후 친근한 우정만 남은 감정으로 옛날 깊은 정을 나누었던 사람들을 만나고 싶어 하고 또 만날 수 있다. 이것은 마치 객지에서 오랫동안 유랑하던 사람들이 고향을 그리워한 나머지 자기가 자라난 옛집을 찾는 것과 마찬가지다. 그러나 이국땅이나 도시에서 오랜 세월을 보낸 사람이 작아지거나 폐허가 된 고향 집을 다시 찾았을 때 실망하고 좌절하는 것처럼, 만나는 순간 그들은 모두 잃어버린 시간 속에서 상처 입거나 알아볼 수 없을 정도로 변한 모습에 절망하는 것이 보통이다.

그러나 절망의 두려움 때문에 그렇게도 그리웠던 얼굴을 외면하거나 그로부터 도망치려 한다면, 그의 삶은 인간적으로나 도덕적으로 더욱 비참해질 것이다. 능동적인 참된 삶은 소유하는 것이 아니라 무엇을 성취하거나 그리움으로 이루어지는 아름다운 시간의 연속이 아닐까? 너무나 오랫동안 마음속 깊이 순수한 사랑과 우정을 간직하고 있는 사람이라면, 오랜만에 만난 얼굴이 아무리 변했더라도, 서로 과거의 아름다운 모습보다 시간의 힘에 외상外傷 입은 현재의 모습에 애정의 눈길을 주어야만 한다. 눈을 뜨고 바라보는 순간, 그리워한 사람의 일그러진 모습 아래 순수한 옛 모습의 그림자가 조용히 숨 쉬며 잠을 깨고 있기 때문이다.

아일랜드의 민족 시인 예이츠William Yeats는 결코 맺을 수 없었던 그의 애인, 모드곤의 '변한 얼굴의 슬픔'을 사랑하며 다음과 같이 노래했다.

그대 늙어서 머리 희어지고 잠이 많아져,

난로 옆에서 꾸벅일 때, 이 책을 꺼내서 천천히 읽으라.

그리고 한때 그대가 지녔던 부드러운 눈매와

깊은 그늘을 꿈꾸라.

얼마나 많은 사람들이 그대의 기쁨에 찬

우아한 순간을 사랑했으며,

거짓된 혹은 참된 사랑으로 그대의 아름다움을 사랑했는지를,

그러나 단 한 사람 그대의 순례巡禮하는 영혼을

사랑했고, 그대 변한 얼굴의 슬픔을 사랑했음을.

_ W. B. 예이츠의 〈그대 늙거든〉 중에서

별리別離의 슬픔을 나눈 사람들이 수많은 시간이 흐른 후 신의 축복으로 다시 만나 너무나 '변한 얼굴의 슬픔'을 사랑하게 되면, 발터 벤야민의 말처럼 그는 시간의 바다 속에 묻혀서 "바다 작용에 의한 변화를 겪고"도 환경의 변화에 정복당하지 않은 채 남아 있는 진주眞珠가 된 순수한 사랑의 결정체를 발견할 수 있을 것이다.

오랜 이별 끝에 이루어진 해후의 순간이나 재회의 순간, 그 찰나적인 기쁨 뒤에 절망이 찾아오면 어디라도 좋으니 어둠 속 빗길을 자동차로 함께 달려 보라. 운전하며 달리는 차 안에서는 서로 얼굴을 바라볼 수 없어, 차창을 때리며 흘러내리는 빗물만 보게 되기 때문에, 옆에서 가랑비처럼 찾아오는 부드러운 손길과 함께 잊었던 옛 목소리를 가까이에서 다시 느끼게 될 것이다. 실로 그것은 오랜 세월의 바다 속에 깊숙이 묻혀 있다 해변으로 밀려온 성숙한 사랑의 진주와도 같은 것이다.

「마음의 섬」

사람은 누구나 마음속에 가보지 못한 섬을 가지고 있다. 그래서인지 어디론가 가고 싶어 한다. 해마다 여름이 되면 수많은 사람들이 여행을 떠나는 것은 피서를 위함이기도 하겠지만 각자의 마음속에 가지고 있는 섬에 가보고 싶은 욕망 때문이리라.

어릴 때 강변에서 멀지 않은 간이역에서, 기차가 홈에 들어오면 좋아하다가 곧 햇빛 속에서 강을 건너 산모퉁이로 돌아가고 나면 슬퍼했던 일을 잊을 수가 없다. 또 하굣길에 철길을 따라 걸으며 기차가 오기를 기다리면서 레일에 수없이 귀를 대보던 일도 잊을 수 없다. 기차를 타고 어디론가 멀리 떠나고 싶었던 무의식적인 욕망 때문이었으리라.

여행은 우리에게 어떤 의미일까? 무심한 사람들은 현실 도피라고 생각할 것이고, 좀 더 생각이 깊은 사람들은 재창조를 위한 휴식이라고 여길 것이다. 그러나 곰곰이 생각해 보면 여행은 우리 삶과도 같은 신화적인 궤도를 어김없이 밟아 가는 과정이기 때문에 자아 발견의 길이라고 말할 수 있다.

여행이 훌륭한 자아 발견의 과정이 될 수 있는 것은 집을 떠나서 길을 나서면 자기 자신을 발견할 수 있는 순수한 자유를 느낄 수 있기 때문이다. 거미줄처럼 얽혀 있는 일상적인 억압에서 벗어난 자유는 누구나 마음속에 간직하고 있는 섬으로 다가갈 수 있는 길을 열어 놓는다. 그래서 뜻있는 여행은 우리를 순수한 인간으로 만들어 시원始原의 샘물을 마시게 한다.

투명하게 자신을 돌아보려면, 여러 사람들과 함께하는 여행보다 혼자서 하는 여행이 좋다. 혼자서 여행을 하면, 자신을 내면적으로 들여다볼 기회를 가질 수 있다. 혼자 길을 걸어가며 지난날을 회상하고 반성할 때보다 자신을 경건하게 발견할 때가 또 어디 있을까. 퇴락한 객사客숨에 혼자 누워 지난날의 도덕적인 잘못을 뉘우치는 일은 레몬 껍질을 씹는 것만큼 쓰라리지만, 거기에는 마른 국화의 향기와도 같은 침전된 생의 진수眞髓가 있다.

여행길에서는 내면적으로만 자신을 발견할 수 있는 기회를 갖는 것이 아니다. 유리벽 찻집에 앉아서 물밀듯이 흘러가는 군중을 바라볼 때나, 호프만Ernst Hoffmann의 〈사촌집의 구석 창문〉에서 장날의 풍경을 내려다보듯 고립된 위치에 앉아 사람들이 지나가는 것을 볼 때에도 그들 가운데 투영된 자신의 모습을 객관적으로 읽을 수 있다.

혼자서 산책하듯 여행하면 그 어느 때보다 마음을 평정한 상태로 유지할 수 있어서 '살아 있는 그림'과도 같은 세상을 많이 보고 경험할 수 있다. 성난 사람은 볼 수도 없고 들을 수도 없기 때문이다. 경험의 영역을 지각하지 못하고 지나쳐 버리는 사람은 회상으로 얻을 수 있는 생의 위안을 그만큼 상실하게 된다.

그러나 여행길에서 마음의 섬을 발견하는 것은 아마도 영원의 세계와 만나는 현현顯現의 순간이리라. 현현의 순간은 빈 마음으로 아름다운 사물을 보았을 때 행복한 깨달음의 충격으로 온다. 낯선 도시의 아름다운 거리를 이리지리 거닐면서, 테라스 위에 걸어 놓은 꽃이나 등불 혹은 은빛 십자가가 있는 교회의 검은 지붕을 바라보았을 때 순간적인 깨달음으로 황홀감을 느낀다. 이 순간은 내가 나를 잊고 누구를 뜨겁게 사랑할 때와도 같다. 이것은 또한 법열法悅의 순간에 느끼는 종교적인 무아경無我境과도 같다.

어찌 이것뿐이랴! 마음이 텅 빈 공간처럼 자유로우면, 뜨겁게 내리쬐는 태양 아래 분수대의 물기둥이 정지한 듯 뿜어져 오르는 것을 보았을 때, 혹 이름 모르는 텅 빈 광장을 서성이다가 정오를 알리는 사이렌 소리나 대포 소리를 들을 때도 우리는 현현의 순간을 느낀다.

그림자 없는 자유로운 마음을 가지고 길을 가다 보면 현현의 순간은 언제든지 찾아온다. 배를 타고 마음의 섬으로 가다가 우연히 시선이 마주친 우울한 여인이 내가 사랑하는 누이나 아내 같다는 느낌으로 다가올 때 왠지 모를 사랑을 느낀다. 기차에서 우연히 만나 동행하며 부끄러움 속에 몇 마디 말을 나누었던 여인이 귀착지의 어느 길모퉁이로 사라지며 보이는 작별의 미소에서도 아픔과 함께 오는 현현의 순간은 있다.

순수한 자기와의 만남은 아름다운 낯선 사람과 아무런 목적 없이 만날 때 느끼는 행복의 순간에만 있는 것이 아니다. 공포와 두려움의 순간에도 자신을 만나지 않을까? 이를테면 요람처럼 흔들리는 파도 소리를 들을 때, 혹은 여관방에서 깊은 잠에서 깨어나 소나기와 천둥소리에 무서워할 때에도 현현의 순간을 느낄 수 있다. 이것은 깊고 웅장한 사원 종각 아래서 햇빛처럼 쏟아져 내리는 파문이 긴 종소리를 듣는 것과도 같다. 카뮈는 이와 유사한 무서움을 그의 비망록에 다음과 같이 적고 있다.

> 여행을 가치 있게 만드는 것은 공포다. 우리나라와 언어를 그처럼 멀리 둔 순간에는—그러할 때 프랑스 신문 한 장은 더할 나위 없이 귀중한 것이 된다. 그리고 카페에서 팔꿈치로 낯모르는 사람들을 건드려 보고 싶은 저녁 무렵—막연한 공포심이 우리를 사로잡으며, 구습에 안도해 보았으면 하는 본능적인 욕구가 있다. 이러한 것은 여행의 가장 확실한 수확이다. 이때 우리는 열에 들뜨지만 그 대신 기공氣孔이 많아진다. 아주 작은 충격으로도 우리 존재 밑바닥까지 동요를 일으킨다. 빛은 폭포처럼 쏟아져 합류하게 된다. 영원은 그곳에 있느니, 여행은 쾌락을 위해서 하는 거라고 말할 수 없는 까닭이 여기에 있다. 무엇보다도 위대하고 엄격한 학문과도 같은 여행은 우리를 자신에게 이끌어 간다.

현현의 순간은 어느 집 담 모퉁이를 돌다가 들이마신 무리 지어 핀 여름 꽃의 향내 속에서도 온다. 여름 밤공기와 함께 묻어 오는 꽃향기는 시간의 벽을 뚫고 잃어버린 수많은 아름다운 과거의 풍경을 현재로 가져와 황홀감에 빛을 발하게 한다.

회상은 결코 우연히 일어나지 않는다. 꽃향기가 감각의 문을 열어 현현의 바다로 우리를 유혹하기 때문이다. 여름의 둔감한 상태에서 꽃향기와 회상의 눈물이 함께 어우러진 순간에 느끼는 황홀감과 깨달음은 보들레르가 말하는 시적인 '교감'과도 같은 것이다. 보들레르는 '교감'을 통해 여인의 머리카락이나 젖가슴의 향내 속에서 '거대한 궁릉 모양을 한 하늘의 푸른빛'과 '황홀한 불꽃과 돛대로 가득 찬 항구'와 같은 시구詩句를 발견하지 않았던가.

이렇게 집을 떠나 길 위에서 순수한 자신을 발견하는 순간은 어떻게 생각하면 영원한 존재로 이어지는 신비스러운 통로인 마음의 섬을 성숙하게 포옹하는 것과도 같다. 아니, 그것은 성숙한 단계의 삶을 의미하는 죽음과도 같다. 이러한 영원의 세계와의 만남은 생生의 종착역에 도달할 때 얻을 수 있을 것 같은 경험과도 같으리라.

그래서 우리는 의식의 눈을 뜨고부터 마음에 있는 섬을 찾아 언제나 멀리멀리 여행하고 싶어 했는지도 모른다. 그러나 여기서 말하는 황홀한 현현의 순간은 죽음 그 자체가 아니라, 어디까지나 비극의 순간과도 같은 자아 발견을 위한 인식적인 깨달음이리라. 생에 대한 진정한 이해는 비극적인 절정의 순간을 만날 때 비로소 가능하지 않은가. 풍요로운 경험의 편력은 곧 풍요로운 정신의 편력을 의미한다. 누군가 말한 "여행의 양量이 곧 인생의 양量이다"라는 말은 이러한 사실을 염두에 둔 것 아닐까.

　그러나 현현의 순간이 없는 여행이라도 좋다. 불타는 태양 아래 유유히 흐르는 강물을 따라 터벅터벅 걷다가 석양 무렵, 경치가 아름다운 곳에서 무덤을 바라보며 삶의 의미를 읽을 수 있다면 그것으로도 큰 수확을 얻었다고 생각할 수 있겠다. 왜냐하면 그와 같은 풍경을 경험한 사람은 여행을 하지 않고 닫힌 공간 속에 머물고 있는 사람보다 생을 몇 갑절이나 풍부하게 살고 있기 때문이다.

　해마다 여름이 오면 사람들은 산과 바다로 여행을 떠난다. 그러나 생에서 여행이 지니는 진정한 의미를 알고 길을 떠나는 것과 모르고 떠나는 것에는 큰 차이가 있다. 먼 길 여행은 잃어버렸거나 잡을 수 있는 그 무엇을 찾아가는 것이기 때문에 인간의 그리움이 담긴 꽃과 고향을 사랑하는 것과 같다. 아니, 여행은 건너지 않은 바다와 같은 생生 그 자체를 사랑으로 느끼고 끌어안는 것과 같다.

「 시간의 무게와 환상 속의 미망 」

연륜이 쌓였기 때문인지 요즘 들어 시간의 힘과 무게를 유난히 의식한다. 젊은 시절 나는 봄이 되면 산울타리를 타고 하루가 다르게 뻗어 가는 덩굴손과 아침의 문을 여는 나팔꽃, 그리고 늦은 가을이면 장군의 수염처럼 바람에 흔들리는 억새풀과 갈대를 아름답게만 보았다.

그러나 지금은 그것이 모두 시간이 만들어 낸 신비스러운 현상임을 새삼 깨닫는다. 실로 시간의 힘은 무섭다. 시간은 만물을 새롭게 창조하는 힘을 가졌지만, 또한 그것을 해체하고 무너뜨리는 파괴력을 가졌다. 그래서 발터 벤야민은 다음과 같이 말했나 보다.

우리 눈앞에서 일어나는 일련의 사건들에서 그 역사의 천사는, 끊임없이 파편들을 만들어 자기 발 앞에 던져지는 대재난을 보고 있다. 그는 그 자리에 머물러 죽은 자를 깨우고 산산이 조각난 것을 다시 결합하고 싶어 한다. 그러나 폭풍우가 낙원에서 불어와 그 천사 앞의 파편 더미를 하늘 높이 쌓아 올리고 그가 등지고 서 있는 미래로 그를 마구 몰아낸다. 우리가 역사의 진보라고 부르는 것은 바로 이 폭풍우다.

내가 시간의 흐름을 이렇게 가속적으로 의식하게 된 것은 갑작스러운 일이 아니다. 그것은 나이를 먹으면서 서서히 알지 못하게 찾아왔다. 내가 시계 종소리의 신비스러운 매력을 느끼게 된 것도 이러한 운명과 관계된 것 아닐까?

오래전 어느 날 산책을 나갔다가 중고품 가구상에서 검은빛이 도는 짙은 갈색 나무장 속에 무거운 추와 함께 고정시켜 놓은 대형 괘종시계를 보았다. 고전미와 현대 감각이 어우러진 시계와 나무 틀 모양은 물론, 종소리와 같이 들리는 시계 치는 소리가 마음에 들어 적지 않은 돈을 주고 구입했다. 그때 늙은 주인에게 너무 비싸다고 했더니 그는 그 시계가 '대물림'할 만큼 훌륭하다고 말했다. 그 당시엔 몰랐지만 세월이 지난 후 그 가구상에 다시 들렀을 때, 점원으로부터 그가 죽었다는 말을 듣고서야 그가 옳았다는 사실을 알게 되었다.

이제 괘종시계를 팔았던 노인은 죽고 나 역시 육십 고개를 훌쩍 넘겼지만, 회칠을 한 우리 집 2층 계단 위 벽면에 세워 놓은 괘종시계의 바늘은 아직도 가고 있다. 그리고 15분 간격으로 어김없이 사원의 종소리와도 같은 은은한 소리를 낸다. 나는 이 큰 괘종시계가 치는 소리를 들을 때면 문득 그 시계를 '대물림'할 만하다고 말했던 그 옛날 가구상

주인의 죽음을 생각해 내고, 그의 짧은 인생과 그것을 삼키고 지나가는 영원한 시간과의 관계를 의식하곤 한다. 시간의 흐름을 이렇게 남달리 의식하는 나의 눈에는 모든 것이 시간의 구조물이면서 또한 시간의 잔해처럼 느껴진다.

그래서 나는 유유히 흐르는 강물에서 시간의 흐름을 발견하듯, 끝없이 궤도를 달리는 전철의 움직임 속에서도 시간을 의식한다. 내가 도심을 가로지를 때 승용차보다 전철을 즐겨 이용하는 것은 혼잡스러울 정도로 붐비는 교통량 때문이기도 하지만, 그것이 나로 하여금 시간의 움직임과 실체를 느끼고 깨닫게 만들어 준다는 보이지 않는 믿음 때문이다. 전철에 혼자 망연히 앉아 있으면, 정말 마치 시간을 타고 있다는 환상에 빠진다. 열차의 움직임도 움직임이려니와 열차를 타고 어디론가 가고 있는 사람들의 모습 속에서 시간의 흐름을 느낀다.

흐르는 시간을 상징하는 듯한 달리는 전철의 의자에 앉아서 고개를 들면 주변 사람들은 모두 내게 시간의 무게를 느끼게 하면서 시간의 가늠자가 된다. 출입문 곁에서 시간의 흐름도 잊고 사랑을 속삭이는 청춘 남녀가 있는가 하면, 젊은 아낙네의 등에 업혀 잠자는 어린아이, 초조해 보이는 어느 중년 남녀의 한숨 소리, 머리에 염색을 했지만 시간이 스쳐 간 자국을 지울 수 없을 정도로 주름살이 깊은 노인들의 힘없는 모습들. 전철을 타고 가는 이 모든 사람들은 시간 속에서 시간을 싣고 가는 즐거움과 아픔을 함께 나타내는 인생의 현실적인 모습을 투영하거나 구체화하고 있다.

실로 지하철 열차 안의 풍경은 움직이는 흑백 사진과도 같이 시간을 타고 가는 인생의 참모습을 담은 화랑 같다. 나는 그들에게 객관적인 시선을 보낸다고 하지만, 연애하는 젊은이들에게서는 부러움을 느끼고, 꾸벅꾸벅 조는 노인들에게서는 내 모습을 보는 듯해 초라함과 부끄러움마저 느낀다. 그리고 중년 승객들의 성숙함과 풍요로움을 볼 때는 부러움을 느끼지만, 그들도 얼마 있지 않아서 시간의 흐름과 함께 곧 노인이 될 것이라는 생각에 안타까워한다. 또 남루한 옷을 입고 구걸하는 사람을 볼 때는 추함을 느끼기도 하지만, 힘겨운 삶을 살아가는 그들에게 연민과 동정을 느낀다.

나는 이렇게 달리는 전철이 상징하는 시간 속에서 살아가는 운명적인 인간의 풍경에 대해 공감하며, 때때로 그들의 얼굴 위에다 나의 자화상을 그린다. 그러면 슬프기도 하지만 고독을 잊을 수 있어서 즐겁다.

달리던 전철이 어느 지점에서 멈추고 사람들이 내리면, 나는 그들이 시간 밖으로 나갔기 때문에 죽었다고 생각한다. 그리고 새로운 사람들이 열차의 열린 문으로 들어오면, 그들이 시간 속에서 새로이 탄생한 것 같은 환상에 빠진다.

그러나 다음 순간 옷깃을 여미듯 의식을 회복하고 환상에서 깨어나 현실 세계로 돌아온다. 이때 나는 위엄 있는 인간으로 변신해 시간의 무게가 가져다주는 아픔과 설움을 느낀다. 그리고 나는 감상적인 허무주의자가 될 수 없음을 확인하고 시간의 실체와 의미에 대해서 다음과 같은 철학적 질문을 던진다.

'내가 타고 가는 전철이 시간을 상징한다면, 그것은 아무런 목적이 없는 무한궤도에서의 움직임일까?' 아니다. 적어도 그것은 그 안에 타고 있는 사람들이 가는 방향과 함께 움직이고, 또 그들이 가려고 하는 곳까지 실어다 준다. 승객들이 목적지에 도착해 전철에서 내리는 것을 두고 죽음이라고 착각했지만, 죽음이 그들의 여로를 완성시키는 목표 지점이 되는 종착역이라면 그것은 허무만이 아니라 완전한 성숙을 의미하는 것 아닐까.

우주적인 차원에서 '객관적인 시간'은 개체인 인간이 가지는 생명의 길이를 초월해서 미래를 향해 영원으로 흐른다. 그러나 이러한 시간도 그것과 함께하는 개체인 인간을 성숙하게 한다면 그것은 그가 지닌 어떤 가능성을 실현하고 있음에 틀림없다. 영국의 시인 존 키츠가 말한 것처럼 죽음은 성숙의 끝이고 제한된 가능성의 실현을 의미하기 때문이다.

만일 시간이 어떤 가능성을 실현하지 못할 것 같으면, 지나간 과거는 먼지 쌓인 박물관이나 화랑에 아무런 의미 없이 줄지어 서 있는 시간의 잔해 아닌가? 인간이 존재하는 의미가 어떤 가능성의 실현에 있다면, 시간은 그것의 성취를 위해 필요한 움직임과 변화의 조건이 된다. 만일 시간이 없다면, 어떤 가능성을 실현할 수 있는 변화와 움직임도 있을 수 없기 때문이다.

그러나 인간이 어떤 가능성을 설정하는 것은 의식의 산물이기 때문에, 시간은 의식에 의해 지각되고 의미를 부여받는 모든 현상의 질서에 대한 표현이 된다. 그래서 만일 시간 속에서 어떤 목표와 가능성을 잃는다면, 존재 의미를 상실하게 될 것이다. 그러나 만일 시간이 인간에게 변화를 위한 고통을 가져온다 하더라도, 그것이 어떤 가능성의 실현이라는 목표를 위한 하나의 과정이라면, 일에서 오는 희열의 경우처럼 역설적으로 즐거움이 될 수 있다. '객관적인 시간'에 떠밀려 가지 말고, 시간을 자신의 목표를 실현하기 위해 의지적으로 활용한다면, 그것은 한결 가벼워져서 그 흐름마저 느끼지 못하게 될 것이다.

이렇게 현상학적으로 생각하면, 인간이 '주관적이고 의식적인 시간'을 상실하는 것은 죽음을 의미함에 틀림없다. 전철을 타고 가면서 내가 전철을 '시간의 마차'라 생각하고 그 속에 타고 있는 사람들의 모습에서 시간의 무게와 변화를 읽고 그들의 얼굴 위에 내 얼굴을 포개며 자화상을 그려 보는 것은 자연스러운 현상이다. 그러나 내가 주변의 사물에 지나친 연민을 느끼며 허무감에 빠지는 것은 순간적으로 나 자신의 목표 의식을 잃고 환상에 빠지기 때문이다. 인생이 승리와 패배가 있는 싸움의 시간인 것은, 어떤 가능성과 의미를 찾기 위한 의식적인 움직임 때문 아닌가.

우리 집 2층 계단 위 벽면에 서서 사원의 종소리와 같은 울림을 내며 시간을 알리는 큰 괘종시계는 아직도 가고 있는데, 그것을 '대물림' 할 만하다고 했던 그 중고 가구상 주인의 죽음을 슬퍼했던 것이 의식적인 삶의 여울에서 벗어난 순간적인 감상이라 생각하니 부끄러울 뿐이다. 시간은 결코 어느 한 사람의 소유물이 아니라, 역사의 움직임에서 볼 수 있듯이 어떤 하나의 거대한 역사적 가능성을 실현하기 위해 존재하기 때문이다.

「 귀로에서 」

오늘날과 같이 생활의 리듬이 빠르지 않았던 옛날에도 우리 조상들은 생활 속에서 무엇인가 혼자 깊이 생각할 기회가 많지 않았던 것 같다. 그래서 선인들은 생각을 집중할 수 있는 곳을 마상馬上, 침상枕上, 그리고 측상廁上이라고 했다.

그중에서도 그들이 가장 많은 생각을 할 수 있었던 곳은 마상이 아니었을까 싶다. 말을 타고 자연을 바라다보며 자신과 주변 일을 생각하고, 풀지 못한 숙제가 있으면 그것에 대한 열쇠를 발견하기도 했을 것 같다.

그러나 오늘날은 기계 문명의 발달로 마상에서 생각할 수 있는 기회가 사라졌다. 말 대신에 자동차를 타면, 운전사가 있어 혼자만의 깊은 상념에 잠길 수 없다. 또 직접 운전하는 경우에는 길을 찾아야 하고 신호등은 물론 옆과 뒤에서 오는 자동차들에 신경을 써야 하므로 무엇을 깊이 생각할 겨를이 없다. 그래서 오늘날엔 차 없이 걷는 사람이 말 위에 있는 사람과 같은 격이 되었다. 이것은 결코 내가 아직 차가 없는 데 대한 변명이 아니다.

연전에 심한 교통사고를 당했기 때문인지, 나는 아무리 좋은 차를 보아도 갖고 싶지 않고, 지극히 피곤하거나 먼 거리가 아니면 산책하듯 걷는다. 걷다 보면 풀지 못했던 문제에 대한 해답이 섬광처럼 뇌리에 떠오르기도 한다. 그래서 나는 좀처럼 풀리지 않는 문제가 있을 때면, 밖으로 나와 걷는다. 길을 걷다 보면, 문제의 단서가 어렴풋이 잡힌다.

내가 걷기를 좋아하는 것은 걸으면서 생각을 할 수도 있을 뿐만 아니라, 차를 타면 보지 못할 많은 것들을 볼 수 있기 때문이다. 거리에 노점을 열고서 먼지 속에서 열심히 살아가는 행상인의 의연한 모습도 좋고, 길에서 꽃을 파는 노파의 모습도 숭고하다. 햇볕에 얼굴이 검게 타고 손마디는 거칠지만, 곧 시들어 버릴지도 모르는 꽃들에게 물을 주고 가꾸며, 사람들의 마음에 아름다움과 사랑을 심어 주기 때문이리라.

제과점 앞을 지나면 어릴 때가 생각나 순간적으로 아련한 기분에 젖는다. 돌이켜보면 유년 시절 나에게 가장 큰 기쁨을 주었던 일은 아버지께서 내 손을 잡고 과자 냄새 가득한 제과점에 들어가 진열장을 들여다보시며 먹고 싶은 것이 없느냐고 물으셨을 때다. 생과자와 별사탕, 그리고 하늘로 나는 어린 천사가 그려져 있는 캐러멜이 그때 그 시절에는 왜 그렇게 좋았을까. 지금 생각해도 황홀하기만 하다.

그리고 나는 〈지나간 여인에게〉라는 보들레르의 깊고 아름다운 시를 기억한다.

주위에선 귀가 멍멍하게 거리가 노호하고 있다.

상복 차림의 가냘프고 키가 큰 여인이 엄숙한 고뇌에 찬 모습으로,

꽃무늬 레이스 치맛자락을

화사한 손으로 추켜잡고 흔들며 지나갔다.

조상彫像과 같은 다리로 민첩하게 품위 있게

나는 미친 사람처럼 몸을 떨며

태풍이 싹트는 남빛 하늘 같은 그녀의 두 눈에서

넋을 빼는 감미로움과 뇌쇄惱殺의 쾌락을 마셨다.

번갯불…… 그다음엔 어두움! 홀연히 사라진 여인

그 시선은 나를 태어나게 해주었는데,

영원 속에서나 그대를 만나게 될까?

저곳으로, 여기서 아득히 멀리로!

이미 늦었다! 영원히 못 만나리!

그대 사라지는 곳 나 모르고 내 가는 곳 그대 알지 못하니,

오 내가 사랑할 수도 있었을 그대,

오 그것을 알고 있던 그대였거늘!

내가 거리의 군중 속에서 이러한 여인들을 만나 생의 행복과 슬픔의 충격을 느낄 수 있는 것도 차를 타지 않고 산책하듯 걷기를 좋아하기 때문이다. 보들레르가 경험했던 것처럼 거리를 걸을 때 나에게 군중은 대립되고 적대시되는 요소로서 경험하는 것과는 거리가 멀다. 그 군중은 오히려 도시의 주민인 나에게 매혹적인 삶의 충격을 가져다준다. 그래서 나는 왜 발터 벤야민이 도시의 시인 보들레르의 기쁨이 사랑이었다고 말하고, 거리에서 스쳐 가는 여인에게서 느낀 것은 "첫 시선이 아니라 마지막 시선에서의 사랑, 그것은 시 속에서 매혹적인 순간과 동시에 일어나는 영원한 작별이다"라고 설명했는지를 경험으로 깨닫는다.

그리고 나는 또 마르셀 프루스트가 〈파리의 여인〉이란 작품에서 알베르틴이라는 슬픔에 잠긴 여인의 모습을 그린 것도 보들레르가 거리를 걸으면서 받은 충격의 파장이었다는 사실을 생각하고 고개를 끄덕인다. 프루스트는 알베르틴을 이렇게 묘사하고 있다.

알베르틴이 다시 내 방을 찾아왔을 때, 그 여인은 검은 옷을 입고 있었다. 그 검은 옷은 그녀를 창백하게 만들었다. 그래서 그 여인은 불같이 뜨겁지만 창백한 파리 여인의 표상 같았다. 신선한 공기를 마시지 못하고 군중 속에서, 어쩌면 악의 분위기 속에서 살아가 병에 걸린 여인, 두 뺨에 루주를 바르지 않아서 불안정해 보이는, 어떤 눈길로써 알아볼 수 있는 모습이었다.

복잡한 차도를 지나 작은 길을 걸어오면, 성당이 시야에 들어온다.

날씨가 맑은 날이면 푸른 하늘 위로, 흐린 날이면 잿빛 하늘 위로 우뚝 솟은 십자가의 첨탑을 우러러본다. 그리고 길을 걷다가 피곤해지면, 색유리창으로 빛이 들어오는 성당 안으로 들어가 잠시 무릎을 꿇고 앉아 눈을 감는다.

순간 나는 어릴 때 석양이 하늘을 물들일 무렵, 누님을 따라 교회당에 갔을 때 풍금 소리와 더불어 들려오던 성가대의 음악은 물론, 일요일 아침이면 교회당 종각 밑에서 요란스럽게 울리던 종소리를 내 상상력의 먼 골짜기에서, 보들레르의 시 속에서처럼 듣곤 한다.

파도는 하늘의 영상들을 밀고 가면서
신비롭고 엄숙하게
그 장엄한 음악의 화음을
내 눈에 반사된 석양의 빛깔과 함께 엮었다.
내가 살던 그곳에……

갑자기 종들이 광폭하게 흔들린다.
그리고 하늘을 향해 무시무시한 아우성을 퍼붓는다.
참기 어려운 통곡의 울음을 터뜨리는
정처 없이 방황하는 영혼들처럼.

성당에서 잠시 무릎을 꿇었다 나오면 조용한 주택가의 한적한 길이 펼쳐져 있다. 햇빛이 찬란한 토요일 오후면 이 길은 묘지처럼 고요하다.

그러나 이 길로 들어서도 심심하지 않다. 나는 집집마다 다른 건축 양식과 창틀 모양, 대문 틈 사이로 보이는 정원에 서 있는 갖가지 나무들 살펴보기를 좋아한다.

6월이면 이 골목길 그 누구의 집에서나 담 너머로 보이는 붉은 단풍은 타오르는 불꽃처럼 아름답다. 또 이 한적한 길 위에서 빼놓을 수 없는 것은 예쁜 아가씨처럼 웃는 붉은색 덩굴장미와 수줍은 신부와도 같은 흰 덩굴장미 꽃송이다.

이렇게 산책을 하듯 걸어서 돌아오면, 왠지 그날은 삶에 대해 새로운 충격을 받은 것 같아서 피곤함에 앞서, 생에 고마움을 느낀다.

아내가 그렇게 불평해도 차를 사지 않는 이유는 아마도 귀로에 가질 수 있는 이렇게 많은 생각들과 그 속의 비밀들, 그리고 삶의 잔무늬에서 경험하는 '행복한 충격'을 잃고 싶지 않기 때문인지도 모른다.

「마지막 수업」

누구에게나 어린 시절의 독서는 쉽게 잊을 수 없는 신비로운 경험이다. 고등학교 영어 교과서에서 알퐁스 도데의 〈마지막 수업〉이란 작품을 읽고 느꼈던 감동은 기억 속에서 지워지지 않고 아직도 '어둠 속의 판화' 처럼 선명하게 남아 있다.

프러시아군의 나팔 소리가 들려오고, 하멜 선생이 '프랑스 만세!'라고 쓴 칠판에 기대선 채 모두 돌아가라고 창백한 얼굴로 목이 메어 수업을 끝맺는 결말 부분을 읽었을 때, 내 가슴에 감동의 슬픈 물결이 일어났던 일이 지금도 기억에 뚜렷하게 남아 있다. 그것은 우리 역시 한국어 사용이 금지되어 우리 말을 제대로 배우지 못했던 식민지 시대를 경험했기 때문일까. 나도 내가 〈마지막 수업〉을 하게 될 줄은 꿈에도 생각지 못했다.

나는 대학에서 문학을 가르치며 40년 가까운 세월을 보내고 정년을 맞아 '마지막 수업'을 하게 되었다. 여기서 내가 말하는 '마지막 수업'은 자기의 학문 세계를 이야기하며 과거를 더듬는 흔히 하는 자기를 위한 고별 강연이 아니라, 학생들을 위한 마지막 강의였다. 나는 마지막 강의 시간에도 나 자신의 개인적인 이야기는 하지 않고 배우던 책만 학생들에게 열심히 계속 읽어 주었다. 아직 학생들을 한 번 더 볼 수 있는 마지막 시험 시간이 남아 있었기 때문이다.

그래서 나에게 '마지막 수업'은 마지막 강의가 아니라 학기말 시험이었다. 창밖에 겨울눈이 내리던 날, 나는 마지막 시험지를 들고 발자국 소리를 내며 교실로 들어가 긴장하고 있는 학생들에게 시험지를 한 장 한 장 나누어 주었다. 그들은 그것을 숨죽이고 받아 들었다. 나는 교단으로 돌아와 칠판에 몸을 기대고 서서, 학생들이 순수한 두려움 속에서 시험지 위에 공부한 것을 열심히 쓰고 있는 모습을 지켜보았다.

그래서 나는 고개를 돌려 창밖에 내리는 눈발을 바라보았다. 다시 눈을 돌려 교탁 앞에서 시험 답안지에 열심히 쓰고 있는 학생들의 표정을 보니 연약하고 소박하지만, 인간의 가장 아름다운 모습으로 다가왔다. 나는 그들을 가까이에서 접하고 싶어 아래로 내려가 그들 사이를 소리 없이 걸어갔다. 빈자리 의자에 놓여 있는 학생들이 공부하며 까맣게 적어 놓은 공책과 연습장이 아주 귀중한 문서처럼 느껴졌다. 나는 그것을 보고 또 보았다.

옛날에는 오만함에 눈이 멀어 그것을 게으른 학생들이 쓰다 버린 누추한 연습장쯤으로 외면하지 않았던가. 왜 나는 교수 생활의 마지막 순간에야 비로소 공부하는 아이들의 아름다운 모습과 그것의 가치를 발견하게 된 것일까? 내가 교실에서 추방되어 순수한 그들과 접촉할 수 있는 시간이 끝나가기 때문일까? 소중한 것을 지니고 있을 때는 그것의 가치를 알지 못하다가 그것을 잃은 다음에야 그 사실을 깨닫는 이유가 무엇인가? 그것은 우리가 햇빛 속에 있을 때는 그것의 가치를 모르지만, 어두워지면 그 진가를 알게 되는 것과 같은 이치 아닌가? 아니면, 마지막 순간에는 마음을 비우기 때문일까?

이유가 무엇이라도 좋다. 나는 '마지막 강의'를 격식에 맞추어서 하며 사랑하는 학생들에게 흔히 하는 고별인사를 하지 않고 여느 때처럼 아무 일 없는 듯이 보냈다. 숨소리조차 느껴지지 않는 조용한 기말 시험장에서 학생들의 진지한 모습을 직접 보았기 때문에 이런 진실과 아름다움을 발견할 수 있었다.

늦게나마 침묵의 공간에 숨어 있는 생의 아름다운 진실을 발견하게 된 것은 적지 않은 행운이었다. 학기말 시험장에서 본 그들의 아름다운 모습에서 감동적으로 새로이 발견한 이 숭고한 가치와 정신 때문에, 나는 그렇게 오랜 세월 동안 아이들을 가르쳤던 강단을 떠나기가 '마지막 강의'를 할 때보다 더 어려웠다.

그러나 다음 순간 나는 강의를 하는 것 이외에도 그들과 교감하며 뜻을 나누는 방법이 있다고 생각했다. 그들의 참된 가치에 대한 새로운 인식을 토대로 해서 남은 시간 동안 부지런히 글을 쓰면 그것이 그들에게 더욱 깊은 의미로 전달될 수 있지 않을까? 우주의 질서는 부조리한 것 같지만, 개인적인 차원에서만 그렇게 보일 뿐이다.

시간의

빈터

봄밤에 흐르는 빗소리를 들어 보라. 그것은 이 세상에서 들을 수 있는 그 어느 소리보다 깊고 부드럽다. 가는 빗소리는 가는 대로, 굵은 빗소리는 굵은 대로, 각각 독특한 아름다운 소리를 지니고 있다. 그래서 나는 봄밤에 비가 내리면, 잠들었다가도 깨어 창밖에서 빗물 흐르는 소리에 귀 기울이기를 좋아한다. 모든 것이 잠든 고요한 밤에 혼자 깨어 문밖의 빗소리를 들으면 문득 기차를 타고 멀리 떠나와 어느 종착역에 도착한 듯한 느낌이 든다.

3

시 간 의

빈 터

「뼈가 묻힌 무덤일지라도 달구지는 몰아야 한다」

3월은 둔중한 겨울의 문을 닫고 초록빛 봄을 여는 달이다. 아직도 차가운 바람을 일으키는 '꽃샘추위'가 우리의 소매 깃을 스치지만, 그것은 부활의 봄을 맞이하기 위한 마지막 진통이다. 그렇게 매서운 북풍과 빙하시대 같은 빙벽을 뚫고 태양의 수레바퀴를 우리 가까이 끌어당기기가 어찌 쉽겠는가.

봄볕에 얼음이 녹는 개울에는 맑은 물이 소리를 내며 흐르고 탱자나무 숲이 있는 남쪽에서 불어오는 바람은 한결 부드럽고 훈훈하다. 오랫동안 닫아 두었던 들창문을 열고 밖을 내다보면, 겨우내 어두웠던 풍경은 사라지고 대지가 밝은 빛으로 변한다. 잎이 돋아나는 잔디밭 광장에는 분수가 솟아오르고 노루꼬리만큼이나 짧았던 대낮의 길이도 한결 길어진다.

밝고 찬란한 3월이 우리 눈앞에 이렇게 다가왔으니 우리는 그것이 '봄 처녀'의 수레를 타고 쉽게 찾아왔으리라 생각한다. 그러나 이렇게 3월이 오기까지 봄의 신인 생명의 불꽃은 멀고도 험한 길을 돌아서 왔다.

이른 봄 산하를 붉게 물들이는 진달래와 검은 돌담 위의 눈부신 개나리와 구름처럼 피어나는 라일락을 볼 때마다, 그것들은 하나의 식물이라기보다 어두운 심연의 공간을 뚫고 솟아 나온 처절한 삶의 불꽃처럼 보인다. 그래서 시인 김춘수는 〈꽃의 소묘〉에서 다음과 같이 노래했나 보다.

꽃이여, 내가 입김으로
대낮의 불을 밝히면
환히 금빛으로 열리는 가장자리,
빛깔이며 향기며
화분花粉이며……
먼 추억으로서만 온다.

어떤 사람은 가을꽃을 봄에 피는 꽃보다 더 좋아한다. 가을꽃은 무더위와 천둥소리가 산울림을 일으키는 우계雨季가 있는 여름을 보내고 죽음의 겨울을 기다리는 성숙한 모습을 보인다. 그러나 봄에 피는 꽃은 비록 연약해 보이지만, 얼어붙은 빙벽을 뚫고 솟아 나온 부활의 생명을 대지 위로 가져왔기에 그것이 지닌 빛은 찬란하고 값지다.

그렇다. 봄이 오는 3월의 거리로 나가 보라. 수많은 사람들이 어디론가 가고 있다. 고독한 사람들은 고독한 대로, 행복한 사람들은 행복한 대로 어디론가 열심히 가고 있다. 그들은 틀림없이 어둡고 추운 겨울의 폐쇄된 공간을 벗어나 열린 공간 속으로 마음의 문을 열고 무엇인가 찾아 길을 떠난다. 봄맞이 길을 나선 거리의 사람들은 삶의 불길을 발견하고 새로운 출발에서 오는 지혜를 얻기 위해 발목이 시도록 걷는다.

우리는 3월을 출발의 계절이라고 말한다. 1월이 새로운 한 해의 시작이지만, 우리의 실제적인 시작은 3월에 이루어진다. 어린이들이 학교 가는 골목길을 메우고, 엿장수의 가위 소리와 약장수의 북소리도 3월부터 들리기 시작한다. 미국 시인 토머스 엘리엇Thomas Eliot의 노래처럼 거리의 악기상에서 울려 퍼지는 피아노 소리가 지나가는 사람들이 갈망했던 것을 생각나게 하고, 수선화 화환을 머리에 쓴 처녀들이 사원의 담벼락에 앉아 봄볕을 쬐며 소리 없이 웅장하게 전원 교향악을 듣는 풍경도 3월부터 시작된다.

그러나 3월은 만남의 계절이자 출발의 계절이며 이별의 계절이다. 고향 마을 순이 아버지가 가난을 찢고 새로운 삶을 찾아 동해안으로 가서 고기잡이배를 탄 것도 3월이었다. 그 후 순이 아버지가 돈을 벌어 귀향했는지 어찌했는지는 모르지만, 그가 투전판에서의 싸움질을 벗어나 용감히 바다로 나가 새 출발을 했던 그해 3월을 잊을 수 없다.

하느님의 복음을 전하기 위해 아프리카 검은 대륙으로 떠난 어린 수녀님과의 작별도 어느 봄날 기차역에서 이루어졌다. 그러니까, 정든

땅 조국을 뒤에 두고 광대한 대륙의 황야에서 무더위 속 목마름과 싸우면서 흑인들에게 하느님의 말씀을 전하고 우리가 지은 죄를 사하기 위해 자신의 몸을 바치고 있는 그 수녀님의 거룩한 삶도 찬란한 어느 봄날에 시작되었다.

그 수녀님이 귀국해서 우연히 만난다면, 그동안 많이 늙어 주름진 얼굴을 맞이하게 될 것이다. 위대한 삶의 운명에 순종하는 성숙한 그 얼굴에 그려진 성스러운 상흔도 설렘과 두려움으로 그해 3월부터 시작한 변신하는 삶에서 얻은 훈장일 것이다.

보라. 춥고 힘들었던 겨울을 보냈기 때문에 봄이 그만큼 소중하고 반가운 것이다. 어두운 방문을 열고 잠을 깨는 아름다운 봄의 광장으로 나오라. 겨우내 나목裸木으로 서 있던 고목에도 속잎이 돋아나고 봄의 왈츠가 경쾌하게 들려온다. 우리는 차가운 겨울 동안 상처를 입고 적지 않은 고통을 겪었지만, 햇빛이 찾아드는 새 출발의 광장을 향해 지금까지 뛰어오지 않았던가. 우리네 삶이란 생각하면 생각할수록 허무하다. 봄의 문턱인 3월에 다시 밭을 갈고 내일을 위해 일하는 즐거움마저 없다면 얼마나 삭막하고 무미건조할까.

곡식을 모두 실어 가버린 황량한 들판에서 이삭을 줍듯 얻어지는 지혜와, 어둠 속에서도 우리의 의식을 깨어 있게 만들어 주는 아름다운 추억과, 또다시 찾아오는 겨울을 위해 갈무리할 씨앗도 3월의 출발이 없으면 얻을 수 없다. 윌리엄 블레이크William Blake가 말한 것처럼, 햇빛 찬란한 봄날 아침에는 문을 열고 나와 "뼈가 묻힌 무덤일지라도 달구지를 몰아야 하고 쟁기로 밭을 갈아야 한다".

3

시 간 의

빈 터

「봄의 문턱에서
― 막달리나 수녀를 생각하며」

계절은 어김없이 바뀌었다. 어제는 흰 눈이 온 누리를 하얗게 덮더니 오늘은 쪽빛 하늘 아래 봄 눈 녹이는 햇빛이 눈부시게 찬란하다. 그러나 처마 끝에서 떨어지는 낙숫물 소리는 눈 오는 날 초등학교 교정에서 들려오던 풍금 소리만큼이나 슬프다.

봄은 만남의 계절이고 가을은 헤어짐의 계절이라지만, 키 높이 처마 끝에서 떨어지는 낙숫물 소리는 나를 혼미하게 만들어 봄을 만남의 계절이 아니라 이별의 계절로 여기게 만든다. 하기야 만남은 이별을 낳고, 이별은 또한 새로운 만남을 약속한다지만 말이다.

봄의 문턱에서 계절의 잔인함을 이렇게 느끼는 것은 봄이 그 찬란함을 눈앞에 펼치기도 전에 내가 좋아하는 흰 눈을 슬프게 녹여 버리기 때문이다. 또한 주변 사람들이 소리 없이 어디론가 멀리 길을 떠나기 때문이다.

봄의 문턱에서 이렇게 아쉬움을 느끼는 것은 내가 다니는 성당에서 가끔 신도들에게 '예수의 몸'이라고 말하면서 영성체 빵을 손바닥에 놓아주던 안경 쓴 수녀님 한 분이 내 시야에서 영영 사라져 버렸기 때문이다. 사순절이 있는 재의 수요일에 잔설을 보기 위해 정읍의 내장산을 다녀와 일요일 저녁 미사에 나갔더니 수녀님이 보이지 않았다. 미사가 끝난 후 수녀님이 어디에 있는가 찾자 신부님은 수녀님 두 분이 본당을 떠나 다른 성당으로 자리를 옮겨 갔으니 그분들이 새로운 곳에서 희망과 보람을 얻을 수 있도록 기도하자고 말씀하셨다. 나는 마음 한구석을 스쳐 가는 허전함을 지울 수가 없었다.

내가 나가는 대학 성당에서 영세를 받고 동네 성당에 나온 지 1년이 지났지만, 신부님은 물론 떠나간 수녀님과도 눈인사 한 번 나눈 적이 없었다. 내가 수녀님을 멀리서나마 볼 수 있었던 것은, 일요일 저녁 미사 때뿐이었다. 검은 옷을 입은 수녀님은 미사가 절정에 달해 신부님이 영성체를 나누어 주실 때면 제단 앞에서 절을 하고 영성체가 담겨 있는 그릇을 받아서 신도들에게 나누어 주셨다. 그러나 나는 그 젊은 수녀님에게 한 번도 영성체를 받아 본 적이 없다. 항상 일정한 거리를 두고 수녀님이 저만치 서 있는 것을 바라보았을 뿐이다. 누가 수녀님을 쳐다본 적도 없느냐고 굳이 묻는다면, 수녀님이 제단 앞으로 걸어 나올 때 수녀님의 하얀 안경이 유난히 빛났다고 말할 수 있으리라. 맑고 청순하며 이지적으로 보이던 수녀님의 모습이 미사를 보러 갈 때마다 내게 깊은 인상을 주었던 것은, 수녀님의 모습이 내가 젊었을 때 가르쳤던 막달리나 수녀의 모습과 포개졌기 때문이다.

20여 년 전 어느 조그만 지방 대학에 부임했을 때였다. 나는 젊은 강사였고, 그는 공부 잘하는 여학생이었다. 수업 시간에 질문을 던지면 그는 전혀 예측하지 못한 답으로 나를 놀라게 했다. 그것이 인연이 되어 그는 수업이 끝나고 조용한 시간이 되면 이따금씩 연구실로 찾아와 문학과 인생에 대해서 좀 더 알고 싶어 했다.

그러나 나는 구변口辯이 좋지 못해 명확한 해답을 주지 못하고 "시간이 지나면 모든 것을 알게 될 것"이라고만 말해 주었다. 나 역시 그 당시에는 책을 그렇게 많이 읽지 못했고, 30대 초반의 젊은 나이라서 인생에 대해 깊은 경험도 부족했다. 그는 진리에 목마른 듯 초조한 모습을 보였지만, 언제나 웃으면서 방을 나갔다. 아마 지적으로 조숙했던 그는 나름대로 인간과 우주, 그리고 존재 문제에 대해 스스로 수없이 많은 물음을 던지고 있었던 것이다.

그의 물음에 확실한 해답을 주지 못하자 그는 나를 계속해서 찾아왔다. 내가 그의 질문에 답을 줄 수 있었다면 그는 나를 찾아오지 않았으리라. 그러나 나는 끝내 그에게 해답을 줄 수 없는 늘 바위 같은 실망의 대상이었고, 그는 나에게 바위에 부서지는 하얀 파도와도 같았다.

그의 질문은 강의실이나 연구실에서 그치지 않았다. 때로는 하굣길에서도 이어졌다. 어느 날 석양이 붉게 타오르는 저녁 무렵, 집으로 돌아가는 길이 같은 방향이어서 계산동 성당 부근에 있는 성직자의 묘지 앞까지 간 일이 있다. 그때 그는 무덤가에 서 있는 철책에 기대어 죽음의 신비에 대해서 묻기 시작했고, "왜 마리아상像이 성당 앞에 영겁의 세월을 두고 저렇게 서 있는가?" 하고 조용하고 집요하게 물었다. 이때도 나는 아무런 대답을 못하고 말없이 헤어졌다.

그 후 내가 의아스럽게 생각한 대로 그는 일반 학생이 아니라 수녀원에서 수녀가 되기 위해 수련을 밟는 노비스novice라는 것을 알게 되었다. 나는 그에게 만족할 만한 해답을 줄 수 없었지만, 그가 다시 질문들을 던져 주기를 은근히 기다렸다. 그가 웃으면서 다가와 다시 풀 수 없는 수수께끼를 던질 때면, 나는 그가 〈라이안의 처녀〉(데이비드 린 감독의 1970년 영화)처럼 아름답다고 느꼈다. 단순한 여대생이 아니라, 수련 수녀라는 사실을 알았을 때는, 더욱 청초하고 아름다운 여인으로 느껴졌다.

막달리나 수련 수녀가 3학년이 되었을 때, 나는 서울로 학교를 옮겼다. 서울로 올라온 이후 살기에 바빠 지나간 일들을 생각할 겨를도 없이 세월을 보냈다. 내가 그 지방 대학을 떠난 지 10년 가까이 되는 어느 해 3월, 키가 작은 막달리나가 수녀님이 되어 검정 옷에 검정 구두를 신고 학교로 나를 찾아왔다. 나는 너무나 반가웠으나, 처음에는 막달리나 수녀의 얼굴을 쉽게 알아볼 수가 없었다. 화장하지 않은 얼굴에 묻은 세월의 상처가 그를 무척 낯설게 만들어 당혹스러웠다. 그러나 손에 들고 온 붉은 장미 몇 송이는 검은 수녀복 앞에서 너무나 아름다웠다.

막달리나 수녀는 아프리카로 가기 위해 프랑스어를 배우려고 프랑스로 간다면서 떠나기 전에 인사라도 하려고 찾아왔다며 웃었다. 막달리나 수녀의 가는 길이 바빠서 긴 이야기를 나눌 수는 없었지만, 세월

탓인지 더 이상 옛날처럼 어려운 질문을 던지지도 않았다. 그날 무슨 이야기를 나누었는지는 생각나지 않고, 다만 검은 수녀복을 입은 그가 지하철을 타고 떠나는 모습을 지켜보았다는 기억만 남아 있을 뿐이다.

그 후 막달리나 수녀는 프랑스어 공부를 마치고 몇 개월 후면 로마로 간다는 내용의 엽서 한 장을 보내왔다. 마침 그해 가을 프랑스에 갈 일이 있으니 만날 수 있을 것이라는 답장을 보냈다. 내 편지를 받은 막달리나 수녀는 프랑스에서 다시 만나게 될 것에 기뻐하며 '하느님의 섭리'라고까지 말했다. 그러나 막상 파리에 가서는 막달리나 수녀를 찾을 수 없었다. 전화를 여러 번 했으나, 수녀의 소재는 물론 소식마저 알 수가 없었다. 그때 이후 아직까지 막달리나 수녀에게서는 아무런 소식도 듣지 못하고 있다.

막달리나 수녀를 감감히 잊었다가도 일요일 저녁 미사를 올리기 위해 성당에 나가서 지금은 어디론가 자리를 옮겨 간 그 젊은 수녀님을 볼 때면 모래바람이 부는 아프리카 어딘가에서 하느님 앞에 무릎을 꿇고 있는, 가난하고 고통 받는 사람들에게 '예수의 몸'인 빵을 나누어 주는 막달리나 수녀의 모습이 어김없이 떠올랐다.

만일 막달리나 수녀가 봄눈 녹는 이 계절에 나를 찾아와 그 옛날 나에게 수없이 물었던 그 질문들을 다시금 던진다면, 나는 그에게 "만남은 새로운 이별을 낳고, 이별은 새로운 만남을 약속한다"라고 답해 줄 수 있으리라. 그러나 막달리나 수녀와 옛 모습 그대로 다시 만날 수는 결코 없으리라.

「넝쿨 장미 피는 6월에 만난 사람」

시간은 강물이 흘러가듯 소리 없이 지나가지만 그 힘은 너무나 세다. 시간은 우리를 요람에서 흔들고 무덤까지 실어 간다. 바다가 조수의 흐름에 따라 그 모습을 달리하듯, 우리의 삶도 기쁨과 슬픔이 교차하는 보이지 않는 시간의 힘에 의해 회전목마처럼 반복적인 움직임을 거듭하다 종말에 이른다.

나는 해마다 넝쿨 장미 꽃잎이 담장 위에서 소낙비처럼 떨어지는 6월이 오면, 교단을 떠나기 전 마지막 학기에 누군가의 요청으로 나를 찾아와 그해 여름 내 마지막 수업까지 듣고 떠나간 H 씨를 어김없이 떠올린다. 그때 내가 그에게 남다른 관심을 가졌던 것은 자애롭고 애틋하기까지 한 그의 지적인 모습 때문이었다. 그는 스스로 시간이란 조수의 물결 위에 있으면서도, 희비극이 교차하는 힘겹고 고단한 우리의 삶이 시간의 흐름에 의해 쓰러지고 무너지는 아픔을 어루만지고 위무하면서 내게도 적지 않은 사랑과 웃음의 손길을 주었다.

그는 햇볕에 약간 그을린 듯한 지적인 얼굴을 가진 여인이었지만, 이성적으로 경직된 태도를 보이지 않고 항상 환하게 웃는 감수성 풍부한 여인이었다. 담론이나 대화 과정에서 상대방이 생의 어두운 면에 대해 허무적인 시선을 보이면, 그는 반드시 그것의 밝은 면을 이야기하며 우는 얼굴보다 웃음이 있는 얼굴을 볼 수 있기를 갈망했다. H 씨라고 해서 부조리한 비극적인 인간 상황에 슬픔을 느끼지 않을 수 있었을까. 그는 가끔 스치는 세월의 그림자 속에서 젊은 시절에 읽었던 유진 오닐의 〈밤으로의 긴 여행〉에 나오는 여주인공 메리의 웨딩드레스에 관한 이야기를 옛 이야기처럼 기억한다. 그러나 그는 황폐한 시간의 잔해에 대해 눈물을 흘리기보다 밝게 웃었다. 언젠가 그는 내게 다음과 같은 시를 인용해서 보내기까지 했다.

눈물 흘리기야
날아서 달아나는 시간처럼 쉽지.

하지만 웃기는 어려운 것.
찢어지는 가슴속에 웃음을 짓고
이를 악물고
웃는 것은 정말 어려운 일.
_ 루이스 후른베르크의 〈울기는 쉽지만〉 중에서

H 씨는 눈물을 보이지 않았지만, 슬픈 현실을 보면 너무나 마음 아파하며 큰 것은 아니지만, 자기가 가진 것을 나누어 여러 사람에게 선물하기를 좋아했다. 또 그는 찰나적인 기쁨도 권태로운 삶을 살아가는 현대인들에게는 도움이 될 수 있으며, 그것이 생의 아름다움을 느끼게 하는 빛이 된다고 믿었다. 우리의 삶에서 느끼는 기쁨 중 순간적이거나 찰나적이지 않은 것이 있을까.

H 씨는 해외에 나갔다 오면 여러 친구들에게와 마찬가지로 내게도 여행 선물로 한 자루의 볼펜, 그림이 있는 작은 패드, 그리고 우아한 디자인을 가진 앉은뱅이 시계 등을 주었다. 비록 작은 것이었지만, 그때 내가 순간적으로 느꼈던 그 맑은 기쁨을 잊을 수가 없다. 특히, 그가 오스트레일리아 여행 기념 선물로 사다 준 카지노 테이블 모형에 숫자판을 집어넣은 탁상용 전자시계는 내게 우주의 숨은 비밀까지 가르쳐 주었다. 그 카지노 모형 시계는 내게 시간 속에 우연한 행운과 악운이 깃들어 있다는 비밀을 알려 주기 때문이다.

그러나 H 씨가 주변 사람들에게 주는 마음은 이것에만 머물지 않았다. 때때로 그는 자기가 감당할 수 있는 수준 이상으로 타인에게 보답받지 못하는 '슬픈 정'을 주기도 했다. 그는 이따금 조야하고 신의가 없는 사람들에 대해 자기감정을 추스르지 못해 갈등하는 모습을 보였다. 그러나 그는 비록 어렵고 당혹스러운 표정을 지으며 심한 고뇌의 늪에 빠지게 되더라도, 그것을 극복하지 못할 만큼 어리석지 않았다. 독실한 기독교인인 그에게 지나침이란 있을 수 없고, 다만 이성과 감성 사이에 갈등이 있을 뿐이었다. 그래서 그는 "감정이 반란을 일으킬 때마다 항상 기도한다"고 말했다. 그는 이렇게 힘든 갈등 과정을 겪으면서 새로운 지평을 향해 인격과 품성을 성숙하게 열어 갔다.

H 씨는 기독교인이었지만 퓨리턴은 아니었다. 그는 퓨리턴이기에는 너무나 인간적이고 따뜻한 품성을 지니고 있었다. 그는 항상 주변 사람들에게 사랑을 나누어 주었으며, '슬픈 정'까지 마다하지 않았다. 그 동기가 무엇이든 간에, 그는 인간이 그 연약함 때문에 벌을 받아야 하는 것에 도덕적이고 사회적인 책임 문제까지 탐색하는 면모를 보이는 듯했다. 그의 적敵은 관용이 없는 편협함이고, 인간이 공통적으로 가지고 있는 죄를 숨기는 위선이며, 기쁨을 서로 나누기를 거절하는 욕심이었다. H 씨는 무엇보다 인간으로부터 멀어지는 냉소적인 의심과 인간의 시간 속에서 이룰 수 없는 오만한 완벽주의를 두려워했다.

넝쿨 장미가 피었다가 지는 6월에 찾아왔던 H 씨가 내게 보여 준 모습은 그가 삶에서 슬픔의 무게가 기쁨보다 훨씬 더 무겁고, 시간의 바다에 일어나는 조수의 물결이 모든 것을 짓고 무너뜨리는 아픔을 사랑의 손길로 벗들과 함께 나누고자 함이었다. 그는 줄 수 없는 정을 주는 것이 슬픈 일이란 것을 너무나 잘 알지만, 그것을 탓하지는 않았다. 그는 자만심에 묶인 메마른 지적인 인간이 되기보다는 여유 있는 모습으로 사람과 사람 사이에서 인간적인 감정을 나눌 수 있는 존재가 되기를 원했다.

「울 밑에 선 봉선화」

사람은 누구나 시간 속에 살기 때문에서 자연의 변화 과정을 운명적인 것으로 받아들인다. 그러나 가장 아름다웠던 유년의 뜰이 사라지는 것에는 짙은 향수를 느끼지 않을 수 없다. 나는 창문을 열면 내다보이는 정원에 여름 꽃을 가꾸고 있지만, 그것은 결코 유년의 뜰이 될 수 없다. 그래서 비 오는 여름밤 조용할 때면, 지금은 사라져 버린 유년 시절을 보낸 고향 산촌의 아름다운 풍경을 기억 속에서 더듬을 때가 많다.

계절마다 비 오는 날의 독특한 정취야 있겠지만, 내가 추방된 고향 마을의 장마철 풍경은 유난히 정겹고 아름다웠다. 여름 소나기가 지나가면, 회색 구름이 유령처럼 산 아래까지 내려왔다가 하늘로 올라가고 빗물을 머금은 채로 분꽃과 함께 울 밑에 서 있던 봉선화 모습이 무척이나 애처롭고 아름다웠다. 그때 봉선화는 사내아이들에게는 애인 같아 보였고, 계집아이들에게는 손톱을 붉게 물들이는 꽃 물감이었다.

그래서 전원을 처음 찾은 도시인이었던 이상李霜도 그의 "비망록을 꺼내어 머루빛 잉크로 산촌의 시정詩情"을 다음과 같이 쓰지 않았던가.

그저께新聞을 찢어버린

때문은흰나비

鳳仙花는아름다운愛人의귀처럼생기고

귀에보이는지난날의記事

……지난밤의 체온을 방 안에 내어던진 채 마당에 나서면 마당 한 모퉁이에는 화단이 있습니다. 불타오르는 듯한 맨드라미꽃, 그리고 봉선화.
지하에서 빨아올리는 이 화초들의 정열에 호흡이 더워 오는 것 같습니다.
여기 처녀 손톱 끝에 물들을 봉선화 중에는 흰 것도 섞였습니다. 흰 봉선화도 붉게 물들─조금 이상스러울 것 없이 흰 봉선화는 꼭두서니 빛으로 곱게 물듭니다.

봉선화는 이렇게 여름이 되면 장맛비 속에서 고향의 옛집 마당이나 울타리 곁에 피는 꽃이었다. 그러나 봉선화는 분꽃이나 맨드라미같이 산촌에 사는 사람들이 바라만 보는 꽃이 아니었다. 이상이 보았듯이 그 옛날 산촌에 사는 어여쁜 아가씨들은 봉선화 꽃잎을 따서 손톱을 붉게 물들였다.

그 꽃으로 하얀 손가락을 아름답게 만들어 자신의 일부로 삼고 싶었던 숨은 욕망 때문이었던가. 지금 생각하면 봉선화는 그 옛날 시집간 여인들에게 고향을 상징하는 꽃이었고 그리움의 대상對象이었다. 그래서 한국의 전통미를 아끼고 사랑하며 시를 쓰다 몇 해 전에 작고한 김상옥은 봉선화에 대해 다음과 같은 작품을 남겼다.

비 오자 장독간에 봉선화 반만 벌어
해마다 피는 꽃을 나만 두고 볼 것인가
세세한 사연을 적어 누님께로 보내자

누님이 편지 보며 하마 울까 웃으실까
눈앞에 삼삼이는 고향 집을 그리시고
손톱에 꽃물 들이던 그날 생각하시리

양지에 마주 앉아 실로 찬찬 매어 주던
하얀 손 가락 가락이 연붉은 그 손톱을
지금은 꿈속에 본 듯 힘줄만이 서누나.
_ 〈봉선화〉 중에서

그러나 향기 짙은 찔레꽃 피는 봄날이 가고 이렇듯 봉선화가 피는 토착적인 여름 풍경은 근대화 물결을 타고 농촌 아가씨들이 고향을 등지고 떠남에 따라 소멸되어 갔다. 도시로 몰려온 그들은 봉선화 꽃물로 그들의 손톱을 아름답게 물들이던 전설을 모두 잃어버리고 매니큐어로 손톱을 붉게 칠하고 있다. 여인이 매니큐어 붉게 바른 손을 내밀 때마다, 나는 너무나 슬프다.

나는 소담한 장독간도 없고 봉선화 씨앗마저 구할 수 없다는 이유로 내 작은 뜨락에 페추니아와 샐비어만 잔뜩 심어 놓은 것을 부끄럽게 생각한다. 아무 전설도 없는 일년초로만 뜰을 가꾼다면, 멀리 고향을 떠나 있는 내 기억 속의 그 '처량한 여름 꽃', 봉선화의 그림자마저 지워져 버리지 않을까.

금년에는 딸아이라도 데리고 구름이 산 아래까지 내려오고 강물이 소리 내며 흐르는 고향 땅으로 가서 한여름을 보내며 봉선화 꽃잎으로 손톱을 물들이게 해야겠다. 그렇게 하면 그가 더 나이 들어서 손가락의 힘줄이 굳어지더라도, 손톱에 물들였던 봉선화 꽃물이 그의 마음에도 물을 들여 고향을 잊지 못하리라.

나와 유년 시절을 함께 보내며 여름 비 오는 날 툇마루에서 손톱에 꽃물 들이던 누님은 세월 따라 늙어 가지만, 그가 빗물 떨어지던 기와집 처마 아래서 슬픈 소프라노 목소리로 불렀던 〈봉선화〉를 나는 쉽게 지워 버리거나 잊을 수 없다. 조용히 비가 내리는 여름밤 장의자에 누우면 어린 시절에 보았던 그 봉선화 모습이 물 위에 비친 얼굴처럼 내 '마음의 눈'에 선명한 이미지가 되어 흐르기 때문이다.

「아카시아 산으로 오르는 우리 집 앞길 」

오랫동안 이곳저곳을 전전한 끝에 정착한 곳이 성미산 아카시아 산기슭의 하얀 집이다. 우리 집은 오랫동안 집의 외벽外壁에 회칠을 하지 못해 쇠락해 보이지만, 초등학교 후문으로 들어가는 길모퉁이에 위치해 있어서 몇 년 만에 어렵게 회칠을 해도 짓궂은 아이들이 하굣길에 낙서를 하거나 그림을 그려 놓곤 한다. 그래서 이사한 지 얼마 안 되었을 때는 어딘가 인적이 드문 호젓한 곳으로 다시 이사 가겠다는 유혹을 여러 번 느꼈다.

그러나 이곳을 떠나지 못하는 것은 언덕 위에 있는 초등학교를 지나면 뻗어 있는 아카시아 산으로 오르는 비탈길에서 수많은 사람을 만날 수 있는 기쁨 때문이다. 아침과 대낮에는 물론, 새벽이나 늦은 밤에도 대문을 열고 나가면 비탈길을 오르내리는 사람들을 만날 수 있다. 이른 새벽에 잠에서 깨어 조용히 대문을 열고 나가도 비탈길을 오르는 두세 명은 반드시 볼 수 있고, 불면증에 시달려 잠을 이루지 못해 밤늦게 나가도 데이트하는 연인들이나 그 누군가가 천천히 산을 오르는 모습을 볼 수 있다. 물론 등교 시간이면 학교 가는 어린이들이 왁자지껄하게 이 길을 메운다. 나는 이렇게 어떤 때는 젊은이들이, 어떤 때는 중년의 사람들이, 또 어떤 때는 몸이 불편한 노인들이 이 길을 걸어 산으로 오르는 모습을 본다.

혼자 걷기를 좋아하면서도 대문을 열고 산으로 오를라치면, 같이 오를 사람이 있었으면 하고 바란다. 어쩌면 내가 길 위에 있는 다른 사람들과 무의식중에 느끼는 동질감 속에서 '인생의 무게'를 함께 느끼기 때문인지도 모르겠다. 또 어떻게 생각하면 나만이 힘겨운 산길을 오르는 게 아니라는 걸 그들에게서 확인하기 때문인지도 모르겠다.

사실, 나는 산으로 오르는 길 위의 사람들에게서 나의 어제와 오늘, 그리고 내일을 읽는다. 월요일 아침 바쁘게 학교를 향해 언덕길을 오르는 아이들과 토요일 오후 하굣길에 게으름을 피우면서 하얗게 회칠한 벽에 낙서를 하는 아이들의 모습에서 유년 시절의 나를 본다. 유년 시절 학교 가는 길이 산 높고 물 맑은 전원의 과수원을 지나고 징검다리가 있는 강을 건너는 것이 아니라 좁다란 골목길이었다면 나 역시 닫힌 벽면에 낙서를 하고 누군가의 얼굴을 그렸을 것이다.

어깨를 나란히 하고 산길을 오르는 젊은 남녀의 모습에서는 지나간 나의 옛 모습을 읽는다. 젊은 시절 미국에서 지금의 아내를 처음 만났을 때 도그우드꽃이 지천으로 하얗게 핀 어두운 숲 속 길을 함께 걷기도 하고, 은빛 나는 자전거 바퀴를 굴리며 화이트헤드 서클의 길모퉁이에 있던 은사님 댁을 향해 검게 포장된 콜타르 냄새 짙은 비탈길을 질주하지 않았던가. '한여름 밤의 꿈'과 같던 그때 그 시절, 달빛으로 빛나던 그 집 앞 정원을 지날 때는 장미꽃 향기가 그렇게 싱그러울 수 없었다.

또한 새벽에 문밖으로 나올 때마다 만나는 머리가 하얗게 센 노인의 절뚝거리는 걸음걸이에서 나의 미래를 본다. 그래서 그 노인 곁으로 가서 부축해 주고 싶은 충동마저 느낀다. 마흔을 넘길 무렵 하버드 대학교 도서관 휴게실 벽면의 형광등이 눈부시게 비친 거울을 들여다보다가 발견한 흰 머리카락 하나가 지금은 온 머리에 번져 눈 맞은 거울산과도 같다.

만일 아카시아 나무가 울창하게 자라는 산길을 오르는 사람들이 쫓기듯 거리를 오가는 탐욕스러운 사람들과 같은 모습이었다면, 그들에게 그렇게까지 이끌리지는 않았을 것이다. 새벽이나 해 질 녘, 우연히 그들과 함께 산을 오를 때 내가 들을 수 있는 것은 샘물을 길을 때 들리는 소리처럼 도란도란 나누는 후회와 속죄의 속삭임뿐이다. 그것이 아니면 그들이 나누는 이야기는 산정山頂에 올라서면 다시 내려와야 하고 또다시 산으로 올라가야만 한다는 이야기일 게다.

나는 요즘도 책으로 둘러싸인 서재 안에서 질식할 듯 갇힌 기분을 느끼거나, 사치스러운 고독의 늪 속으로 침몰할 때면 문을 박차고 나가 아카시아 산길을 오른다.

내가 이렇게 산을 오르는 것은 산정에 올라 찬란하게 쏟아지는 햇빛 속에서 내가 사는 하얀 집의 지붕과 내가 걸어 올라온 길을 내려다보기 위함이기도 하지만, 산길을 걷는 사람들을 만나 그들의 행렬 속에서 그들과 함께 말없이 솟아나는 숲 속의 샘물과 겨울옷을 벗고 향기 짙은 아카시아 꽃을 피우는 산 이야기를 듣고 싶은 무의식적인 욕망 때문 아닐까. 아니, 어쩌면 그것은 생의 끝자락이 지닌 비밀을 그곳에서 확인하고 싶은 마음 때문이리라.

「풍요로운 계절 여름」

누가 사계절 중 어느 계절이 가장 좋으냐고 물으면, 나는 서슴없이 여름이라고 말할 것이다. 여름은 생명력이 넘치는 계절이기 때문이다. 봄은 부활의 찬란함을 지니고 있지만, 아직 소매 끝에 겨울의 잔재를 느끼게 하고, 우수와 고독이 깃듯 가을은 눈 내리는 겨울이 다가옴을 알리면서 죽음의 그림자를 드리운다.

여름은 무덥다. 그러나 여름은 우리를 집으로부터 떠나 풍성한 낭만을 느끼게 한다. 무더운 여름이 낭만적인 자유를 느끼게 하는 것은 불타듯 작열하는 태양 때문인지도 모른다. 그러나 여름의 불길은 태양에서만 발견할 수 있는 것이 아니다. 그것은 하늘 높이 타오르는 사이프러스 나무에도 있고, '소금을 들이부은 듯한' 메밀꽃 들판에도 있다. 또 그것은 매미들의 시끄러운 울음소리에도 있고, 푸른 숲을 지나 먼 곳으로 뻗어 있는 하얀 길 위에도 있다.

어린 시절 미루나무 아래서 땀을 식히다가도 하얀 길 위에 뜨거운 햇빛이 쏟아지는 것을 보면, 귀를 자른 가난한 천재 화가 고흐가 태양을 찾아 길을 떠났듯이 이글거리는 여름의 불길 속으로 뛰어들고 싶었다. 어릴 때, 여름이면 검정 고무신에 땀이 흘러 미끄러워도, 뜨거운 햇빛 속에서 하얀 길을 따라 은빛 나는 굴렁쇠를 무척이나 많이 굴렸었다. 지금 생각하면 그것은 아마 불타는 태양 아래 빛을 발하며 굴러가는 굴렁쇠 바퀴가 지닌 아름다움과 신비스러운 매력 때문이었으리라. 그러나 그때는 그 굴렁쇠 바퀴가 죽음의 벽을 넘어 회전하는 역사의 상징이고, 뜨거운 햇빛은 그것을 밀고 가는 정열을 지닌 강인한 생명력을 나타내는 줄 몰랐다. 나는 그것이 지닌 의미와 아름다운 질서를 무의식적으로 느꼈던지 뜨거운 땀방울을 흘리면서도 굴리고 또 굴렸다. 내가 그 하얀 길 위로 그렇게 열심히 굴렁쇠를 굴린 것은 그 길이 인간이 꿈꾸는 낙원으로 향하고 있을지도 모른다는 무의식적인 예감 때문이었다.

내가 여름을 좋아하는 것은 이글거리는 태양 때문만이 아니라, 여름 소나기의 정열 때문이기도 하다. 눈 내리는 겨울의 정취도 좋지만, 여름철 천둥소리와 함께 쏟아지는 소낙비는 힘 있고 시원하며 자유로워서 더욱 좋다. 봄비는 경쾌하지만 가냘프고 연약하다. 또 가을밤, 젖은 길 위를 걸으면 시정詩情에 넘치지만 우울하고 스산하다.

여름 소나기는 거세지만, 여름 태양처럼 풍요롭고 따뜻하며 감미롭다. 어릴 적 십 리 길을 걸어 학교 다녀오는 길에 먹구름을 싣고 온 소나기를 만나면, 처음에는 몹시 두려웠다. 그러나 굵은 빗줄기를 계속 맞아 옷이 흠씬 젖고 나면 그 빗줄기에서 따뜻함과 감미로움이 느껴졌다. 여름의 빗물에서 생명력이 흐르는 것을 느꼈기 때문인가.

잿빛 안개구름이 산기슭까지 내려올 정도로 여름 장마가 길어지면, 마당에 두꺼비가 나와 눈에 퍼런 불을 켤 정도로 습하고 갑갑하지만, 무더운 날 소나기가 한 번 후련하게 쏟아지면 갇혀 있는 듯한 우울증을 말끔히 씻어 준다. 그런데 무엇보다 여름의 풍요로움을 가장 많이 느끼는 것은 강물에서 멱 감을 때다. 뜨거운 태양이 내리쬘 때 수면 아래로 헤엄쳐 들어가면, 강물이 차갑지 않고 오히려 따뜻하게 느껴져 물과 몸이 하나가 되는 기분이 든다.

여름의 풍요로움은 이렇게 자연과 함께하는 데서 느낄 수 있다. 물론 이러한 현상이 강과 숲 속에서만 일어나는 것은 아니다. 여름 바닷가 모래밭에 누워 눈을 감으면, 마치 바다에 떠 있는 배 위에 누운 것 같고, 파도가 밀려왔다 밀려가는 소리는 마치 누가 우리의 요람을 흔들며 부르는 노랫소리와도 같다. 여름철, 별이 쏟아지는 밤하늘은 유난히 깊고 푸르다. 그리고 달이 없는 여름밤은 한 치 앞을 내다볼 수 없을 만큼 어둡다. 그러나 밤공기는 흐드러진 찔레꽃 향기로 감미롭다.

여름의 풍요로움 가운데 또 하나 빼놓을 수 없는 것은 풀 냄새다. 여름날, 아이와 함께 건초를 만들 때나, 잔디를 깎을 때 나는 풀 냄새는 낙엽을 태울 때 나는 냄새와 달리, 말할 수 없이 싱그럽다. 그래서 서양의 어느 시인은 "6월이 오면 건초 더미 속에서 풀 냄새를 맡으며, 애인과 함께 노래 부르리!"라고 읊었나 보다. 태양과 바다, 불꽃처럼 타오르는 사이프러스 나뭇잎, 짙푸른 밤하늘의 별자리들, 풀 냄새, 그리고 느릅나무 아래에서의 오수午睡는 낭만적인 여름이 얼마나 풍요로운가를 말해 주고도 남음이 있다.

풍요로운 여름은 낭만의 계절만이 아니다. 때로는 먹구름과 천둥소리 속에서 무덥고 길게 느껴질 때도 있다. 그러나 여름은 그 속에서 죽음의 그림자를 밀어낼 수 있는 수많은 전설을 잉태하고 있다. 이렇게 내가 여름을 유난히 좋아하는 것은 뭇 생명들을 자라게 하고 삶의 수레바퀴를 움직이는 뜨거운 생명력이 이 계절에 불타고 있기 때문이다.

「피서지에서의 바다 풍경」

해마다 무더운 여름이 되면, 많은 사람들이 피서를 하며 바다의 낭만을 즐기기 위해 해변으로 간다. 나 역시 여름이 되면 바다가 무척 그립다. 어릴 때부터 나는 바다에 관해 쓴 대니얼 디포Daniel Defoe의 《로빈슨 크루소》와 같은 작품들을 유난히 좋아해서 읽고 또 읽었다. 그 가운데 가장 기억에 남는 작품 속 장면은 워싱턴 어빙Washington Irving이 쓴 《스케치 북》에 있는 〈항해〉의 마지막 부분에 그려져 있는 부둣가 풍경이다.

훈풍에 파도가 잔잔해져 우리가 탄 배는 즉시 부두로 다가갔다. 사람들로 붐볐다. 어떤 사람들은 한가한 구경꾼이었고, 또 다른 사람들은 친구나 가족들을 기다리는 사람들이었다…….
나는 옷차림은 소박하지만 몸짓이 흥미로운 한 여인을 유심히 보았다. 배가 해안 가까이 왔을 때, 그녀는 군중 사이에서 몸을 앞으로 내밀며 보고 싶은 얼굴을 찾기 위해 배 위를 바라다보기에 바빴다. 그녀는 실망하는 표정을 지었다. 그때 그녀를 부르는 가느다란 소리가 들렸다. 그 소리는 항해하는 내내 몸이 아파 배에 탄 모든 사람들의 동정을 샀던 초췌한 얼굴을 한 선원으로부터 들려왔다······.

모든 것이 바쁘고 분주하게 움직였다. 친지들과의 만남—친구들과의 인사—과 장사하는 사람들의 상담 같은 것 말이다. 나 혼자 고독하고 한가했다. 만날 친구도 없고, 받아들일 환성도 없었다······. 나는 한 사람의 낯설고 소외된 이방인임을 느꼈다.

내가 바닷가의 풍경을 그린 작품을 이렇게 탐독한 것은 바다에서 멀리 떨어진 내륙에서 유년 시절을 보냈기 때문이다. 흰 돛단배가 멀리 사라지는 수평선을 배경으로 거대한 상선이 정박해 있고, 먼 바다에서 돌아오는 거친 뱃사람들이 오랫동안 떨어져 있던 가족들을 만나는 부둣가의 풍경과 바다에서 돌아온 선원들이 겪었던 무서운 모험담은 바다를 보지 못하고 자란 어린 나의 상상력을 자극하기에 충분했다.

그러나 어른이 되어서도 바쁘다는 이유로 바다를 찾는 일은 극히 드물었다. 하기야 그동안 살아오면서 바다를 본 경험은 몇 번 있다. 대학 시절 목포에 살던 친구를 따라 오래된 목선을 타고 남해안 부근에 있는 어떤 섬의 백사장으로 가서 뜨거운 햇볕에 몸을 태우고 황혼이 저물어 갈 무렵 유달산 기슭에 있는 바닷물 냄새 나는 선착장으로 돌아온 일도 있다. 그 후 10여 년이 지난 어느 해 여름엔 서해안 대천에서 멀지 않은 작은 어촌 마을을 찾았다. 비 갠 하늘에 붉게 타오르는 저녁 노을을 바라본 후, 철썩이는 파도 소리에 귀를 기울이다가 하룻밤을 지새우고 그곳을 떠나왔다.

또 10년이 지난 어느 해 보스턴에서 1년을 보내고 귀국하는 길에 프랑스 남단에 있는 아름다운 해안 도시 니스를 찾았다. 그때 나는 바닷물에 씻긴 그 유명한 조약돌 해안에 앉아 유난히 맑고 푸른 지중해를 바라다보며 뒤에 두고 온 벗들에게 그림엽서를 수없이 썼다.

그리고 세월이 한참 지난 후 언젠가 햇빛 찬란한 아테네에서 배를 타고 가까운 섬에 갔었다. 돌아오는 길에 날이 저물어 갑판 위에 등불을 켜자, 하얗게 포말을 일으키는 뱃길을 따라 수많은 은빛 물고기들이 수면으로 뛰어오르는 것을 뱃전에서 보고 아름다운 밤바다 풍경에 감탄했었다.

그러나 바다 풍경이 내 마음에 지울 수 없는 가장 강렬한 인상을 남긴 것은 내가 실제로 가보았던 해변이나 섬마을이 아니라, 미국 노스 캐롤라이나 주 채플 힐에 있는 내 모교의 대학 극장 무대에 올랐던 피서지의 바다 풍경이었다. 그러니까 약 40년 전 운명의 지침을 바꿔 놓을 만큼 내게 깊은 애정을 쏟아부어 주고 지금은 작고하신 벽안의 선생님을 따라 그분이 연출하신 〈바다 풍경〉이라는 연극을 관람했다. 그때 선생님과 함께 보았던 그 작품의 원작자가 누군지는 기억에 없지만, 여름날의 어느 해수욕장에서 일어난 풍경들을 모자이크 형식으로 담은 것이었다.

몇 장면 중 아직도 잊히지 않는 것은, 바닷가에서 태양빛을 가득 받고 선 두 젊은 남녀가 하늘을 우러러보며, 태양에서 오는 햇빛의 길이가 얼마나 될까 하고 신비스럽게 말하는 소리와 그 옆에서 잔망스러운 어린 두 아이가 모래무덤을 만들며 철없이 지껄이는 속삭임이다. 한 아이가 해변을 따라 펼쳐진 모래밭에 앉아, 모래 속에 손을 넣고 그 위에 모래를 쌓아 모래집을 지으면서 "이것은 우리 아빠의 무덤이다"라고 자랑삼아 말하면, 함께 놀던 계집아이가 "이것은 우리 엄마 무덤이다"라고 맞장구치듯 말한다.

나는 그 소리를 듣고 무서운 아이들이라고 생각하며 내심 웃기만 했다. 그러나 다음 순간 그들이 만들어 놓은 모래무덤마저 그들이 해변에 남겨 놓은 발자국처럼 파도에 씻겨 버릴 것이라는 생각이 들었다. 그러나 나는 아직 세상을 충분히 알지 못하는 젊은 나이였기 때문에, 그때 그 무대 위에 전개되었던 장면의 풍경이 낭만적인 시정으로 가득 차 있다고만 생각했다.

그 후 수십 년이 지난 뒤, 여름에 바다가 그리워질 때면, 그때 그 대학 무대 위에서 모래무덤을 만들던 철부지 아이들의 말소리가 새로운 의미로 들려왔다. 그들이 부모와 함께 바닷가로 나와 모래사장에서 장난삼아 자신들의 아버지와 어머니를 묻을 모래무덤을 만든 것은 창조적이면서도 파괴적인 신의 행위를 모방한 것이었는지도 모르기 때문이다. 그들이 모래톱에서 모래집을 지은 것은 창조적인 행위라고 말할 수 있겠지만, 그것을 그들의 육친을 묻는 무덤이라고 말할 때는 파괴적인 의미로 나타난다. 그들이 모래무덤을 파는 장난은 바닷가에 그들이 지어 놓았을지도 모르는 모래성을 휩쓸어 가버리는 밀려왔다 밀려가 버리는 조수潮水의 기능과 같이 생명을 창조하고 파괴하는 시간의 흐름에 다름 아니지 않는가.

　물론 위대한 예술 작품은 시간을 초월해서 살아남을 수도 있다. 그래서 프랑스 상징주의 시인 고티에Théophile Gautier는 "조각가가 만든 흉상胸像은 도시보다 오래 남고, 훌륭한 시는 청동青銅보다 오래 간다"라고 오만하게 말했다. 그러나 비록 훌륭한 예술 작품이 역사와 더불어 영원히 보존된다고 하더라도 그것을 창조한 사람의 생명은 흐르는 세월과 함께 어김없이 사멸한다. 게다가 예술가도 살아 있는 동안 하나의 훌륭한 작품을 완성하기 위해 수많은 붕괴 작업을 계속하지 않는가. 하나의 작품을 완성하고 나면 그것에서 떠나 또 다른 작품을 창조해야만 하는 것이 그의 운명이다. 위대한 예술가의 경우가 아니더라도 그렇다. 의식 있는 인간이라면 누구나 자기가 목표했던 하나의 일을 끝마치고 그것에 머물면서 정신적인 만족을 구할 수 없다. 그래서 율리시스도 그렇게 험난한 항해를 계속했는지 모른다.

　어린이들이 그 대학 극장 무대 위의 바닷가에서 모래무덤을 만들고 모래성을 쌓았다가 허물었던 것은 완성된 것을 거부하고 영원한 미완성과 함께해야만 하는 인간의 운명을 누군가의 계시에 따라 연출해 보여 준 것 같았다.

　내가 여름이 되어, 바다에 가고 싶어 하는 것은 시원한 바닷바람을 마시고 물새들이 나는 푸른 바다를 바라보며 지평선 너머에 있는 미지의 세계를 꿈꾸는 낭만을 즐기기 위해서가 아니다. 비록 무의식적이라고 하더라도 그것은 내가 젊은 시절 이국땅의 대학 극장 무대 위에서

가 아니라, 실제로 바닷가 모래밭에서 그 잔망스러운 철부지 아이들이 지금도 자신의 부모를 묻을 모래무덤을 만들고 있는가 보고 싶어 하는 숨은 욕망 때문인지도 모른다. 바닷가에는 내륙에서 쉽게 찾아볼 수 없는 원형적인 삶의 현실을 나타내는 이미지들이 조약돌들만큼이나 무수히 흩어져 있고, 거친 파도와 싸우는 인간의 처절한 모습들을 쉽게 찾아볼 수 있다.

여름날 피서지의 모래밭에 가면 그 어느 곳에서나 찬란한 오색 등불이 켜지고 감미롭지만 우수에 찬 음악 소리가 들릴 것이다. 그러나 나는 그와 같은 감상적인 노랫소리보다 바닷물이 해안에 부딪혀 조약돌들을 쓸어 가는 소리에 귀를 기울이고 싶다. 조수의 물결 소리는 피서지에서 들려오는 구성진 탱고 소리보다 인간의 고뇌와 슬픔을 더욱 처절하게 말해 주지만 또 그것을 위무해 주기 때문이다.

내가 올해따라 유난히 바닷가를 거닐고 싶은 것은 아마도 그 옛날 희랍의 극작가 소포클레스가 밀물과 썰물의 움직임 속에서 인간의 운명적인 비극을 나타내는 소리를 들었던 것처럼, 해안으로 밀려왔다가 밀려가는 거센 파도 소리 속에서 40년 전 청춘을 불살랐던 그 대학의 극장 무대에서 모래무덤을 만들었던 그 무서운 철부지 아이들의 얼굴을 찾아보기 위함인지도 모른다. 시인 유치환은 '아예 애련에 물들지' 않는 '바위'에 대해 시를 썼지만, 파도를 두고 "파도야, 어쩌란 말이냐"라고 노래한 것은 그이만의 고뇌가 아닐 것이다.

「밤비 오는 소리」

대부분의 사람들은 듣지 못하지만, 우리가 살고 있는 이 우주에는 침묵으로 말하거나 내면으로 스며드는 아름다운 노래가 있다. 그래서 베토벤과 브람스 같은 천재적인 음악가들은 자연의 비밀스러운 소리에 남다른 귀를 가지고 오늘날 우리가 듣는 훌륭한 음악을 작곡했다.

그러나 보통 사람들이 자연으로부터 쉽게 들을 수 있는 소리 역시 얼마나 아름답고 경이로운가. 강물 위를 나는 철새 떼의 울음소리, 5월의 푸른 벌판을 달리는 맑은 시냇물 소리가 아니라도 좋다. 초여름 무논에서 들려오는 개구리 울음소리와 깊어 가는 가을밤 별빛 아래서 들려오는 풀벌레 소리는 얼마나 유머러스하고 구슬픈가.

어찌 이것뿐이랴. 햇빛 찬란한 봄 언덕 위에서 들려오는 송아지의 울음소리와 한적한 시골집 담장 위에서 대낮의 정적을 깨뜨리며 홰를 치며 우는 수탉의 울음소리는 상실된 '유년의 뜰'을 생각나게 할 만큼 우리의 가슴에 깊고도 긴 여운을 남긴다. 또 한여름밤, 대지 위에 폭우를 쏟아부으면서 울리는 천둥소리는 얼마나 시원하면서도 무서운가. 마치 신이 먹구름 뒤에서 공을 굴리듯 대낮처럼 밝은 번갯불과 함께 무섭게 부서지면서 들리는 천둥소리는 사람의 마음에 거미줄처럼 얽인 번뇌의 쇠사슬을 한순간에 끊어 버리는 듯한 느낌을 준다.

소나기가 쏟아지는 날이면, 두려워하면서도 천둥소리를 얼마나 듣고 싶어 했던가. 천둥소리는 가까이서 들리는 듯하지만, 어느새 저 멀리 산 너머로 굴러가 구름 뒤에서 지축을 울리듯 떨어지며 무섭게 깨진다. 그러나 그 소리는 구성지면서도 시원하다. 여름의 자연이 연주하는 교향악의 심벌즈 소리와도 같다.

그렇지만 자연에는 우리가 귀 기울이지 않으면 듣지 못하고 묻혀 버리거나 사라져 버리는 소리가 있다. 그것 가운데 하나가 밤비 오는 소리다. 그것은 귀 기울이지 않으면 쉽게 들리지 않는다. 밤비 소리가 감미롭게 들리는 것은 쉽게 접할 수 없기 때문인지도 모른다. 비 오는 소리는 보통 한밤중이나 새벽과 같이 정적의 시간이 아니면 그것이 지닌 아름다운 여운을 접할 수 없다. 대낮의 빗소리는 소낙비가 아니면 쉽게 들을 수 없다. 장대비가 나뭇잎에 떨어지는 소리는 우리의 마음을 더없이 시원하게 한다. 그러나 그것은 하늘 끝까지 쌓인 소음 때문에 어두운 밤에 들리는 소낙비 소리와는 다르다. 낙숫물 소리도 마찬가지다. 구름이 어둡게 끼어 있는 대낮의 낙숫물 소리는 청승맞고 구슬프지만, 밤에 들리는 빗소리는 현악기에서 조용히 들려오는 낮은음자리

소리만큼이나 우아하다.

봄밤에 흐르는 빗소리를 들어 보라. 그것은 이 세상에서 들을 수 있는 그 어떤 소리보다 깊고 부드럽다. 가는 빗소리는 가는 대로, 굵은 빗소리는 굵은 대로 독특한 소리를 지니고 있다. 그래서 나는 봄밤에 비가 내리면, 잠들었다가도 깨어 창밖에서 들리는 빗물 흐르는 소리에 귀 기울이기를 좋아한다. 모든 것이 잠든 고요한 밤에 혼자 깨어 문밖의 빗소리를 들으면 문득 기차를 타고 멀리 떠나와 어느 종착역에 도착한 듯한 느낌이 든다. 갑자기 지붕 위와 뜨락에 쏟아지는 빗소리는 사원의 종탑에서 쏟아지는 은빛 종소리만큼이나 순수해 두려움과 경이감마저 느끼게 된다. 그래서 나는 밤비 오는 소리를 들을 때면, 먼 과거로 거슬러 올라가, 내가 본의 아니게 지은 잘못을 생각하고 반성한다.

그러나 밤에 쏟아지는 소낙비 소리는 오랫동안 들을 수 없다. 소낙비란 잠깐 동안 무섭게 내리고 말기 때문이기도 하지만 후회와 반성의 시름에서 오는 자신에 대한 두려움 속에서 곧 잠들고 말기 때문이다.

한밤중이나 새벽녘에 잠을 깨우면서 시원하게 쏟아져 내리는 소낙비 소리도 좋지만, 어둠을 타고 천천히 내리는 빗소리 또한 이에 못지않게 아름다운 음악이다. 조용히 흐르는 밤비 소리는 밤중에 문득 잠에서 깨어난 사람만 들을 수 있다. 그것은 잠을 깨워 놓고는 사라졌다가, 우리가 조용히 귀 기울이면 다시 돌아오는 듯이 들린다. 마음이 어지러운 사람에게는 그 아름다운 선율이 들리지 않지만, 밤에 잠을 자다가 눈을 뜨고 자신의 과거를 돌아보고 반성하거나 후회하는 사람에게는 조용히 흐르는 미사곡처럼 들린다. 어떻게 들으면 그것은 비둘기 깃털만큼이나 부드럽고, 어디론가 날아가는 학의 날갯짓만큼이나 긴 여운을 지니고 있어서, 대낮에 상처 입은 마음을 위로하고 달래 준다.

이렇게 밤늦게 듣는 빗소리는 그 어떤 소리보다 짙은 향수를 느끼게 한다. 나는 빗소리가 들리는 밤이면 가끔 일어나서 먼 과거로 거슬러 올라가 기억의 땅을 배회하곤 한다. 그리고 그곳에서 내가 가졌던 가장 행복했던 일들과 가장 슬펐던 일들을 되짚어 본다.

향수를 실어다 주는 밤비 오는 소리는 누가 들어도 비가悲歌임에 틀림없다. 그러나 그것은 결코 감상의 물결로 흐르지 않고 조곡組曲처럼 절제된 음악 속에 우리의 마음을 씻게 하고 '마르셀 푸르스트가 말한 최초의 행복'을 영원히 재현시키려는 욕망을 일으킨다. 그래서 나는 밤비 내리는 소리를 들으면 즉물적으로 슬픔을 느끼지만, 슬픔이라는 그 순수한 마음을 통해 잃어버렸던 '최초의 행복'을 다시 찾는다. 이때 내가 순간적으로 가졌던 밝고 투명한 마음속에서 발견한 순수한 행복이 시인들이 말하는 유토피아 아닐까.

그러나 밤비 소리를 듣기란 그렇게 쉽지 않다. 일 년 중 밤에 비가 오는 소리를 듣는 경우는 몇 번 되지 않는다. 구름이 산마루에 내려오는 장마 때도 한밤중이나 새벽녘에 잠에서 깨어나지 못하면 밤비 소리를 듣지 못한다. 영겁으로 흐르는 시간이지만, 최초의 원시적인 행복을 생각하고 또 그것을 마음속에서나마 꾸밈없이 재현시켜 보는 순간이 우리의 삶 가운데 몇 번이나 될까.

비가 내리면, 빗물 소리에 귀 기울이고 싶어서 잠을 이루지 못할 때가 많다. 그러나 잠들지 않는 상태에서 듣는 빗소리와 잠에서 문득 깨어나서 듣는 빗소리가 다르다는 것을 안다. 잠결에 듣는 빗소리가 다른 어떤 소리보다도 아름답게 들리는 것은 잠이 마음에 묻은 헛된 욕망과 시름을 씻어 주기 때문인지도 모른다.

3
시 간 의

빈 터

「 우산 」

산촌에서 초등학교를 다니던 시절 토요일 오후, 학교 수업이 끝나고 풍금 연습을 하다가 늦게 집으로 가려고 교실 밖으로 나왔는데 갑자기 비가 쏟아지기 시작했다. 화단에 핀 봉숭아꽃이 빗물에 젖는 것을 바라보며 현관문 앞에서 어떻게 할지 몰라 서 있는데 담임선생님께서 내 머리 위로 우산을 펴고는 집 앞까지 데려다주셨다. 그때 나는 선생님이 너무 어렵고 좋아서 고개를 들고 빗방울이 우산 위에 떨어져 내리는 것을 볼 수 없었다. 그다음 주에도 장마가 계속되었으나 일찍 학교에 가 빗물이 흘러내리는 유리창을 통해 밖을 내다보다 선생님이 우산을 쓰고 운동장을 걸어오시는 모습을 보았다. 이때 처음으로 나는 선생님이 쓰신 우산이 깃 달린 민들레 홀씨만큼이나 아름답다고 생각했다. 우산의 모양이 주는 우아하고 아름다운 매력에 눈뜨기 시작했기 때문인가.

그 후 도시로 나와 학교를 다니며 비가 올 때 거리에서 우산을 쓰고 가는 사람을 만나면 나도 모르게 흐뭇했다. 비 오는 날 사람들이 잿빛 하늘 아래에서 우산을 쓰고 다니는 모습이 이렇게 아름다운 것은 유년 시절 어머니의 양산을 쓰고 비 오는 길을 걸었던 기억 때문일지도 모른다. 어렸을 때 도시의 여인들은 여름이 되면 뜨거운 태양볕에 얼굴이 그을리지 않도록 양산을 쓰고 다녔다. 6·25 전쟁이 끝날 무렵 D 시에서 하숙을 하고 있을 때, 옆방에 세 들어 살던 젊은 여인이 붉은색 양산으로 얼굴을 장밋빛으로 물들여 나를 어지럽게 만들었던 일을 잊을 수 없다. 어머니가 나를 데리고 외가에 갈 때 들고 가셨던 꽃무늬 양산은 햇빛을 가려 작은 그늘을 만들었다. 어머니가 길 위에서 햇빛 속으로 공작새의 날개처럼 양산을 펼칠 때, 강철로 된 살들이 꽃무늬가 있는 천으로 머리 위에 아름다운 지붕을 만들어 내는 것이 너무나 아름답고 경이로웠다.

뜨거운 햇빛을 가리는 양산의 아름다움에 눈을 뜨게 된 것은 젊은 시절 노란 들꽃이 무리 지어 피어 있는 언덕 위에 흰 옷으로 성장한 여인이 어린 사내아이와 함께 솜털 같은 구름이 떠 있는 푸른 하늘을 배경으로 서 있는 모습을 담은 모네의 그림 〈양산을 쓴 여인〉을 프랑스 인상주의 화첩畵帖에서 처음 보았을 때였다. 이 그림이 내게 지울 수 없는 깊은 인상을 준 것은 꽃이 핀 언덕의 아름다움뿐 아니라 그것과 대조를 이루는 우아한 차림의 여인이 양산으로 머리 위에 내리쬐는 뜨거운 햇빛을 가리고 서 있는 모습에 나타난 아름다움이었다. 시대가 바뀌고 유행이 지나 양산을 쓰고 다니는 여인을 쉽게 볼 수는 없지만, 나는 빛바랜 사진첩이나 프랑스 후기 인상파 화가들의 그림 속에서 양산을 쓰고 거리를 산책하는 우아한 여인들의 모습에 놀라곤 했다.

계절이 바뀔 때마다 너무나 아름다운 풍경들이 펼쳐진다. 사계四季 가운데 어느 계절의 풍경이 가장 아름답다고 말하기는 어렵다. 그러나 나는 여름 풍경 가운데 뜨거운 태양과 짙은 녹음, 그리고 대지 위에 쏟아져 내리는 소낙비 소리를 좋아한다. 그러나 내가 좋아하는 풍경은 자연적인 것만이 아니다. 인간이 만든 도시의 풍경 또한 더없이 우아하다. 특히, 나는 사람들이 빗속에서 우산을 쓰고 아스팔트길을 걸어가는 모습을 일정한 거리를 두고 바라다보기를 좋아한다. 파리의 비 오는 거리 풍경을 즐겨 화폭에 담았던 모네의 경우처럼, 내가 비 오는 날 우산을 쓰고 도시의 거리를 따라 걷거나 비에 젖은 광장을 지나는 사람들의 풍경을 좋아하는 것은 그것이 자연의 풍경이 아니라 프랑스 시인 고티에의 말처럼 '문명의 옷'을 입고 있기 때문일지도 모른다. 또 언젠가 대학의 극장 무대에 올랐던 손턴 와일더의 〈우리 읍내〉라는 작품에서 묘지를 펼쳐 놓은 우산의 무리로 표현한 것을 보고 깊은 미학적 충격을 받았다.

여름날 비가 올 때 사람들이 우산을 쓰고 지나가는 거리의 풍경을 멀리서 바라보는 것도 좋아하지만, 내가 우산을 쓰고 빗속으로 걸어갈 때 굵은 빗방울이 머리 위로 떨어지는 싱그러운 소리 또한 좋아한다. 처음으로 영국 런던 거리를 걷는데 날이 흐려지더니 이슬비가 내려 검은색 우산 하나를 구입했다. 그 우산의 모양이 너무 좋아서 온갖 불편을 무릅쓰고 서울까지 가져왔다. 오래전에 어느 차 안에 두고 내려 잃어버렸지만, 그것이 지녔던 우아한 매력을 지금도 잊을 수 없다.

이렇게 비 오는 날 거리에서 우산을 쓰고 가는 사람들 바라보기를 유난히 좋아하는 것은 검은 우산이 보여 주는 우아한 모양 때문만이 아니라, 옷을 젖지 않게 막아 주기 때문이다. 비가 죽음을 상징하는 이미지라는 것을 알고 있는 지금 생각하면, 비를 맞지 않게 검은색 천으로 머리 위에 작은 지붕을 마련해 주는 것은 지고至高의 아름다움이 아닐 수 없다.

〈셸부르의 우산〉에서 처럼 비 오는 날 도시의 거리에서 혼자 우산을 쓰고 가는 모습보다는 두 사람이 함께 쓰고 가는 모습이 더 아름답다. 비를 맞지 않으려고 함께 쓴 우산 속에서 일생을 약속하는 사랑이 이루어지기도 한다. 비 오는 도시의 거리는 우울하다. 그러나 도시의 벽과 하늘이 회색빛으로 우울하기 때문에 빗속의 우산 행렬이 더욱 아름다워 보인다.

늦은 오후 빗물이 유리창에 흘러내리는 것을 볼 때마다 나는 가끔 내가 살고 있는 집이 거리로 향해 있다면, 벽을 허물고 베란다를 만들어 흔들의자에 기대앉아 밖을 내다보고 싶다는 유혹에 빠진다. 비가 오면, 무대에서처럼 사람들이 우산을 쓰고 아름답고 우아한 풍경을 이루며 거리를 지나갈 것이기 때문이다.

「가을빛의 비장미悲壯美」

해마다 맞이하는 가을이지만, 올해 가을빛은 유난히 아름답고 눈부시다. 지난여름이 너무나 무더웠기 때문일까, 아니면 해마다 찾아와 괴롭히던 광란의 태풍 때문일까.

창 너머로 바라보이는 단풍나무 잎들이 붉게 물들어 가을의 정취를 더해 주고 있다. 돌로 된 수조水槽 옆에서 여름내 주황색 꽃을 피우던 석류나무에도 붉은 열매가 알알이 맺혀 마치 보석 상자를 열어 놓은 것 같다. 태양의 발자국을 세는 해바라기는 대나무 울타리를 따라 고개를 숙이고, 무리 지어 서 있는 샐비어에 비치는 가을 햇빛은 우리를 슬프게 할 정도로 투명하고 찬란하다.

그러나 이것은 호프만의 소설 〈사촌집의 구석 창문〉에서 장날 모인 군중의 모습을 구경하는 것과도 같이 좁은 방에서 내다보이는 작은 뜰의 가을 풍경에 지나지 않는다. 기차를 타고 어디로든 나가 보라. 그러면 이와는 비교도 할 수 없는 현란한 가을 풍경이 눈앞에 펼쳐질 것이다.

강물이 흐르는 들판이나 호숫가, 혹은 인적이 드문 가을 언덕길을 거닐어 보라. 붉게 타는 단풍나무 잎으로 수놓은 푸른 하늘이 조용히 비치는 호숫가에는 갈대꽃이 하얗게 피어나 춤을 추고, 철새들은 물 위에 부서지는 원을 그리며 날아오를 것이다. 활짝 열린 들판에서는 수많은 풀꽃들이 바람에 꽃씨들을 멀리멀리 날려 보내고 있으리라.

가을의 산야山野를 걷는 사람의 시선을 멈추게 하는 것은 바로 장군의 은빛 수염과도 같은 억새풀들 사이로 보이는 들국화다. 무성하게 자랐다가 시들어 가는 풀 속에 조용히 피는 들국화가 영원한 사랑에 대한 그리움과 부활을 이야기하는 신화를 지니고 있기 때문만이 아니다. 그 꽃에는 우리가 발견할 수 있는 슬픔이 깃든 우아한 아름다움이 담겨 있기 때문이다. 가을의 아름다움은 붉게 타오르는 석양 같은 빛에만 있는 것이 아니다. 영원한 세계를 상징하는 백조와 전설의 꽃인 하얀 들국화에도 있다.

가을빛이 유난히 아름답게 느껴지는 것은 슬픔이 깃든 가을 풍경에서 발견되는 새로운 '비극미' 때문이다. 하기야 바람 부는 봄날에도 히아신스꽃이 피고, 붉은 매화와 더불어 라일락이 구름처럼 피어오르며, 여름 내내 백일홍은 피고 진다. 그러나 그것이 가을꽃처럼 깊은 아름다움을 지니지 못한다고 느껴지는 것은 가을꽃이 지니고 있는 슬픈 아름다움, 즉 비극의 미가 없기 때문이다.

일요일 오후, 무심히 길을 걷다가 어느 집 지붕 위에 널어놓은 붉은 고추와 하늘을 배경으로 나뭇가지 끝에 달려 있는 붉은 감들을 발견했다면 얼마나 아름다울지 생각해 보라. 가을빛이 그처럼 아름다워 보이는 것은 그 가운데 무엇이라 말할 수 없는 슬픔이 담겨 있기 때문 아닐까?

그렇다면 '비극의 탄생'과 찬란한 가을빛은 무슨 관계가 있는 것 아닐까? 가을에 익어 가는 능금이, 불타는 낙엽이, 그리고 샐비어가 저렇게 슬프도록 붉은빛을 발하고, 차가운 하늘 아래 연약한 다리로 무리 지어 서 있는 국화꽃들이 가을빛으로 눈부시게 피어나 슬픔에 잠겨 그윽한 향기를 뿜는 것은 그것들이 죽음의 시간과의 대결에서 자신의 가치를 지켜 내기 위해 처절하게 싸우고 있기 때문일지도 모른다.

차가워진 날씨에도 초라한 화분에 시선이 가는 화려한 꽃이 피고, 인적 없는 들판에 피고 지는 흰 들국화가 승화된 슬픔의 아름다움을 지니는 것은 다른 꽃들보다 더욱더 처절하게 죽음의 시간과 대결하고 있기 때문 아닐까. 찬란한 가을빛이 슬픔을 지니면서도 지나친 감상에 빠지지 않고 승화된 아름다움으로 남는 것은 가을의 숱한 생명들이 자신의 존재 가치와 위엄을 지키기 위해 그만큼 용기 있게 죽음에 도전하기 때문이리라.

가을이 되면, 타오르는 가을빛에서 구워져 나와 오랜 세월 시간의 힘과의 싸움에서도 자신의 본모습과 빛을 잃지 않고 스스로를 승화시킨 이조백자의 모습을 생각하고, 또 수천 년 만에 출토된 신라 토기에 나타난 심오한 흙빛 속에 새겨진 의미 깊은 비극의 미를 새로이 발견한다. 언젠가 화려한 결혼식이 끝나고 나오는 마당에서 어느 노교수 한

분이 이제 막 결혼식을 올린 신부를 보며 시인이 된 것처럼 '젊음이 아름답다'고 하면서 한동안 향수에 젖어 드는 모습을 보이셨다. 그러나 오히려 깨끗하게 늙어 가는 그분의 얼굴과 희끗희끗해지는 머리카락에서 나는 젊은 신부와는 또 다른 숭고한 아름다움을 발견했다. 그 노교수의 모습에서 발견한 슬픔이 깃든 아름다움은 '비극의 미'였다.

그러나 늙어 가는 모든 사람에게서 '비극의 미'를 발견하는 것은 아니다. 처절한 생의 무대에서 자신의 가치와 존엄을 지켜 내지 못하고 스스로를 파괴하거나 소멸시키며 늙어 가는 이에게서는 슬픔이 깃든 아름다움보다 추한 모습을 발견한다. 나는 예순 넘은 가을을 맞이하고 있지만, 올해따라 유난히 가을이 아름답게 느껴지는 것은 찬란하게 불타는 가을빛 속에서 성숙의 아름다움과 함께 찾아오는 '비극의 미'를 새로이 발견하기 때문이다. 존 키츠는 "죽음은 종말이 아니라 성숙의 결정이다"라고 말하지 않았던가.

인간은 누구나 스스로 짊어진 무거운 짐과 함께 길고 힘겨운 시간을 보내고 나면 생의 가을인 저문 강에 다다르게 된다. 그러나 무거운 짐을 덜고 맞이하는 가을이 완전히 자유로운 계절이 아니라, 새로운 고뇌의 그림자가 드리워진 우수의 계절이란 사실을 발견하고 생의 삭막하고 잔혹함에 다시금 놀란다. 하지만 동시에 인간은 이 아름다운 슬픔의 계절 속에서 결코 영원한 자유를 발견할 수 없다는 운명적인 사실과 함께 찾아오는 새로운 의미의 아름다움, 즉 부조리한 삶 가운데서 오는 '비극의 미'를 발견하고 스스로 생에 '작은 축복'을 느낀다.

3
시 간 의
빈 터

「낙엽」

나는 그해 늦가을 오후, 한 학기 동안 머물렀던 스탠퍼드 대학에서 멀지 않은 멘로 파크 부근에 위치한 초라한 책방에서 우연히 파블로 피카소가 78세에 제작한 리놀륨 판화집 한 권을 샀다.

비록 복제한 것이지만, 그 책에 실린 아름답고 신비스러운 그림들은 내가 처음 대하는 것이기 때문인지, 생에 대한 많은 일깨움과 감동을 주었다. 이 화집 속의 판화들은 주로 삶에 취해서 춤을 추는 주신酒神의 마스크를 쓴 사람들의 추상적인 형상과 풍만하고 아름다운 여인, 그리고 힘센 황소와 같은 젊은 투우사에 관한 것이었다.

이 그림들이 나의 마음에 지울 수 없는 충격적인 인상을 준 것은 뜨거운 정열과, 생명력에 넘쳐 푸른 하늘을 바라보며 검은 땅 위에서 나팔을 불며 춤을 추는 사람들의 아름다운 몸짓, 무서운 힘을 가진 황소와 희롱하듯 투우를 하는 투우사의 모습, 그리고 악기를 연주하는 풍만한 여인의 나체와 젊은 여인의 우아한 얼굴들이 모두 흙빛이라는 점이었다.

짙은 황토색이나 검은색은 밝은 생명력을 나타내는 원색과 달리 보통 죽음의 빛을 나타내는 색깔이지만, 천재 화가 피카소가 흙빛으로 그린 그 판화는 누가 보아도 죽음이 아니라 생명력으로 가득 차 있었다. 죽음을 앞둔 78세의 피카소가 고향인 스페인 풍경을 회상하며, 왜 왕성한 생명력을 원색이 아닌 흙빛으로 그렸을까. 아마도 그것은 그가 만년에 흙이 죽음을 의미하는 것이 아니라, 생명의 모태이고 생명의 메타모르포제라는 것을 우주적인 차원에서 깨달았기 때문이리라.

나 역시 피카소가 황색과 짙은 갈색, 그리고 검은색으로 그린 이 심오한 판화를 보고 흙이 지닌 가치와 의미를 새로이 발견했다.

내가 흙이 지닌 이러한 숨은 뜻을 새삼스럽게 찾게 된 것은 샌프란시스코에서 그리 멀지 않은 스탠퍼드 대학촌 팔로알토의 거리를 걸으면서 시야에 들어온 아름다운 대상들로부터 흙과 나무, 그리고 삶에 대한 명상을 위한 새로운 마음의 충전을 받았기 때문이다.

그때 나는 차가 없기도 했지만, 초라한 숙소에서 학교까지 걸어가는 것을 좋아했다. 내가 머물고 있던 아파트에서 조금 걸어 나가 버스를 타면 대학의 중심부까지 쉽게 갈 수 있었지만, 나는 굳이 40~50분을 걸어서 학교 정문 앞에 있는 팔로알토 역까지 갔다. 거기서 빨갛게 익은 사철나무 열매가 무리 지어 열려 있는 산울타리를 바라다보며 벤치에 잠시 앉았다가 진홍빛 대학 셔틀 버스가 오면 그것을 타고 대학 도서관 앞까지 갔다.

바쁜데도 이렇게 팔로알토 역까지 걸어간 것은 버스를 타고 가면, 학교 가는 길 주변에 있는 아름다운 풍경을 제대로 감상하지 못하기 때문이었다.

이른 아침 멕시코 사람들이 많이 살고 있는 좁은 골목길을 빠져나와 울창한 숲이 있는 계곡의 나무다리를 건너서 인적이 드문 주택가를 한참 걸어가면, 팔로알토 '다운타운'으로 가는 갈림길이 나왔다. 자동차가 별로 다니지 않는 주택가 신작로를 따라 우체국 앞을 지나 팔로알토 역까지 오면 40분이 족히 걸리지만, 그 길을 걷는 기분이 그렇게 좋을 수 없었다.

그러나 이 길은 이른 아침보다 정오 가까운 시간이 더욱 좋았다. 비록 누추했지만 나의 보금자리인 침소에서 아침나절 책을 읽다가 정오쯤 방문을 열고 아파트 나무 계단을 걸어 내려와 학교로 가는 길을 나설라치면, 해가 하늘 높이 떠올라 찬란한 햇빛이 비친 하얀 그 길이 그렇게 한적해 보일 수가 없었다.

나는 길을 걸으면서 이따금씩 조용한 아스팔트 위로 쏜살같이 지나가는 청소년들의 자전거 바퀴가 투명한 햇살에 비쳐 은빛으로 빛나는 것을 볼 수 있었다. 그리고 길 주변의 지붕을 가진 아치형 하얀 집들, 푸른 하늘 위로 거인의 부챗살처럼 수많은 가지를 펼치고 있는 이름 모를 고목 나무들, 잿빛으로 퇴색된 나무 십자가가 낮게 서 있는 작은 마을 교회, 그리고 계곡에 있는 갈림길에 장승처럼 서 있는 한 쌍의 키큰 선인장 등이 반갑게, 그리고 신비스럽게 나의 시야에 들어왔다. 그래서 나는 반백이 되었지만, 류색 모양의 책가방을 등에 짊어지고 여기저기 높다랗게 서 있는 야자수 위로 푸른 하늘을 올려다보면서 이 아름다운 길을 걸었다.

이 지방 특유의 건축 양식으로 지어진 집들과 다채로운 꽃다발로 장식된 현관, 그리고 풀냄새가 나는 아름다운 정원이 바쁜 내 걸음을 멈추게 하는 경우도 많았다. 한번은 길을 걷다가 귤이 주렁주렁 무겁게 열려 있는 나무 밑 흙밭에 노랗게 잘 익은 귤이 탱자처럼 떨어져 있는 것을 그림 속의 정물을 보듯 바라보기 위해 며칠 동안이나 그곳에서 발걸음을 멈추었다. 또 길을 걷다가 만난 정원을 손질하는 중년 부인은 몇 번 만난 사람처럼 친절하게 인사를 했다.

또 시간적 여유가 있는 날이면, 학교 가는 길을 걷다가 주택가가 끝나고 '다운타운'이 시작되는 길모퉁이에 있는 다락방 모양의 헌책방에 들렀다. 어느 날 그곳에서 고흐의 자화상을 모은 화집과 비트켄슈타인의 자서전을 사서 들고 어둠침침한 그 서점 문을 열고 나왔을 때, 팔로알토 거리에 비치는 정오의 햇빛이 너무나 찬란해 눈을 뜰 수가 없었다.

학교 가는 길 주변의 이렇게 아름다운 모습들은 언제나 나에게 적지 않은 '행복의 충격'을 가져다주었다. 특히 그 작고 큰 나무들과 그 밑에 떨어진 가을로 물든 낙엽들, 그리고 그 나무들과 가을에 피는 아름다운 꽃들을 뿌리에서 보이지 않게 감싸고 받쳐 주고 있는 검은 빛깔의 기름진 흙 밭은 침묵을 지킨 채 말이 없지만, 나는 그것들을 사색의 대상으로 삼고, 그것들이 지닌 신비로운 미를 생각하며 명상에 잠겨 그들과 끝없이 대화를 나누었다.

그해 11월이 끝나갈 무렵, 나는 역시 학교 가는 그 길의 어느 집 정원에 서 있는 아담한 나무 아래서 원색으로 곱게 물든 기하학적인 별 모양의 잎새들이 검은 흙 밭 위에 조용히 떨어져 아름답게 수놓고 있는 것을 보았다. 그래서 한참 동안 그 작은 뜨락의 가을 풍경을 멍하니 바라다보고 있다가 발걸음을 옮겼다. 그리고 다음 길목에 서 있는 높다란 은행나무 숲에서 쏟아진 은행잎들로 거리가 온통 황금빛으로 불타는 것을 보았다. 한번은 그 황금빛 낙엽을 물끄러미 바라보다가 시간이 늦어 학교 가는 발걸음을 재촉해야만 했다.

그러나 그날 나는 여전히 팔로알토 역 앞 그 벤치에 땀 흘리면서 걸어올 때까지, 그 낙엽들이 왜 그렇게 유난히 빛을 발하며 아름답게 보이는가 하는 의문에 사로잡혔다. 나는 그날 밤 이국땅의 빈방에서 고독을 씹으면서 자정이 넘도록 그 문제를 두고 생각에 생각을 거듭하느라 잠을 이루지 못했다. 심한 불면증 속에서 새벽 가까이 되어서야 겨우 나름의 서툰 해답을 찾았다. 즉, 가을에 떨어진 나뭇잎들이 그렇게 찬란한 빛을 발하는 것은 팔로알토 특유의 축복받은 따뜻한 기후와 투명한 햇빛, 그리고 구름 한 점 없는 푸른 하늘 때문이기도 하겠지만, 그것보다는 결코 얼지 않는 땅속에서 모든 것이 유난히 잘 썩어 만들어진 검은 흙 때문이 아닐까 하는 생각이었다. 틀림없이 몇 년을 두고, 아니 수십 년, 수백 년, 영겁의 세월을 두고 그렇게 불타는 듯이 찬란한 빛을 발하는 낙엽들이 땅 위에 떨어져 밑알처럼 썩어 하늘을 향해 자라는 나무들의 터전을 더욱 검게 만들었기 때문이리라.

먼 훗날 다시 그곳을 찾아오면, 그해 늦가을에 보았던 그 찬란한 낙엽들보다 더욱더 아름다운 나뭇잎들이 땅 위에 떨어져 밝고 찬란하고 투명한 빛을 발하게 될 것이다.

우연인지 몰라도 얼마간 시간이 지난 뒤 땅 위에 떨어진 그 찬란하고 아름다웠던 낙엽들이 결코 얼지 않는 팔로알토의 흙 속에서 모두 새까맣게 썩어 갈 무렵, 나는 금세기 최고의 극작가들 가운데 한 사람인 사무엘 베케트, 위대한 지휘자 카라얀, 소련의 과학자 사하로프, 그리고 '평범한 것 가운데 비범한 것'을 찾았던 일식―石 이희승 선생이 돌아가셨다는 소식을 접했다. 그 슬픈 소식을 접한 그날 아침 창밖으로 몇 점의 구름이 떠 있는 겨울 하늘 아래 거인처럼 팔을 펼치고 있는 나목의 숲을 바리보며 그들의 죽음과 그해 늦가을 팔로알토 거리를 걷다가 보았던 그 찬란했던 낙엽들이 썩어 이루어진 검은 흙의 비밀을 무심결에 비교하며 깊은 상념에 빠졌다.

비록 그들은 갔지만, 다시 가을이 찾아오면 그들이 묻혀 있는 나무 밑 흙무덤 위에는 붉게 물든 또 다른 낙엽들이 꽃처럼 수없이 떨어져 아름답게 수놓을 것이라 생각했기 때문이다.

3

시 간 의

빈 터

「겨울 속의 봄」

마침 일요일이라 아이들을 데리고 집 뒤에 있는 아카시아 산으로 올라가 가슴을 열고 신선한 공기를 마시면서, 멀리서 반짝이며 흘러가는 강물이라도 내려다보고 싶었다. 그러나 아이들은 이미 어디론가 나가고 없었다.

아이들은 키만 컸지 아직도 철이 없었다. 간밤에 서울로 출장 왔던 시골 삼촌이 주고 간 용돈으로 운동화를 한 켤레씩 사가지고 돌아와서는 그것을 신은 채 방과 마루를 돌아다니며 킬킬대고 소란을 피웠다. 그 광경을 지켜보던 내가 조용히 하라며 야단을 쳤더니, 아이들은 슬며시 대문 밖으로 나가 버렸다.

순간 나는 이상한 외로움을 느꼈다. 그리고 왜 내가 새 신을 신고 좋아하는 아이들의 마음을 이해하지 못하고 폭군(?)이 되어 언성을 높였던가 후회했다.

그것은 새 신발을 얻고 기뻐하는 아이들의 순진한 마음을 이해하지 못했기 때문이었다. 왜 나는 아이들의 마음을 이해하지 못했을까.

돌이켜 생각해 보면, 나도 어릴 때 할아버지가 5일장에서 사다 주신 검정 고무신을 받고서 얼마나 좋아했던가. 그 검은 신을 신고, 호롱불 아래서 물레를 돌리고 계시던 할머니 앞으로 거인처럼 큰 그림자를 벽에다 그리면서 걸어 다녔었다. 검정 고무신이 흰 고무신으로 바뀌고, 도시로 나와 운동화를 새로 신었을 때도, 대학에 들어가서 구두를 새로 사 신었을 때도 기분은 마찬가지였다.

그래서 아이들에게 무척 미안해하며 돌아오기를 기다렸다. 괴롭고 어두운 생을 사는 동안 몇 개 안 되는 삶의 아름다운 순간들을 아이들로부터 빼앗아 아이들의 삶을 너무나 황량하게 만들었다는 생각이 들었기 때문이다.

이 험난한 세상을 살아가는 동안 몇 번 주어지지 않는 아름다운 순간들을 은혜로운 마음으로 받아들여 자유롭게 마음껏 즐기지 못한다면, 우리는 살아 있지만 죽은 것과 마찬가지라고 할 수 있다.

그렇다면 내가 아이들에게 무의식적으로나마 강요한 것은, 내가 지금 이 순간에도 그렇게 벗어나려 하는 살아 있는 죽음의 상태에 있다는 증거가 아닌가. 아이들이 새 신발을 신고 방 안을 돌아다니는 것을 보고 야단을 치기는 했지만, 아이들이 앞으로 살아가면서 우연히 만나거나 부딪히게 될 삶의 아름다운 편린들을 깊게 느끼고 경험해야만 된다고 말해 주고 싶었다.

나는 아이들을 웃고 싶을 때 마음껏 웃고, 울고 싶을 때 마음껏 울고, 무서울 때 무서워하고, 행복할 때 행복해할 줄 아는 사람으로 만들어 주고 싶었다. 감상적인 태도를 좋아하지는 않지만, 처음부터 아이들을 '아예 애련에 물들지 않는 바위'로 만들지는 말아야 한다고 생각했다.

아이들이 돌아오자, 나는 비둘기 같은 남매를 부드러운 마음으로 감싸 주며 집 뒤에 있는 아카시아 언덕으로 데리고 갔다.

민둥산처럼 생긴 겨울 산의 아카시아 숲길을 걸으면서, 나는 머리가 이렇게 희어질 때까지 경험하고 느꼈던 삶의 아름다운 풍경들을 아이들에게 이야기해 주었다. 내가 경험하고 잃어버렸던 아름다운 삶의 순간들을 낡은 사진첩을 넘기듯이 이야기하는 순간, 나는 그것들을 복원해서 다시금 찬란하게 경험해 보고 싶다는 욕망과 추억에 젖었다.

나는 아이들에게 즐거울 때는 마음껏 즐거워하라고 말하면서, 어렸을 때 객지에만 계셨던 아버지께서 설을 쇠기 위해 고향 집으로 오셨을 때 얼마나 즐겁고 행복했는지도 말해 주었다.

시골의 초시初試였던 할아버지와 할머니, 그리고 어머니와 함께 지냈던 어린 나는 아버지가 서울에서 내려오시면 너무나 좋았다. 아버지가 나를 위해 설빔을 사오신 것도 아니었지만, 마냥 좋아서 강가로 나가 얼음을 지치면서 혼자 낄낄거렸다.

나는 아이들에게 나를 길러 주신 할머니께서 꽃상여에 실려 황톳길 산모퉁이를 돌아가시던 일과, 험상궂은 인부들이 땅을 파고 젊은 나이에 죽은 마음씨 좋았던 사촌형을 하관할 때 가장 슬펐다고 말하고 싶었으나, 이제 겨우 삶에 눈을 떠가는 아이들에게 죽음 이야기를 하지는 않았다. 다만 내가 미국에서 고학하고 있을 때 아버지의 부음을 받았고, 그 슬픔의 물결이 얼마나 높았던가에 대해서만 이야기했다.

그리고 산불이 나서 불타던 밤에 눈 덮인 들판에서 늑대 울음소리를 들었던 일과 여름에 강물이 불어나 다리가 없어진 강을 건너기 위해 철교를 건넜을 때가 가장 무서웠다고 이야기해 주었다. 붉은 흙탕물이 바다처럼 넘쳐흐르고, 기차가 언제 올지도 모르면서 5백 미터가 넘는 철교의 검은 침목을 징검다리 건너듯 엉금엉금 건너 넘을 때 느꼈던 무서움과 두려움은 정말 순수한 것이었다는 말도 해주었다.

또한 처음으로 알게 된 여인의 귀밑머리가 얼마나 아름다웠으며, 그녀의 치마폭에다 얼마나 많은 꽃을 따다 주고 싶었는지도 이야기해 주고 싶었지만, 아이들이 사라면 스스로 알게 될 것이라는 생각에 입을 다물었다.

그러나 새벽에 일찍 일어나 산 위에 오르면 아름다운 여명을 볼 수 있다는 사실과, 물안개가 자욱이 끼어 있는 봄의 들판을 뚫고 나오면 시야에 열리는 풍경이 얼마나 상쾌한지, 그리고 눈 덮인 푸른 소나무의 기상과 이른 봄날 따스한 창가에 놓인 구근球根 속에서 하얀 꽃을 피우는 히아신스의 우아한 아름다움을 볼 때 하느님께 얼마나 감사하는지도 이야기해 주었다.

봄날 구름처럼 피는 라일락과 5월이면 뒷산 언덕을 하얗게 뒤덮는 아카시아 향기가 얼마나 신선하고 감미로운지 일깨워 주었고, 4월의 비 갠 가로수 길을 마음껏 달려 보라고 권했으며, 여름날 파초 위에 굵은 빗방울이 떨어질 때 느꼈던 생명력의 아름다움에 대해 설명해 주었다. 그리고 여름에 국화를 열심히 가꾸면 스산한 늦가을 정원을 낙엽 태우는 냄새와 함께 그윽한 향기로 가득 채울 수 있다고 말하면서 싱그러운 국화꽃 향기가 얼마나 지고한지 일러 주었다.

강한 독을 지닌 듯 시큼하고 짙은 향기를 뿜는 국화를 가꾸는 기쁨에 대해 설명하면서, 왜 햄릿과 리어 왕이 행복했는지도 함께 말해 주었다. 내가 처절한 비극 속에 깃들어 있는 기쁨을 '겨울 속의 봄날'이 지닌 의미와 함께 열심히 설명하고 그 뜻을 수없이 강조했으나 아이들은 의아해할 뿐이었다. 그러나 나는 아이들이 내 권유대로 열심히 그리고 치열하게 살아가면 틀림없이 그 뜻을 이해할 수 있으리라 생각하며, 나목이 된 아카시아 숲을 빠져나왔다.

아이들에게 말하지 않았지만, 조금 전 뒷산 겨울 아카시아 숲 속을 거닐면서 들려준 이야기는 새해를 맞이하면서 삶 속으로 또 한 걸음 내딛는 그들에게 주는 나의 간절한 선물이기도 했다.

「시간의 빈터」

사람은 누구나 바쁘게 일하면서 살아야만 역설적으로 마음이 평화롭다고 한다. 그러나 제한된 시간 속에서 열심히 살아가는 사람도 달력의 마지막 장인 12월이 벽 위에서 나목의 마지막 잎처럼 무게를 잃고 걸려 있는 것을 보면 어느새 일종의 종말이 가까이 오고 있다는 느낌에 발걸음을 멈추고 힘겹게 살아온 길을 되돌아보며 말할 수 없는 향수에 젖는다.

분명히 12월은 1년 열두 달 가운데 일부분을 차지하고 있지만, 그것은 마치 일요일과도 같이 '시간의 빈터'처럼 느껴진다. 12월은 흐르는 강의 물굽이처럼, 일요일과 유사한 긴 '작은 영원'이다.

12월은 그 어느 때보다 슬프지만 경건하고 아름답다. 거리에 나가보라. 마치 '영원의 나라'에 온 것처럼, 어디선가 영혼을 울리는 경건하고 아름다운 크리스마스 캐럴이 울려 퍼지고, 검은 제복에 붉은 천을 두른 모자를 쓴 구세군이 자선냄비를 세워 놓고 사랑의 종을 울리는 모습을 볼 수 있을 것이다.

거리의 상점들을 들여다보면, 붉은 포인세티아와 별, 종이꽃과 촛불들로 장식한 아름다운 작은 무대가 있어서, 황량한 일상과 다른 '영원의 세계'가 펼쳐진 듯한 느낌을 준다.

12월은 '시간의 빈터'이기 때문에 아무리 각박하게 사는 사람들이라도 시간의 정점에 서 있는 것처럼 뒤를 돌아보고, 겨울 하늘을 나는 철새들처럼 무리 지어 고향을 찾는다. 그리고 그곳에서 뿌리의 의미를 생각하고, 부모와 형제자매, 그리고 지금은 늙은, 어릴 때 같이 놀던 죽마고우를 찾아 정담을 나누며 그동안 살아가면서 입은 상처를 어루만지고 위무한다.

불행히도 고향에 가지 못하는 사람들이나 친구와 너무 멀리 떨어져 있어 서로 찾아 보지 못하는 사람들은 크리스마스카드와 연하장을 보내 시간 속에 퇴색해 가는 우정과 사랑을 새로이 충전한다.

눈은 겨우내 오겠지만 겨울의 시작인 12월에 오는 눈을 바라보는 마음은 다른 때와 다르다. 12월 어느 날 아침에 일어나서 창문을 열었는데 흰 눈이 온 누리를 덮고 있으면 마음이 성스러우리만큼 깨끗해진다.

어찌 이것뿐이랴. 교회 첨탑 위에도 묘지 위에도 산에도 들에도 눈이 내리면, 마치 온 누리가 '영원의 세계'에 들어온 것같이 마음이 맑고 경건하며 엄숙해진다.

눈은 빗물이 하늘에서 얼어서 내리는 단순한 자연 현상이지만, 빗물처럼 애상에 젖지 않고 차갑게 느껴진다. 그리고 눈은 흰색이 지니는 스펙트럼으로 모든 것을 수용하고 감싸 주는 따뜻하고 숭고한 아름다움을 지니고 있다.

어떤 사람들은, 눈은 아름답지만 그 차가움은 죽음을 의미한다고 말한다. 그러나 눈이 차가운 죽음만 의미하는 것은 아닌 듯하다. 12월에 오는 눈은 비록 차갑지만, 그것이 나타내 주는 정신적인 경지는 종말의 죽음이 아닌 성숙의 절정을 의미하는 죽음, 아니 재생을 전제로 하는 죽음이다.

흰 눈이 내려 땅 위의 모든 더러움을 깨끗이 감추어 '신세계'를 만드는 것은 바람 부는 봄과 뜨거운 여름, 그리고 결실의 가을 뒤에 찾아오는 성숙한 계절의 상징이다. 밀밭을 가꾸는 농부들의 말처럼, 겨우내 내려 들판에 쌓이는 눈은 겉으로 보기에는 차갑지만 땅속에 묻혀 있는 봄의 씨앗인 밀알을 온몸으로 따뜻하게 감싸 준다.

눈이 결코 죽음만 의미하지 않고, 죽음 가운데서 새로운 삶을 잉태한다는 것은 목을 잃은 유령이 말을 타고 달린다는 핼러윈과 추수 감사절을 지나, 눈이 오는 차가운 12월에 하느님의 메시아인 예수가 탄생한 성탄절이 있다는 것으로도 알 수 있다.

성탄절날 새벽, 어디선가 들려오는 성가대의 합창 소리는 게으름과 몽롱한 죄의식의 잠으로부터 우리를 일깨워 평화의 나라로 인도해 주는 '영원의 세계'에서 들려오는 노랫소리와 같다. 그래서 12월의 눈길을 걸으면 헛된 욕망으로 가득 찬 때 묻은 마음을 씻고 '영원의 세계'에 들어온 것 같다.

아무리 심술궂은 사람도 눈길을 걸을 때는 마음이 착해지고, 아무리 이기심이 강한 사람도 〈성냥팔이 소녀〉 이야기를 생각할 때만큼은 마음을 비우고 동심으로 돌아간다.

톨스토이의 자화상인 네플류도프 백작이 유형流刑의 길을 걷는 카추샤를 보고 걷는 속죄의 길이 눈길인 것도 결코 우연이 아닌 듯하다. 만일 카추샤를 따라가는 네플류도프 백작이 차갑게 얼어붙은 눈길이 아니라 타이티와도 같은 열대의 나라, 남국의 밀림 속을 헤맸다면 그의 인간적인 편력은 달라졌을지도 모른다.

그러나 12월의 풍경에 눈 속에 있는 '시간의 빈터'에서만 볼 수 있는 축제일의 아름다움과 휴식의 공간에서 즐기는 춤과 노래만 있는 것은 아니다. 겉으로는 종말의 시간처럼 보이고 또 그렇게 느껴지지만, 12월은 새로운 출발을 위한 반성의 휴면기다. 그래서 12월의 아름다움 속에는 내면으로 젖어드는 숭고한 아픔과 절제된 아쉬움으로 이루어진 말 못할 숨은 슬픔이 있다.

고향으로 가는 막차를 타기 위해 기차역으로 달려가는 사람들의 군상에는 물론, 담배 연기 자욱한 선술집에도 휴식을 위한 정지된 시간이 있지만, 거기에는 또한 상실과 후회, 낭만과 우수가 깃든 슬픔의 술잔이 있다. 그러나 그것은 다른 계절의 시간에서 볼 수 있는 권태와 좌절, 감상적인 눈물로 얼룩진 술잔이나 광란적인 분노의 고함 소리로 이루어진 미움과 저주의 그릇이 아니다. 그것은 오히려 반성과 죄의식에서 오는 슬픔과 미완성에 대한 아픔의 술잔이다.

아무튼 12월이 부분적인 성숙을 의미하며 재생을 약속하는 '작은 영원'이 아니라 결코 현실로 돌아올 수 없는 기나긴 영겁의 '영원'이라면, 12월의 풍경은 그렇게 아름답지 못할 것이다.

아마도 12월이 아름다운 것은 다시금 새로움을 약속하는 성숙 속의 미성숙, 아니 완성 속의 미완성, 즐거움 속의 고뇌 때문인지도 모른다. 아니, 12월의 풍경이 지니는 아름다움의 정수는 미완성의 본질 그 자체다. 왜냐하면 12월은 그것으로 끝나는 것이 아니라 다음 해 1월로 이어지기 때문이다.

12월 거리에 울려 퍼지는 우수에 찬 음악과 교회의 종소리, 그리고 첨탑 위의 별들이 제야의 종소리처럼 아름답고 슬픈 여운을 주는 것은 그것들이 종말을 의미하는 완성의 표상이나 축가만이 아니라 내일을 약속하는 미완성의 진혼곡과도 같기 때문일 것이다.

유형의 길을 걷고 있는 인간은 운명적으로 절대적인 완성 단계에는 도달할 수 없다. 그래서 인간은 항상 기쁨 속에서도 슬픔을 느끼고, 또 슬픔 속에서도 기쁨을 느끼는 역설적이고 이원적인 존재다. 그러나 그러한 운명 때문에 인간적인 삶의 풍경은 더욱 아름답고 값지게 보일지도 모른다.

'시작의 빈터'이자 '작은 영원'인 12월의 세계가 종말에 대한 감상적인 슬픔으로만 보이지 않고, 고요한 어둠 속에서 스스로 몸을 태워 주위를 밝히는 촛불처럼 아름다운 빛을 보이는 것은, 그것이 결코 영원한 죽음 자체를 의미하지 않고, 새로운 생명을 잉태하기 위해 어둠과 싸우는 비극적인 숭고함을 지니고 있기 때문이다.

침묵의

의미

교정 기슭에 서 있는 그 유서 깊은 대학 교회의 종탑에서 여러 개의 종이 광란의 춤을 추며 쏟아내는 듯한 맑은 종소리가 석양에 비치는 햇살처럼 교회의 지붕과 학교 건물 위로 쏟아지고 있었다. 순간 나는 그 종소리가 잠든 내 영혼을 무섭게 때려 주는 것 같은 느낌을 받았다. 너무나 감미로운 충격에 발걸음을 옮기기가 싫을 정도였다. 그 맑은 종소리가 혼탁했던 내 마음을 깨끗이 씻어 주기 때문이리라.

「 그림자와 거울 속의 얼룩 」

내가 그림자의 모습을 처음 본 것은 유년 시절 아버지가 울고 있는 나를 달래기 위해 등잔불 앞에서 손과 손가락을 이용해 벽장문 위에 여러 가지 동물 모양의 그림자를 만들어 보여 주었을 때였다. 나는 울음을 멈추고 벽지 위에 만들어진 이상하게 생긴 그림자 형상을 유심히 바라보았다. 흥미롭기도 했지만 너무나 무서웠기 때문이다.

초등학교에 들어간 뒤 아침에 운동장을 걸어갈 때면 그림자가 나를 뒤따라오고, 저녁에 교문을 나서면 그것이 앞에서 나를 만나기 위해 다가왔다. 그때 나는 그 그림자가 왜 그렇게 움직이는가에 대해서는 아무 생각이 없고 그것과 더불어 놀고만 싶었다. 또 그 무렵 어느 해 질녘 시골집 앞으로 흐르는 샛강에서 세수를 하고 일어나 고개를 들었을 때, 멀리 보이는 자줏빛 산등성이 아래로 산 그림자가 비끼며 스쳐 가는 것을 보고, 황홀한 신비감을 느꼈다. 이렇게 그림자를 만난 경험 때문에, 그 후 다른 사람들이 그림자를 유령이라고 말해도 나는 믿지 않았다. 어렸을 때 유령에는 그림자가 없다는 말을 들었기 때문이기도 했다.

그렇다면 얼굴에 드리워진 그림자는 어디에서 오는 것일까? 그것은 말할 것도 없이 내면의 아픔이 얼룩처럼 밖으로 나타난 것이다. 그렇지만 과거의 그림자에 대한 기억 때문인지, 나는 환하게 웃는 얼굴 못지않게 우울한 얼굴에 드리워진 그림자에 이상하게 마음이 끌린다. 그것은 아마도 내가 가끔 다른 사람의 웃는 얼굴에 어두운 그림자가 스쳐 간다고 느낄 때처럼, 나 역시 속에 아픔을 느끼게 하는 지울 수 없는 그림자가 있기 때문이리라.

이것을 보다 철학적으로 말하면, 우리 얼굴에 나타난 우울한 그림자는 초월적인 현전現前의 세계에 묻혀 있는 존재의 뿌리에서 오거나, 아니면 원죄原罪의 자국이라고 말할 수 있으리라. 우리 마음속의 그림자는 나르시스의 신화에서처럼 사물의 그림자와 달리 지울 수도 없고 잡을 수도 없기 때문이다. 그러나 불행하게도 인간은 운명적으로 그것을 잡으려고 할 뿐만 아니라 그것을 지우거나 그것과 일체가 되려고 하는 욕망을 버릴 수 없다. 어떻게 생각하면 우리의 삶도 그 그림자를 추적하거나 그것에 도달하고자 하는 순례巡禮와 같다. 인간의 근원적인 슬픔은 마음속에 묻어 있는 얼룩과도 같은 그림자를 결코 잡을 수 없는 데서 오는 것 아닐까. 그러나 마음속의 얼룩을 지우고 그림자를 잡으려는 슬픈 움직임 속에 역설적인 기쁨이 있고 자아 발견이라는 인식적인 깨달음이 있다. 그래서 얼굴에 슬픈 그림자가 없는 것 같은 사람은 겉으로는 행복해 보일지 모르지만 느낌이 없는 백치 인형이나 다름없을 수도 있다.

순수하기만 했던 유년 시절에 그림자를 무서워하면서도 그 신비스러움에 마력을 느꼈던 것은 그것이 바로 슬프고 아름다운 우리의 삶을 투영시킨 빛의 자화상이기 때문 아니었을까? 나는 오늘도 종이 창문에 햇살이 비치면 그것이 만들어 내는 창틀의 그림자에 시선을 던진다. 빛이 없으면 그림자도 없다. 그렇지만 그림자가 없으면 빛의 의미도 없지 않을까. 천국은 빛으로 가득 찼겠지만, 그곳에는 그림자가 없기 때문에 웃음과 눈물이 만들어 내는 유머도 없을 것이다. 나는 밝은 세계를 좋아하지만, 그림자가 없는 세계는 좋아하지 않는다.

그래서 나는 그림자 없이 밝기만 한 찬란한 천국의 궁전보다, 바람 불고 비 내리지만 그림자가 스쳐 가는 들판과 함께 쉬며 웃을 수 있는 짙은 나무 그늘이 있고 저녁연기가 피어오르는 사람의 마을을 더욱 좋아한다.

「보이지 않는 은혜」

젊은 나이에 요절한 T. E. 흄은 인간은 원죄 때문에 외부적인 세계와 단절되어 고독한 운명의 상태에 놓여 있다고 말했다. 이러한 그의 말은 현대 예술에서 나타난 고독을 상징하는 기하학적인 요소의 근원을 규명하는 과정에서 비롯된 것이다. 이것은 인간으로 하여금 주어진 운명을 그대로 받아들이고 외부 세계에 의존하지 않고 눈물 없이 의연하게 독립하는 절제된 모습을 보이기를 원하는 뜻을 담고 있다.

그러나 다른 한편으로 보면 인간은 타인과의 단절된 상태에 있음에도 불구하고 역설적으로 서로를 필요로 하고 도우며 살아가야 하는 사회적인 동물이다. 만일 원죄 때문에 낙원에서 추방된 인간의 형제들이 황야에서 서로 도움을 주지 않았다면 인간이 어떻게 살아남을 수 있었을까. 남을 돕는 일을 소중하게 생각하고 주는 기쁨을 받는 기쁨보다 더 소중하게 생각하는 사람들이 있다. 그러나 이것이 무슨 대가를 기대한 것이라면 상거래와 같기 때문에 유쾌하거나 아름답지 못하다. "오른손이 하는 일을 왼손이 모르게 하라"는 말도 이러한 이유 때문에 생겨난 신의 명령 아닌가?

저문 강에 이르러 되돌아보니, 나는 그릇이 큰 사람이 되지 못해 타인에게 이렇다고 말할 수 있는 도움을 주지 못했고, 주변에서 많은 도움만 받으며 살아왔다는 것을 발견하고 먼 기억 속 울림과 함께 수치심만 쌓인다.

나는 시골 양반인 초시初試의 후예로 태어났지만, 격동기에 가세家勢가 기울어 시집간 작은고모가 치마 밑으로 건네주신 돈으로 간신히 대학 공부를 마쳤다. 고모부 모르게 친정 조카를 도와 학교를 마칠 수 있게 하신 일은 환경 때문이었지만, '오른손이 하는 일을 왼손이 모르게 하는 일'이었다.

이것뿐이 아니다. 내가 험난한 세상에서 영문학을 공부하도록 길을 열어 주셨던 벽안의 미국인 여교수가 아무도 모르게 내게 펼쳐 주신 손길은 정말 순수한 것이었다. 1960년대 한국에서 부실한 교육을 받은 내가 아무것도 모르고 채플 힐에 위치한 미국 남부 '학문의 메카' 라고 불리는 어느 명문 대학 대학원 강의실로 걸어 들어갔을 때 부닥쳐야만 했던 어려움은 말로 표현할 수 없을 정도였다. 그때 그분이 나로 하여금 "뜻이 있는 곳에 길이 있다"는 말과 함께 힘을 실어 주지 않으셨다면 나는 영문학 공부를 계속할 수 없었을 것이다.

미국으로 건너간 해 첫 학기 셰익스피어 비극에 대한 학기말 시험 때문에 걱정하다 거의 뜬눈으로 밤을 새운 후, 무거운 마음으로 방문을 열었을 때 방문 앞에 흰 종이쪽지 하나가 머리핀에 꽂혀 있었다. 종이를 펼쳐 보니, 거기에는 오늘 시험 잘 칠 것이니 걱정하지 말길 바란다는 내용의 글이 씌어 있었다. 그 미국인 여교수님이 내가 일어나기도 전에 새벽길을 차로 달려와 닫혀 있는 기숙사 방문 앞에 격문을 써놓고 가셨던 것이다. 눈에 보이기는 작은 것이었지만, 그 쪽지에 담긴 깊은 인간애에 차가운 겨울 하늘 아래에서 내 가슴은 풍선만큼이나 커지고 뜨거워 왔다. 크리스마스 때 내게 가죽 책가방을 선물해 주셨던 선생님은 내가 천신만고 끝에 작은 학위를 받던 해 크리스마스에는 얼굴에 주름이 깊이 파여 갔으나 붉은 재킷 드레스를 입고 기쁨에 넘쳐 팔을 흔들며 고함을 지르고 노래까지 부르셨다.

그분의 눈물겨운 애정으로 나는 공부를 마치고 귀국해서 대학에 몸 담고 분에 넘친 생활을 해왔지만, 그분의 사랑에 조금도 보답하는 일을 하지 못했다. 그러나 그 벽안의 여교수님은 한 번도 원망하는 빛을 보이지 않으셨다. 처음부터 기대하지 않은 고결하고 헌신적인 사랑이었기 때문이다. 이제 선생님은 뉴욕 주에 있는 선생님의 가족 묘지에 묻히셨지만, 내 가슴속 깊은 곳에 항상 존재하신다.

"오른손이 하는 일을 왼손이 모르게 하라"라는 말에 딱 맞는 또 하나의 감동적인 사건을 나는 결코 잊을 수 없다. 1968년 당시, 나는 채플힐에서 감당하기 어려운 대학원 과정을 밟으면서 아르바이트를 하고 있었다. 그런데 학기말 시험 도중 '부친 별세'라는 전보를 받았다. 그래서 넋을 잃고 어리둥절한 모습으로 이 거리 저 거리를 헤매 다니다가 그만 안경을 깨뜨렸다. 가뜩이나 우울한 얼굴에 눈이 잘 보이지 않으니 얼굴을 잔뜩 찌푸리고 다닐 수밖에 없었다.

그러던 어느 날, 오후만 되면 함께 아르바이트하던, 나보다 훨씬 어린 사회학과 졸업반이던 안경 쓴 백인 친구가 내게 와서 봉투 하나를 내밀며 부탁했다. 대학 타운에 있는 안경점에 자기를 대신해 좀 전해 달라는 것이었다. 그리고 그 친구는 주소도 남겨 놓지 않고 그 일자리를 그만두고 떠나 버렸다.

나는 영문도 모른 채 그 친구의 부탁으로 그 안경점을 찾아가 봉투를 전했다. 그러자 안경점 주인은 그 친구가 내 안경 맞출 돈을 미리 지불했다고 말했다. 1968년 당시 아르바이트하는 학생에게 그 안경 값은 거금이었다. 새 안경을 끼고 거리로 나왔을 때 햇빛이 쏟아지는 5월의 녹음이 유난히 푸르고 아름다웠다. 그는 지금쯤 어디서 무엇을 하고 있는지. 이젠 너무 늙어서 다시 보아도 서로 알아볼 수조차 없을 것이다.

1960년대 말은 내게 뜨거운 용광로를 지나는 것과 같은 시련기였다. 산더미처럼 쌓여 있던 읽어야 할 책들과 써야 할 논문 때문에 질식할 것만 같았다. 기숙사 문을 열고 나와 강의실로 가는 도그우드 숲길을 걸을 때 눈이 오면 겨울이 왔나 보다 했고, 강의실 학생들이 두꺼운 옷을 벗고 가벼운 옷으로 갈아입으면 봄이 오고 여름이 가까웠다는 것을 깨달을 정도였다. 이렇게 어려운 시절, 내가 쓰러져 삶의 빛을 잃지 않고 어둠에서 탈출할 수 있었던 것은 그 벽안의 사람들의 도움 때문이었다.

무수한 세월이 지난 후 땅거미가 끼는 황혼녘에 서서 되돌아보니 그들이 내게 그렇게 정성을 쏟았던 것은 남을 위해서 일할 수 있는 교육자로 만들기 위함이었을지도 모른다는 생각이 든다. 그럼에도 불구하고 나는 헌신적인 교육자로서 다음 세대에게 의무를 다했다고 말할 수 없어 부끄럽기만 하다. 흄은, 신은 원죄 때문에 인간을 서로 갈라놓아 고독 속에 단절감을 느끼며 살아야만 된다고 말했지만, 인간은 그 저주받은 단절된 운명 때문에 역설적으로 사람을 사랑해야만 되는 것 아닌가? 사랑 가운데 가장 아름다운 것은 보이지 않게 은혜를 베푸는 것이다. 그것은 아무것도 기대하지 않는 순수한 것이기 때문이다.

「잃어버린 종소리를 찾아서」

나는 종이 울리는 시계를 좋아한다. 그래서 우리 집에는 요즘 사람들에게 애용되는 전자시계는 찾아볼 수 없고, 소리를 내며 치는 시계들만 있다.

　내 서가에는 태엽을 여러 번 감는 앉은뱅이 시계가 무겁게 놓여 있고, 거실에는 둔탁한 소리를 내면서 치는 '할아버지 시계'가 육중하게 놓여 있다. 딸아이는 이 시계들이 자정을 알리는 요란한 소리를 낼 때면, 유령이 나올 것 같아 무섭다며 싫어하지만, 나는 그 소리가 좋아 자정이 될 때까지 기다리며 잠을 자지 않는 경우가 많다.

　또한 나는 음악 소리를 내면서 울리는 옛날의 회중시계도 하나 갖고 싶다. 밖에 나가 있어서, 시계 종소리를 들을 수 없을 때를 대신하기 위함이기도 하다.

내가 시계 종소리를 유난히 좋아하는 것은 그것이 유년 시절에 듣던 종소리와 닮았기 때문이다. 과학 문명의 발달로 생활 환경이 옛날과 비교할 수 없을 정도로 편리해졌지만, 그것은 옛날의 우리 생활 풍경이 지녔던 아름다운 운치를 적잖이 손상시켰다.

그중 하나가 거리에서 시끄럽게 울려 퍼지는 마이크 소리다. 그 소리는 긴 여운을 남기고 울려 퍼졌던 종소리의 빛과 아름다움을 우리 곁에서 영원히 쫓아 버렸다. 나는 골목에서 차를 몰고 행상을 하는 사람들이 물건을 사라고 찢어지는 듯한 기계 목소리로 외칠 때마다, 어린 시절 새벽녘에 두부장수가 골목에서 울려 대던 작은 종소리가 그립다.

또 영혼의 안식을 위해 서 있는 교회에서 일요일마다 마이크를 통해 요란스러운 찬송가를 흘려보낼 때마다, 나는 그 옛날 성당이나 교회당에서 울리던 종소리가 그립다. 그렇게 오랫동안 울렸던 교회의 종들은 도시 시민들의 새벽잠을 깨운다는 이유로 모든 종각에서 철수했다. 그 결과 우리는 새벽종의 소음 없이 늦잠을 자고 편하게 생활할 수 있게 되었지만, 반면에 우리의 생활 환경은 말할 수 없이 무미건조하고 황량해졌다.

듣는 사람에 따라 다르겠지만, 새벽에 울리는 교회의 종소리가 단잠을 깨우는 소음으로만 들리는 것은 아니다. 멀리서 강하게 울렸다가 은은히 퍼지는 종소리를 듣고 잠에서 깨는 것 또한 뜻깊고 아름답다.

저녁 늦게 일하다가 잠든 사람에게는 새벽 종소리가 무척 부담스러울지 모르지만, 그것을 듣는 기분은 늦잠을 자고 났을 때 햇빛을 보고 느끼는 죄의식과는 비교할 바가 아니다. 비록 일찍 일어나지 못하는 사람들에게도 잠결에 듣는 종소리가 싫지만은 않을 것이다.

아마도 멀리서 들려오는 종소리는 마음의 소리, 아니 양심의 소리처럼 우리가 저항할 수 없는 깊은 여운을 지니고 있기 때문일 게다. 아무리 오만하고 죄를 지은 사람도 쉬지 않고 무섭게 치는 종소리를 듣는 순간만큼은 경건해져서, 스스로를 돌아보고 뉘우치게 될 것이다. 밀레 Jean François Millet의 〈만종〉에서처럼 사람들이 종소리를 듣고 자신의 잘못을 뉘우치며 마음을 비운 상태에서 현재의 삶을 고마워하는 것보다 더 아름다운 풍경이 또 어디에 있을까?

나는 반생애를 종이 울리는 공간에서 호흡해 왔으나, 그 이후에는 현대화의 물결에 밀려 영혼의 소리를 듣게 해주었던 종소리들이 박탈당한 곳에서 살아왔다. 사실, 그동안 종소리가 지닌 의미마저 까맣게 잊고 지내 오지 않았던가.

그런데 내가 상실했던 종소리의 아름다움과 그 깊은 의미를, 그리고 둔탁하게 치는 시계 소리를 좋아한 이유와 함께 발견한 것은 내가 지금 잠시 머무르고 있는 이국땅 대학 교정의 하늘에 울리는 종소리를 들었을 때였다.

울창한 숲 속에 자리 잡은 두 개의 대학 교정에 서 있는 높은 종탑에서 울리는 종소리를 듣는 순간, 나는 두 번씩이나 내 영혼에 행복한 충격을 받았다. 한 번은 가까이에서 울리는 종소리였고, 또 한 번은 멀리서 울리는 종소리였다.

이곳에 도착한 지 얼마 되지 않은 지난여름, 회색빛 고딕 건물들로 작은 숲을 이루고 있는 듀크 대학의 도서관 문을 열고 나왔는데, 마침 어디선가 여러 개의 종소리가 아름다운 화음을 이루면서 요란하게 울려 퍼지고 있었다.

교정 기슭에 서 있는 그 유서 깊은 대학 교회의 종탑에서 여러 개의 종이 광란의 춤을 추며 쏟아 내는 듯한 맑은 종소리가 석양에 비치는 햇살처럼 교회의 지붕과 학교 건물 위로 쏟아지고 있었다.

순간 나는 그 종소리가 잠든 내 영혼을 무섭게 때려 주는 것 같은 느낌을 받았다. 너무나 감미로운 충격에 발걸음을 옮기기가 싫을 정도였다.

나는 한참 동안 머리 위의 햇살처럼 강렬하게 쏟아지는 종소리를 들으면서, 교회의 종탑을 바라보고 서 있었다. 그 맑은 종소리가 혼탁했던 내 마음을 깨끗이 씻어 주기 때문이었다. 이윽고 석양에 울리던 그 종소리가 멈추었을 때, 나는 얼마나 큰 슬픔에 잠겼던가. 나는 한참 동안 그 은빛 나는 종소리가 멈춘 것이 아쉬워 발길을 돌리지 못하고 교회의 뜨락에 들어가 종탑의 지붕을 쳐다보고 귀를 기울였으나, 종 치는 시간이 지난 뒤라 정숙한 침묵만이 흘렀다.

그리고 듀크 대학과 얼마 떨어지지 않은 채플 힐의 교정 숲 속에서 또 한 번 감동적인 종소리를 들을 수 있었다. 가을이 무르익어 갈 무렵, 하루 종일 모교의 도서관에 머물다가 날이 저물어 텅 빈 숙소로 돌아오는 길에, 교정의 높은 종탑에서부터 하루를 마감하는 종소리가 은은히 울려 왔다.

그 종소리는 듀크 대학에서 들었던 영혼을 심한 충격으로 완전히 표백하듯 강렬하게 울리는 타종 소리가 아니라, 영혼을 조용히 위무하고 달래 주는 종소리였다. 교정의 종탑에서 치는 종소리를 멀리서 들으며, 아쉽지만 하루를 무사히 보낸 것에 감사했다.

이 종소리는 내 귀에 단순히 들리는 감미로운 음악이 아니라, 내가 하루 동안 했던 일들을 부끄러움 없이 반성하게 하고, 짙은 향수 속에서 지난날의 잘못을 뉘우치게 했다. 나는 어둠 속의 숲길을 걸어오면서, 왜 저 종탑에서 들려오는 종소리의 울림이 내 마음을 이렇게 깨끗이 씻어 주고 달래 줄까 자문해 보았다.

그날 밤 잠자리에 누워, 높은 곳에서 울리는 종소리가 우리의 마음을 맑게 정화시켜 주는 것은 종이 뜨거운 용광로에서 만들어졌고, 허공에 매달린 채 춤을 추듯 자신을 무섭게 때리기 때문 아닐까 하는 생각을 해보았다.

왜 프랑스의 시인 보들레르가 대낮에 울리는 요란한 교회의 종소리가 세례식에서처럼 미친 영혼을 달래 준다고 노래했고, 불교에서 스님들이 왜 대종 소리가 허공을 나는 악귀를 쫓고, 인간으로 하여금 백팔번뇌를 잊게 한다고 설법하는지 어렴풋이나마 깨달았다.

나는 이 아름다운 가을 숲 속의 교정에 잠시 머물다가 떠나야 할 운명이지만, 교정 한마당 옆에 하늘 높이 서 있는 종탑에서 울려 퍼지는 종소리를 듣고, 또 그 의미를 깨닫기 위해 오늘도 이곳을 찾는다.

그것은 오늘 듣는 종소리가 어제 듣던 종소리와 다르고, 그 옛날 학창 시절에 듣던 종소리와도 다르며, 그것이 나에게 또 다른 의미를 전해 주기 때문이다.

내가 비록 적은 나이는 아니지만, 저렇게 높이 달려 있는 종이 울리는 소리를 듣고 지식의 샘물을 마시기 위해 이곳 '숲 속의 빈터'를 찾아올 수 있었던 것에 감사하고 잃어버렸던, 아니 망각 속에 묻어 버렸던 종소리의 의미를 다시 찾게 된 것에 감사한다.

돌아오는 새해에 집으로 돌아갔을 때, 거실에 놓여 있는 그 '할아버지 시계'가 밤 12시를 알리는 소리를 듣고 딸아이가 또다시 무서워하면, 이곳 교정의 숲에서 들었던 그 종소리에 대해 들려줄 것이다. 그러면 딸아이도 둔탁한 시계 소리의 의미를 새로이 발견하고, 그 소리를 기다리게 될 것이다.

「하얀 집 비탈에 서다」

가난한 젊은 시절 이곳저곳으로 수없이 옮겨 다니다가 지금 살고 있는 하얀 집에 정착한 것은 뒤에 아카시아 숲으로 덮인 낮은 산이 있고 조용한 길이 있기 때문이었다. 나는 왠지 모르게 붉은 벽돌집보다 하얀 집이 좋았고 넝쿨 장미가 담 너머로 보이는 6월의 한적한 길과 5월이면 뒷산에서 풍겨 오는 아카시아 꽃향내를 호흡하는 것이 좋았다. 그래서 나는 자줏빛 모란을 산울타리 곁에 라일락과 함께 심고 담 기슭에는 작약과 패랭이, 분꽃, 맨드라미, 봉선화를 가꾸면서 숲 속의 작은 빈터를 만들었다. 그리고 학교에 나가 학생들을 가르치고 밤늦게까지 책을 읽고 아이들이 자라는 모습을 보며 지냈다.

　나는 책에만 묻혀 살아 머리가 희어지는 것도 몰랐다. 그러다가 어느 날 골목길을 나섰을 때 도시화 물결이 내 주변까지 범람하는 것을 발견했다. 대낮이면 조용했던 우리 집 앞길이 공사판으로 변해 소란스러운가 하면 신흥 주택들의 높은 지붕이 멀리 내려다보이던 한강의 풍경을 막아 버렸다. 나는 젊음을 보내며 그토록 열심히 가꾸었던 이곳 성미산 밑 하얀 집으로부터 추방당해 시멘트 벽 속에 갇혀 버릴 위기에 소리 없이 내몰리고 있다. 그래서 《푸른 수염의 성채城砦》라는 책에서 조지 스타이너George Steiner가 산업화가 일어났던 인간 문명의 '한여름'인 영국 빅토리아 시대의 황금기에서 '잃어버린 낙원'의 이미지를 발견할 수 있다고 말한 것보다, 20세기 다른 비평가들이 빅토리아 시대의 영국이 에덴이 아니라 '지옥'인 것 같다고 쓴 말을 기억하고, 그것이 사실임을 절감하게 되었다.

지금 우리는 현대 문명의 성채와도 같은 아파트에 사는 것을 자랑으로 여기지만, 자연에서 발견할 수 있는 아름답고 향기 짙은 풍경을 느끼고 체험할 수 있는 삶의 즐거움을 송두리째 잃어버리거나 빼앗기고 있다. 아이들은 플라스틱 장난감으로 왕자들과 다름없이 놀지만, 팽이를 만들기 위해 송진이 묻어 있는 소나무를 톱으로 자를 때 풍기는 짙은 나무 냄새를 맡지 못한다. 나무 냄새는 아름다운 처녀의 머리카락 냄새보다 더 향기롭지 않은가. 시멘트 벽 속에 살면 편리할 수 있겠지만, 장미와 하얀 찔레꽃이 무리 지어 피는 여름의 뜰에서 잔디를 깎은 후의 그 싱그러운 풀 냄새는 호흡할 수 없을 뿐 아니라, 늦은 가을 낙엽을 태울 때의 그 피어오르는 연기 냄새와 같은 자연의 향기를 가까이할 수 없다.

닫힌 공간인 텔레비전 화면에서 아름다운 풍경을 아무리 많이 볼 수 있다 하더라도, 그것들은 봄의 뜨락에서 모란이 짙은 꽃향기를 뿜으며 찬란하게 피어나서 소리 없이 지는 것을 보는 것만 못하다. 새들의 울음소리에 잠이 깨어 맑은 공기를 마시며 현관 계단을 밟고 마당으로 내려와서 바라보는 자줏빛 새벽하늘과 석양에 뒷산 나무숲 위로 바라보이는 불타는 황혼이 상상의 세계에서도 결코 찾아볼 수 없는 신비롭고 아름다운 자연의 물감으로 그려져 있다는 것을 알지 못한다. 인공적인 실내 공간에 놓여 있는 영상 매체에서 카메라 렌즈가 잡은 철새 떼들의 날갯짓을 아무리 많이 볼 수 있다 하더라도, 나는 그것에 만족하지 못하고 뒷산에 올라가 먹이를 찾아 무리 지어 옮겨 다니며 날아오르는 비둘기 떼를 찾는다. 내가 찾는 산비둘기 떼들은 언제나 나로하여금 유년 시절 어디선가 날아와 겨울나무 가지 위에서 날갯짓하던 그 새 떼들을 기억하게 하기 때문이다. 또 봄날 뒷산 언덕 길가에 숨어서 피어 있는 보랏빛 오랑캐꽃을 발견했을 때 전율처럼 전해지던 경이로움은 너무나 큰 즐거움이었고 축복이었다. 이것뿐만이 아니다. 소슬한 늦가을 쪽빛 하늘 아래 하얀 억새풀들이 지나가는 바람과 함께 누구를 부르듯 향수마저 느끼게 하며 군무群舞를 이루는 모습은 영상 매체의 힘으로는 만들어 낼 수 없는 유기적인 자연의 아름다움 아니던가?

산촌에 사는 사람들은 도시 생활을 무한히 동경할지 모르지만, 도시는 그들이 생각하는 것과 같은 낙원이 아니다. 도시에서는 그들이 산촌에서 발견할 수 있는 평화롭고 한적한 즐거움을 더 이상 찾을 수 없다. 거리로 나가 보라. 도시의 시인 보들레르가 표현한 것처럼, "공장의 먼지를 삼키고 솜털 먼지를 들이쉬며 명품을 생산하는 데 필요한 백랍白蠟과 수은水銀, 그리고 독이 스며든 피부를 가진 창백한 군중이 걸어가는 광경에 사로잡히지 않는다는 것이 불가능"하다. 그래서 나는 마르셀 프루스트가 "이것을 모르고 지나가는 것은 불가능한 것 같다" 라는 말과 함께 항상 가지고 다녔다는, 파리의 도시 풍경을 그린 시 〈사랑스런 늙은 여인들〉이 가까운 미래에 아파트 물결에 밀려난 내 모습을 비춰 주는 거울 같아 착잡한 마음에서 벗어날 수가 없다.

아! 나는 얼마나 그 사랑스런 늙은 여인들을 뒤쫓아 갔던가!
그중 한 여인은 석양의 하늘이 붉은 상처의 핏빛으로 물들 무렵,
생각에 잠겨, 외따로 벤치에 앉아,

군악대가 공원에서 연주하는 금속성 짙은 음악을 듣고 있었다.
기운이 되살아나는 듯 느껴지는 그 황금빛 저녁나절에.
힘 잃은 시민들 가슴에 영웅심 불러일으키게 하는 그 연주를.

독일의 천재적인 비평가 발터 벤야민은 이 시편에서 '브라스 밴드'로 연주되는 금속성 음악을 자연을 파괴하는 기계화의 '영웅적인 소리'라 고 해석했다.

그렇다면 나도 머지않아 도시화 물결에 밀려 벌집 상자 모양의 아파 트 벽 속에 갇혀 생활하게 되면, 공원에라도 나가 피곤에 지친 군중 사 이에서 군악대가 연주하는 소음이나 다름없는 행진곡에 귀를 기울여

야 할 운명에 놓이지 않을까 하는 생각에 잠 못 이루는 밤이 쌓여만 간다. 왜 인간은 문명이란 이름으로 '잃어버린 낙원'을 되찾는다면서 무덤을 파듯 우리가 영원히 함께해야 할 자연을 파괴하는가.

가난했지만 평생 가꾸어 온 우리 집, '숲 속의 빈터'마저 도시화 물결에 묻혀 버리면 얼마나 슬플까. 그러나 어찌하랴. 나는 오늘도 조용하던 골목길에서 시멘트 벽을 올려 세우는 소음을 들어야 하니 말이다.

「옛집」

새 떼들이 황혼녘에 둥지를 찾는 것처럼, 사람도 자기가 머물다 간 자리를 기억 속에서 지우지 못하는가 보다. 그래서인지 나는 유년 시절을 보낸 고향의 옛집을 결코 잊지 못한다.

언젠가 오랜 세월 동안 객지 생활에 지친 몸으로 고향을 찾았는데, 옛집이 비바람 속에서 너무나 퇴락해진 고가古家로 허물어져 가고 있었다. 내가 성장해 고향 집에서 추방되기 전까지 꿈을 키웠던 처마 높은 기와지붕을 가진 사랑채와 워낭 소리가 들리던 마당채는 이미 헐려 버렸고, 험난한 시절 인고의 세월을 보내시던 할머니가 숨을 거두신 안채만이 잡초 더미 속에 옛 모습을 유지하며 한쪽으로 기울어지듯 힘없이 서 있었다. 물레를 돌리던 할머니가 머무시던 안방은 어릴 때 느꼈던 것보다 너무나 작아 보였다. 더욱이 그 옛집의 사랑채가 없어지고 그 자리에 잡초가 무성하게 자란 모습을 보았을 때 느꼈던 상실감은 말로 다 표현할 수가 없었다.

그러나 내 기억 속의 그 옛집은 어린 시절을 보낸 그대로다. 대낮처럼 밝고 아름다웠던 유년의 뜰을 생각하면, 그 옛집의 풍경이 마음속에 미소를 짓듯 추억으로 높은 물결을 일으킨다.

고향 집은 낙동강 지류에 있는 어느 간이역에서 내려 십 리 길을 걸어서 들어가는 '큰 고개' 너머 산 높고 물 맑은 고적한 작은 마을에 자리 잡고 있다. 대숲을 머리에 이고 봄이면 담장 위로 복사꽃이 붉게 피었던 기와집 세 채와 초가 두 채로 이루어진 마당 넓은 그 옛집은 어린 시절 나에게는 생활의 공간이라기보다 내 의식 세계를 지배하는 화려한 무대였다. 실로, 옛집은 마치 백지와도 같은 마음속에 그려지기 시작한 그림처럼 내 삶과 하나가 되어 내 정서 속에 깊이 자리 잡았다.

소년 시절, 나는 할아버지가 거처하시던 사랑방에서 많은 시간을 보냈다. 사랑방에 대한 기억은 무수한 세월이 지나도 '어둠 속의 판화'처럼 지워지지 않았다. 봄이면 남쪽 땅에서 날아온 제비가 둥지를 틀던 처마 밑 사랑방에서 미닫이문을 열면 높고 푸른 산이 눈앞에 다가왔고, 여름 장마철이면 비를 싣고 오는 회색 구름이 산 아래까지 내려왔다. 겨울이면 높은 앞산이 흰 눈으로 눈부셨다. 하늘을 향해 뻗어 나간 처마의 유현한 곡선, 검은 물결이 일렁이는 듯한 대청마루, 영창문 창틀 위에 걸려 있던 추사秋史의 현판懸板 글씨, 그리고 벽장문 위에 쓰여 있던 송시열의 초서抄書 등은 나의 정서와 의식에 보이지 않게 짙은 인장印章을 찍지 않았던가.

사랑방 윗목에는 무거운 책장이 놓여 있었다. 겨울 밤 영창문을 통해 산불이 타오르는 광경을 황홀하게 바라보았던 나는, 그 책장에서 처음으로 프랑스 시인 보들레르의 산문집과 마르크스의 《자본론》을 할아버지 형제들이 읽으시던 수많은 다른 일본 서적들 사이에서 발견하고는 미지의 세계에 대한 동경과 호기심에 깊은 꿈을 꾸었다.

사랑방 문을 열고 밖으로 나왔을 때 보았던 경이롭고 아름다운 마당 풍경 또한 잊을 수 없다. 봄이면 정원에는 진달래와 살구꽃이 붉게 피었다. 나는 마른 나무에서 어떻게 그 붉은 꽃이 피어날 수 있고, 늦은 봄 벌들이 붕붕대는 돌담 곁에 활짝 핀 자줏빛 모란과 백장미의 짙은 향기가 바람에 실려 오면 그것 뒤에 무엇이 있는 것 아닌가 의아하게 생각했다. 밤이면 낮에 보았던 그 붉은 꽃들과 그 향기에 대한 기억 때문에 어둠 속에서 괴로워했다. 여름이면 사랑채에서 안마당으로 들어가는 모퉁이에서 우람한 오동나무 잎들이 바람에 흔들리며 시원한 그림자를 드리웠다. 이것뿐이 아니었다. 한적한 여름날 늦은 오후에는 마당에 해를 등지고 지붕의 그림자가 나타났다. 그래서 왠지 모르지만 나는 섬돌을 걸어 내려가 그림자를 발로 지우려고 했다. 나는 여름 장마철에 빗물이 처마 끝에 쏟아지면, 낙숫물 소리에 귀를 기울였다. 또한 하늘이 높고 쪽빛으로 푸르던 가을날, 새벽에 문득 잠이 깨면 대청마루로 나와 두려움도 잊고 검은 지붕 위로 차갑게 반짝이는 별들 사이를 달이 지나가는 밝은 밤하늘을 유심히 바라보고 또 보았다.

그러나 사랑채 앞마당에는 꽃밭만 있는 것이 아니었다. 그곳에는 퇴비를 만들기 위해 봉분처럼 높이 쌓아 놓은 건초 더미가 있었다. 이른 아침 머슴들이 곡괭이와 쇠갈퀴로 그것을 뒤집으면, 김이 무럭무럭 났다. 냄새가 깊숙이 파고들었지만 역하지 않았다. 풀이 익으며 부식하는 부드러운 냄새였다. 오동나무 두 그루가 서 있는 대문 밖에서 집으로 들어오는 좁은 길 언저리에는 봄, 여름 할 것 없이 민들레 홀씨가 바람에 날렸다. 그리고 대문으로 들어오는 길과 텃밭을 갈라놓는 울타리에는 나팔꽃과도 같은 덩굴손들이 벽을 타고 올라가는 담쟁이처럼 덮여 있었다. 아침에 학교 가려고 밖으로 나오면 산울타리를 타고 뻗어가는 덩굴에 푸른 나팔꽃이 활짝 피어 있었다. 또한 집 앞 실개천으로 나가면 은빛 피라미 떼들이 바쁘게 물살을 가르고 있었다. 아름다운 고향의 집 앞 풍경에 대한 기억은 여기서 끝나지 않았다. 검은 바위와 하얀 돌, 그리고 모래 사이로 흐르는 개울로 가는 논길 옆 들판에는 코를 찌르는 냄새가 나는 삼나무 숲과 소금을 뿌린 듯한 메밀꽃들이 무리 지어 하얗게 피어 있었다.

하지만 안마당에는 밀과 보리를 타작해야 하기 때문인지 꽃밭이 없었다. 어머니가 시집올 때 타고 왔다는 먼지 묻은 가마가 한쪽 모퉁이 축돌 옆에 놓여 있었고, 그 뒤안길에는 눈물과 같은 이슬을 머금은 봉선화가 불꽃처럼 타오르는 맨드라미와 함께 피어 있었다. 장독간 돌담장 부근에는 등나무가 무성하게 자라서 봄이면 등불 모양의 아름다운 보랏빛 꽃을 수없이 피웠다. 그래서 유년 시절을 보낸 5월의 옛집 풍경을 떠올리면 향기를 쏟아 내는 그 등나무 꽃그늘과 낮은 굴뚝에서 뿜어져 나오는 저녁연기 냄새를 결코 잊을 수 없다.

그러나 고향의 옛집이 이렇게 밝고 아름다운 풍경으로만 이루어진 목가적인 곳은 아니었다. 거기에는 노동을 하고 노동의 소중함을 말해 주는 장소도 있었다. 아래채에는 외딴 방을 비롯해 누에를 치기도 하고 곳간으로 사용하기도 하는 작은 방들이 몇 개 있었고, 안채 맞은편에는 내 호기심을 자극했던 낫과 삽, 모루 등과 같은 농기구를 넣어 두는 작은 창고와 디딜방앗간, 그리고 외양간이 있는 초가草家가 있었다. 그래서 어린 시절에는 밤에 사랑방에 계시는 할아버지에게로 가지 않고 안채에 계신 어머니 곁에서 잠들었다가 중간에 깨면 워낭 소리를 듣고 소가 외양간에 있다는 것을 확인해야 안도감을 느꼈다.

그런 한편으로, 죽음의 그림자가 드리워진 듯한 느낌 때문에 무서울 때도 있었다. 땅거미가 내리는 석양 무렵 잠자리를 찾아가기 위해 대숲으로 먹구름처럼 날아와 팽나무 가지에 날갯짓을 하며 까맣게 앉아 있던 갈까마귀 떼들은 죽음의 그림자만큼이나 무서웠다. 또 함께 당산나무 옆에 있는 양철 지붕의 상엿집 안을 훔쳐보곤 했던 둘째 동생이 열병으로 목숨을 잃고 돌산에 묻히는 것을 보았다. 또 그 이듬해 여름에는 그렇게 위엄 있던 할머니가 암으로 돌아가셔 아버지가 두건에 상복을 입고 서울에서 양복 차림으로 내려오신 삼촌과 함께 할머니의 관 옆에서 밤을 새우시는 모습도 보았다. 온 마을 사람들의 깊은 애도 속에 꽃상여 뒤를 따라가는 상복을 입은 어머니 앞에서 만가輓歌를 부르는 상두꾼의 목소리를 들으면서 황톳길을 걸어 산으로 올라, 나는 할머니가 흙에 묻히시는 광경을 지켜보았다. 십 리를 걸어 학교 갔다 돌아오는 길목에 우리 집에서 붙잡혀 총살당해 묻혀 있다는 빨치산 처녀의 돌무덤을 지날 때면 대낮에도 무서웠다.

이렇게 그 옛집에서 보고 경험했던 아름다운 삶이 죽음과 혼합되어 있는 것이 자연의 진행 과정이란 것을 나이가 들어 성숙해 감에 따라 알게 되었지만, 그 시절에는 별로 아프게 느껴지지 않았다. 그러나 그 옛집 정원에 피었던 복사꽃들과 그 꽃잎이 흩날리며 떨어지던 기억은 지금도 잊을 수가 없다.

태어난 고향에만 머물러 있던 유년 시절에는 한 번도 가보지 않은 휘황찬란한 먼 도시를 얼마나 동경했던가. 결국 나는 낙원이었던 옛집에서 추방되어 도시로 떠나왔고, 먼지 나는 도시의 포도鋪道를 거닐 때면 가끔 어린 시절을 보낸 고향 옛집에 대한 뼈아픈 향수를 느끼곤 한다. 그 찬란한 아름다움뿐 아니라, 그 어두운 그림자도 그립다. 죽음과 삶이 교차하는 것이 자연의 변화 과정이고 운명이라 하더라도, 생명의 요람인 고향 땅의 옛집이 세월과 더불어 허물어져 사라지는 것은 너무 가슴 아픈 일이다. 고향 옛집의 상실은, 나를 마음의 뿌리를 잃고 바람에 뒹구는 낙엽처럼 영원한 방랑자로 만들기 때문이다.

「이념의 와중에서」

비 갠 6월 아침의 교정은 초여름의 아름다움으로 눈부시다. 바라보이는 원형 도서관 뒤로 우거진 아카시아 나뭇잎들은 오늘따라 유난히 짙푸르다. 그러나 교정은 비 갠 날의 풍경과 달리 뒤숭숭하고 우울하다. 건물 복도와 운동장에서 서성이는 학생들 사이에 간밤에 백골 부대가 들어와 운동권 학생들의 북을 찢어 놓고 갔다는 소식이 전해졌다. 얼마간 조용했던 교정이 다시금 찢어지는 듯한 북소리와 함께 분노의 함성과 절규로 가득 찼다.

몇몇 복학생들을 중심으로 한 운동권 학생들이 교실에서 끄집어 낸 책상과 의자로 출입구를 완전히 봉쇄하고 출입하는 사람들을 통제하면서 학기말 시험을 거부했다. 정말 피곤한 악순환의 연속이었다. 나는 교수라는 신분 덕분에 금지당하지 않고 건물로 들어서서 연구실 문을 열고 들어와 자리에 앉았으나 마음은 적이 불안하고 우울했다. 그리고 끝없이 계속되는 이념 투쟁의 악순환에 적지 않은 혐오감을 느꼈다.

30대 초 대학 강단에 선 이후 쉰 살이 넘도록 평화로워야 할 교정에서 어느 한 해도 소요 분위기를 느끼지 않고 보낸 적이 없다. 내가 끝없이 반복되는 이데올로기 싸움에 피곤함을 느끼다가 혐오감까지 가지게 된 것은 내가 가르치고 배우는 학교 교정에서 끝없이 계속되는 치열한 좌우익의 갈등 때문만이 아니라 6·25 전쟁이 일어나기 전 유년 시절에 경험한 갈등의 외상外傷 때문이다.

내가 유년 시절을 보낸 옛 고향은 장터가 있고 완행열차만 서는 간이역이 있는 읍내에서 강을 건너고 밤나무 숲을 지나 십 리 길을 걸어 들어가야만 하는 두메산골이었다. 그곳은 물이 맑고 경관이 수려하지만, 산세가 험하고 높아서 해가 긴 여름철이라도 저녁 6시만 되면 산 그림자가 지나가면서 어둠이 깔렸다. 그래서인지 제2차 세계 대전이 끝나고 해방된 지 얼마 되지 않아 빨치산이 무리 지어 출몰하기 시작했다. 마을에 저녁연기가 피어오르고 땅거미가 드리워지면, 산에서 빨치산이 내려왔고, 어머니와 할머니는 그들을 위해 닭을 잡고 밥을 짓기에 바빴다.

초등학교 2학년 때 객지에만 나가 계시던 아버지께서 무슨 일 때문인지 모르지만, 시골집에 내려와 지내셨다. 날이 저물고 어두워지면 산에서 흰 옷을 입은 빨치산 한 사람이 내려와 아버지 방에서 밤늦게까지 이야기를 하고, 첫닭이 울 때면 산으로 올라갔다. 할아버지가 기거하셨던 사랑방 옆, 작은 방에서 새벽까지 불을 밝히고 아버지와 이야기를 하다가 돌아간 그 사람은 몸이 비대하고 눈썹이 검은 빨치산 두목쯤 돼 보였다. 눈이 내리던 어느 겨울 밤 나는 측간에 다녀오다가, 그 빨치산 두목이 불이 환하게 켜져 있는 아버지 방문을 나서는 것을 보았다. 그는 흰 무명 바지춤에 권총을 숨겨 차고 있었다. 나는 그가 참으로 멋있어 보였지만 한편으론 두려웠다.

그런데 참으로 이상했던 것은 지주의 아들이었던 아버지가 그 무서운 사람과 거의 매일 밤 늦게까지 이야기를 나누었다는 것이다. 그 빨치산과 이야기를 나누는 것만이 아버지와 우리 가족이 살아남는 길이었는지도 모른다. 아버지는 완고하고 말씀이 없는 할아버지와 달리 담대하고 말씀을 잘하시는 편이었다.

그즈음 빨치산 무리들은 마을 뒤에 있는 묘지에서 봉화를 놓고 함성을 질렀으며, 건넛마을에서는 몇 집에 불을 지르고 소를 끌고 갔다. 윗마을에서도 몇 사람이 총에 맞아 죽어 나갔다.

그 후 아버지는 또 한참 동안 객지에 나가 계셨다. 아버지가 계시지 않는 동안에도 밤이 되면, 많은 빨치산들이 산에서 내려왔다. 그 일 때문인지 읍내에서 총을 든 경찰들이 새벽에 이슬을 밟고 마을로 올라와 우리 집 사랑방을 점거하고 지휘소를 만들고는 했다. 그 무렵 경찰의 활동이 더욱 강화되었기 때문인지, 남녀 빨치산 두 명이 우리 집으로 찾아들었다. 걱정하시던 어머니는 두려움 속에서도 그들의 청을 물리치지 못하고 점심을 지어 주셨다. 어떻게 알았는지 그때 갑자기 경찰 일개 소대가 우리 집을 포위하고 그들을 잡아 새끼줄로 묶어 갔다.

나중에 들은 이야기로는, 그 경찰들이 두 사람을 데리고 가다가 그들이 완강하게 저항하자 지서가 있는 읍내로 들어가는 돌산에서 사살했고, 인근 주민들이 그들의 시체를 그곳에 묻었다고 했다. 그래서 읍내에 있는 학교를 갔다 오는 길에 그곳을 지날라치면 그들의 돌무덤 때문에 무서웠다.

그 일이 있고 얼마 지나지 않아 우리 마을에는 백골 부대 1개 연대가 중무장하고 들어와서 한동안 머물다 갔다. 그들은 마침 늦가을이라 추수를 한 집 앞 논마당에 기관총을 세워 놓고 쪽빛 가을 하늘 아래 검푸른 뒷산을 향해 공포를 쏘아 댔다. 그때 나는 그들이 걸어서 세워 놓은 총검들을 보고 무척 신기하게 생각했으나, 아랫집 머슴이 빨치산에게 부역을 했기 때문인지, 다리에 총상을 입고 피를 흘리며 소나무 기둥에 묶여 있는 것을 보고는 무서움에 떨었다. 아버지는 그때까지도 집으로 돌아오지 않고 객지에 나가 계셨다.

백골 부대가 철수하고 얼마 지나자 또다시 빨치산이 출몰하기 시작했다. 오랫동안 아버지가 객지에 나갔다가 돌아와 계시던 어느 달 밝은 밤, 그들이 갑자기 산에서 내려와 우리 집으로 몰려왔다. 나는 그들 무리 가운데서 옛날에 아버지 방으로 찾아왔던 그 빨치산 두목의 잘생긴 얼굴도 보았다. 무슨 이유에서인지, 그들은 갑자기 사랑채 대청마루에다 건조한 삭정이 더미를 쌓아 놓고 할아버지와 아버지를 밧줄로 묶어 축대 위에 꿇어 앉혔다. 그리고 험상궂게 생긴 빨치산 한 사람이 긴 칼로 아버지의 목을 겨누었다. 할머니와 어머니는 빨치산 두목을 붙잡고 목숨만 살려 달라고 애원하며 울부짖었다. 그러나 할아버지와 아버지는 말없이 차가운 축돌 위에 고개를 숙이고 앉아 있었다. 그때 부두목처럼 보이는 빨치산이 창백하게 질린 할아버지를 발로 차서 일으켰다.

그 순간 아버지 뒤에 서 있던 그 비적匪賊이 일본도日本刀와 같이 긴 칼등으로 아버지의 목덜미를 가볍게 쳤다. 그러고는 그 빨치산 두목과 비적 몇 명이 할아버지를 앞세우고 안방과 다락방까지 올라가 장롱 바닥과 무쇠 자물쇠로 잠겨 있는 고서가 가득 찬 증조할아버지의 궤짝까지 열어젖히고는 샅샅이 뒤졌다. 다시 사랑채로 돌아온 그들은 아버지를 풀어 주고는 산으로 올라갔다. 그때 나는 그 흰 무명옷을 입은 빨치산 두목의 허리춤에서 또다시 그 무서운 권총을 보았다.

나중에 할아버지가 말씀해 주신 이야기로는, 그 빨치산 무리들은 해방되어 정부가 토지 개혁을 실시해서 이삼백 석 되는 할아버지의 땅을 몰수하고 지급한 얼마 안 되는 보상금을 빼앗고, D 시의 K 여고에 다니던 작은고모를 산으로 데려가기 위해 그와 같은 난동을 부렸다고 했다.

이렇게 사선死線을 넘은 우리 가족은 잠시 뿔뿔이 헤어져야만 했다. 할아버지는 고모가 학교를 다니는 D 시로 떠나셨고, 할머니는 80리 길을 걸어서 친정이 있는 서마루로 가셨다. 그러나 아버지는 어머니와 함께 그 집에 머무르셨다.

아버지가 또다시 고향 집을 떠나 서울 생활을 시작한 지 얼마 지나지 않아 6·25 전쟁이 터졌다. 간신히 D 시로 피난을 내려온 아버지는 방위군에 끌려가던 중 구사일생으로 탈출하셨지만 얼마 살지 못하고 돌아가셨다. 빨치산이 산으로 데려가려고 했던 고모는 서울에서 의과대학을 다니고 있었는데, 6·25가 일어나 북으로 끌려가던 도중 국군의 공습 와중에 탈출해 몰락한 우리 집안이 가난의 늪으로부터 벗어나는 데 큰 버팀목 역할을 하셨다.

식민지 시대부터 해방 이후 전쟁으로 번졌던 좌우익의 싸움과 그 이념적 갈등이 한국 전쟁 후 잠시 휴면기를 보내고는, 곧 다시 일어나는 과정을 나는 모두 지켜보았다. 내가 학기말 시험을 치르지 못하도록 교실 입구를 책상과 의자로 바리케이트처럼 막아 놓은 건물에 질식할 것만 같은 상태로 감금되어 있다는 느낌이 유년 시절에 입었던 그 외상을 다시금 기억나게 한 것은 필연일지도 모른다. 사랑과 이해가 없는 이념적인 갈등은 끝없이 되풀이된다는 것을 역사에서 보아 왔기 때문이다.

「 침묵의 의미 」

무슨 까닭에서였는지, 어린 시절에는 말이 없고 조용한 것이 무섭고 싫었다. 항상 미소를 짓던 할아버지도 말씀이 없으시면 무서웠고, 사랑만 해주시던 어머니도 말없이 주무시면 두려웠다. 비록 잠재의식이었지만 소리 없는 침묵을 그때는 무서운 죽음이라 생각했던 것 같다.

유년 시절을 산촌에서 보낸 나는 밤이 무서웠다. 밤은 어둡기도 했지만 주위가 죽은 듯이 고요하면 유령이 나타난다고 생각했기 때문이다. 그래서인지 십 리나 되는 하굣길이 너무 조용하면, 대낮에도 돌무덤이 있는 산모퉁이를 돌아가기가 무서웠다. 머리 위로 바윗돌들이 무너져 내릴 것만 같은 그곳에는 우리 집에서 붙잡혀 가다가 총살당한 여자 빨치산이 묻혀 있었기 때문이다.

도시로 나왔을 때도 마찬가지였다. 중학교 시절에는 D 시에서 막차를 타고 낙동강 지류에 있는 어느 강변의 간이역에 내려 집까지 십 리가 넘는 밤길을 걸어가야만 했다. 고요한 밤이 너무나 무서워 내 발소리를 누군가 뒤쫓아오는 소리로 오인해 식은땀을 흘리곤 했다. 그리고 상엿집이 있는 어두운 밤나무 숲을 지날 때는 멀리 떨어진 강변에서 고기잡이하는 사람들의 횃불이 움직이는 것을 호랑이 불로 착각해 현기증을 느낄 정도로 무서움에 떨었다.

영국 낭만주의 시인 워즈워스는 이러한 경험을 자연 신神이 존재하기 때문이라 여겨 그것을 바탕으로 《서곡》과 같은 불멸의 시를 썼지만, 유년 시절의 나는 그렇지 못하고 침묵 속에 묻혀 있는 산촌의 고요함이 권태롭고 싫었다. 나는 어둠 속의 침묵과 죽은 듯이 무겁게 늘어져 있는 대낮의 정적보다 새벽닭이 우는 소리와 산촌의 정적을 깨는 대장간의 망치 소리를 더 좋아했다. 신들이 주사위를 굴리는 소리와 같은 천둥소리는 무서웠지만 지루한 고요함보다 시원해서 좋았고, 또 가을이면 공비 토벌을 나온 백골부대 군인들이 쪽빛 하늘을 향해 대포를 쏘아 산울림 소리를 내는 것이 듣기 좋았다. 황혼이 불타는 저녁에 멀리서 들려오는 주둔병의 나팔 소리는 물론 어느 산모퉁이에서 침묵을 깨고 들려오는 기적 소리는 고요한 한여름 밤에 지루해하던 나를 더없이 경이롭고 행복하게 해주었다.

어른이 되어 작은 골방에서 글을 쓸 때 늘 라디오를 틀어 놓고 음악과 같이하는 것도 어렸을 때부터 침묵과 정적에 대해 가졌던 두려움 때문인지 모른다. 나는 정적을 요구한다는 서재에서 책을 읽을 때나 글을 쓸 때 음악 소리가 들리지 않으면 시계의 태엽과 나사가 빠진 듯

긴장이 풀려 죽음의 수렁으로 빠져 들어가는 듯한 느낌에서 벗어날 수가 없다.

　그러나 헤겔이 어두워져야만 미네르바의 부엉이가 비상을 시작한다고 말한 것처럼, 해 질 녘에 찾아오는 인식론적인 깨달음 때문인지 나는 뒤늦게 침묵의 세계가 죽음 그 자체가 아니라는 것을 알게 되었다. 이것은 불면증이 밤의 신비가 지닌 무서움을 깨뜨려 버린 결과인지도 모른다. 밤새 눈을 뜨고 있다 창밖이 밝아오는 순간 잠드는 버릇이 나로 하여금 밤의 정적이 죽음이 아니라 침묵으로 말하며 무엇인가 만들어 가는 과정이라는 사실을 직감적으로 느끼게 했다. 호수같이 잔잔한 바다도 자세히 들여다보면 수많은 잔물결로 움직이며, 그 푸른 수면 아래 깊은 곳에서는 수많은 보석들이 찬란한 빛을 발하고, 조용히 먹이를 찾아 헤엄쳐 다니는 물고기들은 해초 사이에 알을 낳아 새끼를 키우는 일에 바쁘리라. 나는 그동안 침묵을 침묵으로만 알았지, 침묵 속에 지니고 있는 내면의 소리에는 귀 기울일 줄 몰랐다. 생명의 잉태는 물론 신비스러운 모든 것은 소리 없이 숨은 곳에서 이루어지는 것 아닌가. 윌리엄 포크너William Faulkner는 "소를 따라 언덕 너머로 달려가는 백치"를 봄날의 풍경 속에서 보고 그를 동물 신神으로 묘사했고, 안톤 체호프Anton Chekhov는 "행복과 고뇌에 대한 최고의 표현은 침묵이다"라고 말했다. 그는 또한 "연인들이 침묵을 지킬 때 서로를 가장 잘 이해하고, 무덤가에서 고함을 지르며 말하는 것은 국외자인 조문객들에게 영향을 줄지 모르지만, 미망인과 어린이들에게는 차갑고 사소한 일로 들릴 뿐"이라고 말했다. 마르셀 프루스트는 조용한 밤이 오면 기억의 날개를 펴고 어둠 속에 묻혀 있는 잃어버린 과거의 삶을 현재로 가져왔다. 위대한 과학자나 예술가들 가운데 밤의 시간을 이용하지 않은 사람이 얼마나 있을까? 빛과 소리도 어둠과 정적이 있기 때문에 그 찬란함과 울림이 위대하다는 것을 나는 왜 모르고 있었던가? 침묵과 정적을 죽음과 같다고 무서워했지만, 그 시간이 없었으면 나는 사색의 깊은 샘을 팔 수도 없었고, 아무런 창조적인 일도 하지 못했을 것이다.

침묵과 정적의 시간이 유년 시절부터 내게 공포에 가까운 두려움을 준 것은 그것이 소리가 지니고 있는 것보다 더 깊고 무거운 가치의 신비를 지니고 있기 때문인지도 모른다. "침묵은 금이고 말은 은이다"라는 금언과 같이 내가 할아버지의 침묵을 무서워했던 것은 그것이 말보다 더 깊고 무거운 의미와 위엄을 지니고 있었기 때문 아니었던가. 실로 침묵이 지니고 있는 삶의 몫은 그 어떤 영웅적인 목소리보다 더 크고 무겁다. 그래도 나같이 아둔한 사람이 사무엘 베케트가 침묵의 언어를 "끊어질 줄 모르는 말과 눈물의 강물"과 같다고 표현한 것이 진실이란 것을 뒤늦게라도 발견한 것은 실로 다행스러운 일이 아닐 수 없다.

「사라져 가는 간이역」

간이역簡易驛은 급행열차가 서지 않는 한적한 지방 소도시의 기차역을 말한다. 이 간이역이 현대화된 고속 철도의 물결에 밀려 사라져 간다. 지난해 경춘선 완행열차가 없어지고, 그 대신 전철이 아름다운 강변 풍경이 있는 그 구간의 철길을 한 시간 안에 달리게 되었다고 한다.

이 소식을 들었을 때 나는 기뻐하기보다 내 주변에서 무엇인가 중요한 것이 사라져 버리고 있다는 느낌이 들었다. 춘천행 기차가 전철로 바뀌었다고 해서 내가 아쉬워할 이유는 전혀 없다. 누가 왜 그러느냐고 묻는다면, 그런 아름다운 경춘선을 기차로는 한 번도 여행을 못해 보았기 때문이라고 할 것이다. 그래도 또 누가 다시 묻는다면, 내가 무의식중에 경춘선을 서울에서 원주까지 가는 중앙선으로 착각하고 그 철로 위에 서 있던 간이역들이 없어진 것에 대한 아쉬움 때문이라고 말할지도 모른다.

　나는 20대 초임 장교 시절 2년 가까이 원주에서 보내며 주말만 되면 중앙선 완행열차를 타고 서울로 갔다. 그 시절 토요일 오후면 열차가 작은 간이역마다 멈추며 움직이지 않을 듯이 오랫동안 서 있곤 했지만, 나는 그 지루했던 기찻길 여행에서 잊을 수 없는 추억을 쌓아 갔다.

　내가 장교로 임관하고 첫 임지로 갈 때, 지금은 어디에 살고 있는지도 모르는 C라는 여인이 중앙선 완행열차를 타고 원주역까지 동행해 주고는 어두운 저녁에 혼자 불이 밝게 켜진 전동차를 타고 서울로 올라가는 모습을 차창 밖에서 바라보던 일이 잊히지 않는다. 그 후에도, 그녀는 내가 토요일 저녁 해 질 무렵 청량리역에 도착하면 플랫폼 전신주 아래서 나를 기다려 주었다. C와는 입대하기 오래전에 헤어졌지만, 내가 논산 훈련소와 영천 부관학교에서 반년 동안 지옥 훈련을 받고 소위 계급장에 카키색 군복을 입고 대학 캠퍼스를 잠시 찾았을 때, 우연인지 그녀가 잔디밭 벤치에 앉아 있는 나를 발견하고 느닷없이 달려와 대학 신문 현상 공모에 소설이 당선되었노라고 자랑했다. 재회는 그렇게 시작되었지만, 얼마 지나지 않아 그녀는 내가 가난하기 때문에 떠난다고 말했다.

　그래서 당시 원주에서 서울로 가는 완행열차에 오를 때마다 나는 시간이 너무나 지루하고 마음이 아팠다. 어느 가을 토요일에 허전한 마음으로 서울행 열차를 탔는데, 급행열차에 밀렸는지 고장 났는지 열차가 어느 간이역에 멈추어 움직일 줄을 몰랐다. 물론 서울에서 특별히 나를 기다리는 사람이 있는 것은 아니었다.

곰팡내 나는 차 안이 너무나 역겨워 차에서 내려 간이역 안으로 들어갔다. 칠이 벗겨진 대합실 의자에 앉아 있다가 한쪽 벽면에 걸려 있는 대형 거울 앞에 섰다. 거울에 비친 내 모습은 소위 계급장만큼이나 초라했고, 입고 있던 초록색 군복도 빛이 바래 있었다. 넋을 잃은 채 그곳을 떠나지 못하고 서 있다가 갑자기 시끄럽게 울리는 기적 소리를 듣고 밖으로 나갔을 때는 이미 기차가 떠나가고 있었다.

하는 수 없이 다시 간이역 안으로 돌아가자 이상하게도 그 지루한 완행열차를 타고 있을 때와 달리 마음이 조급하거나 초조하지 않고 평화로울 뿐만 아니라 세상이 조금씩 아름답게 보였다. 고개를 들고 주변을 돌아보았더니 철길 가에 서 있는 역사驛舍 앞 잘 가꾸어진 뜰에는 향기 짙은 자줏빛 국화가 흰 국화와 함께 무리 지어 피어 있었고, 붉게 물들어 가는 단풍나무 잔가지에 내려앉은 새들은 노래를 부르고 있었다. 대합실 안으로 다시 들어와 유리창 너머로 눈을 주었을 때, 기차표를 파는 역무원 아가씨의 손놀림이 조용하고 평화롭게 보이는 것이 부럽기까지 했다.

간이역 앞 광장으로 나오자 오가는 사람들이 무엇에 쫓기는 듯한 나와 같은 군인이나 도시 사람들과 달리 자유롭고 평화로운 몸짓으로 간이역을 뒤에 두고 읍내로 산책하듯 발걸음을 옮기고 있었다. 낯설게 전개되는 그 새로운 광경이 내겐 진정한 휴식을 마련해 주는 공간으로 다가왔다. 나는 이름 모르는 시골 읍내의 어느 값싼 여관에서 하룻밤 묵은 뒤 이튿날 부대가 있는 원주로 돌아왔다.

그 경험 때문에 나는 주말이 되어 한가한 기분이 들 때면, 다시 몇 번인가 그 완행열차를 타고, 지난번과 다른 간이역에 내려 산책을 하듯 지역 탐방을 했다. 유년 시절을 보냈던 고향 읍내를 생각하며 그 지역의 초등학교에도 가보고 장터에도 가보는 즐거움을 누렸다.

내 고향에서 가까웠던 Y 간이역도 종래의 기능을 상실하고 내 의식에서조차 멀어져 버린 지 오래다. KTX는 물론 새마을호를 비롯해 급행열차가 Y 역에 서지 않고부터 나는 그 간이역을 이용하지 않고, C 역이나 M 역에 내려 버스를 타고 고향 집으로 바로 간다. 그래서 Y 간이역이 내 실제 생활 속에서는 물론 내 의식 속에서 사라진 것은 극히 슬픈 일이 아닐 수 없다.

Y 역과 그 역이 위치해 있는 Y 읍은 내 생애에서 결코 잊을 수 없는 곳이다. Y 읍에 있는 초등학교를 다니기 위해 돌밭 십 리 길을 쏜살같이 달렸던 내가 신장염이라는 무서운 병에 걸려 D 시의 병원으로 갈 때도 이 Y 간이역에서 완행열차를 탔고, 난생처음으로 대학 시험을 보기 위해 서울로 올라올 때도 여기서 기차를 탔다. 또한 그 완행열차에서 슬픈 생의 아름다운 풍경도 보았다. 6·25 전쟁 직후 이 간이역에서 기차를 탔을 때, 갓 임관을 하고 전선으로 가는 듯한 카키복의 젊은 소위가 고운 처녀의 어깨 위에 머리를 올려놓고 있는 모습을 보았다. 나는 어린 나이였지만 그녀가 입은 검은색 바탕에 빨간 자줏빛 아네모네 꽃무늬 치마가 너무 아름답다고 느꼈던 기억을 지울 수가 없다.

그 당시 고향 부근에서 기차가 멈추는 유일한 곳이 Y 간이역이어서, 우리는 Y 읍을 자주 찾았다. 내가 아주 어렸을 때 D 시에서 K 여고에 다니던 작은고모가 나를 데리고 Y 역에 내렸을 때는 깜깜한 밤에 집까지 십 리도 넘는 길을 걸어서 갈 수가 없어서 역에서 가까운 Y 읍, 종탑이 있는 지서 옆, 친구의 아버지가 경영하는 양조장 집에 허락받아 이틀 밤을 보냈다. 나무 냄새가 나는 듯한 고모의 체취를 맡으며 잠을 자고 다음 날 해 질 무렵 유유히 흐르는 Y 강변 모래사장에서 소싸움까지 구경했던 기억 또한 잊을 수 없다. 스페인 투우와는 달랐지만, 그 원시적인 소싸움은 어린 내게 지울 수 없는 깊은 인상을 남겼다. 그리고 Y 역에서 한참 걸어 나와 통나무 다리를 건너 느티나무 아래 대장간에서 대장장이가 모루로 호미와 낫을 만드는 것도 구경하고, 장날이면 엿장수의 가위 소리를 뒤로하고 책전을 서성이는 즐거움을 누리기도 했다.

그러나 급행열차가 서지 않는 Y 간이역에서 기차를 타는 사람들이 급격히 줄어 역으로서 옛 기능을 상실하자 나 역시 Y 역 주변의 아름다운 전원의 모습과 Y 역과 연결된 읍내 부근의 낡은 목조 건물이던 초등학교와 그 옆에 있는 사과 과수원, 그리고 아름다운 강변 및 장터 풍경을 더 이상 보고 즐길 수 없게 되었다.

KTX와 새마을호가 철길을 달리기 전까지, 나는 항상 기차를 타고 내리며 주변의 아름다운 전원과 Y 읍내를 서성이곤 했지만, 지금은 그럴 기회가 없어졌다. 시골로 가는 간이역이 없어진 것은 철도의 고속화가 가져온 결과다. 꿈 많았던 유년 시절은 물론 아프고 힘겨웠지만 뜨겁고 행복했던 청년 시절의 삶에 대한 추억의 근원지를 잃어버린 것만 같아 안타까움을 금할 수 없다.

침묵의 의미

4

침묵의

의미

「기와집에 대한 명상」

산간 지방에 전통적으로 내려오는 우리나라 민간 신앙에는 한국인이 오랜 세월을 두고 쌓아 올린 지혜가 숨어 있다. 우리가 살고 있는 집과 유택幽宅인 묘지에 관한 풍수설도 이것에 대한 하나의 좋은 예다. 물론 이것은 실증적인 과학의 입장에서 볼 때 미신에 가깝다. 그러나 나는 그것이 밝은 햇빛과 맑은 물, 수려한 산들과의 조화를 추구하고자 하는 환경 미학과 관련이 없지 않다는 것을 발견하고 놀란다. "사람이 환경을 만들고 환경이 사람을 만든다"라는 말은 진부하지만, 오늘을 사는 현대인들에게도 부정할 수 없는 진실이다. 19세기 위대한 시인 워즈워스는 아름다운 자연은 인간을 선량하게 만들고 세상을 바르게 살도록 하는 지혜의 근원이라고 노래하지 않았던가.

자연과의 조화를 추구하는 한국인의 생활 철학과 지혜를 담고 있는

우리를 기쁘게 하는 것들

아름다운 문화유산인 유현幽玄한 전통 가옥 기와집이 물리적인 생활의 편의만을 위해 허물어지고 없어지니 참으로 슬픈 일이다. 고택古宅에 속하는 한옥은 생활하는 데는 약간 불편하더라도 사람으로 하여금 자연이 지닌 아름다운 조화를 호흡하게 하는 미학적 공간이다. 나는 연륜이 쌓여 감에 따라 조선시대의 청빈하고 결곡한 유학자들이 지녔던 선비 정신과 위엄이 자연과의 창조적 만남을 가능하게 했던 와가瓦家인 생활 공간과도 무슨 관계가 있는 것 아닐까 생각하게 된다. 그래서 기와집을 볼 때마다 유년 시절의 나를 키워 주었던 시골 옛집에 진한 향수를 느낀다.

내가 태어난 곳은 읍邑에서 멀리 떨어진 고적한 산촌 마을이었다. 날씨 좋은 날은 하늘 높이 솟아 있는 뒷산이 자주색으로 빛나고 맑은 개울물이 강으로 흘러갔다. 그리고 해가 질 무렵이면 산 그림자가 산등성이를 유령처럼 지나가는 것을 볼 수 있었다. 그러나 우리 마을은 산골 동네 같지 않게 기와집이 많았다. 큰집도 기와집이었고 우리 집도 기와집이었다. 벼슬을 하셨다는 고조부께서 이곳에 정착하신 것은 빼어난 산수山水 때문이었으리라.

읍내에 있는 학교에 다닐 때는 걸어서 십 리가 넘는 이 길이 너무 멀게 느껴지고 지루했다. 그러나 어둡고 무서웠던 밤나무 숲을 지나면 그렇게 좋을 수가 없었다. 대숲 머리에 고즈넉이 자리 잡고 있는 우리 마을 기와집들이 다시 나를 기다리고 있었기 때문이다. 산촌에 있던 기와집은 유년 시절, 내 의식 속에 지울 수 없는 깊은 인장印章을 남겼다.

실제로 도시로 추방되기 전, 나는 그 큰 시골집에서 할아버지께 천자문도 배우면서 대부분의 시간을 사랑방에서 보냈다. 우람한 둥근 기둥들이 받치고 있는 기와 처마 끝으로 푸른 하늘을 바라보기도 하고 낙숫물이 떨어지는 소리를 듣기도 했다. 또 굳게 닫혀 있던 무겁고 낡은 대문이 열리고 흰 두루마기를 입은 할아버지가 나들이에서 돌아오시는 모습을 자주 보았다. 그래서 하늘 높고 날씨 좋은 날 그 옛집의 대문은 시인 김종길이 노래한 〈문門〉과 다를 바 없었다.

흰 壁에는—
어련히 해들 적마다 나뭇가지가 그림자 되어 떠오를 뿐이었다.
그리고 靜謐이 千年이나 머물었다 한다.

기왓장마다 푸른 이끼가 앉고 歲月은 소리 없이 쌓였으나 門은 상기
닫혀진 채 멀리 지나가는 바람소리에 귀를 기울이는 밤이 있었다.

丹靑은 年年이 빛을 잃어 두리기둥에는 틈이 생기고, 별과 바람이
쓰라리게 스며들었다. 그러나 험상궂어 가는 것이 서럽지 않았다.

유달리도 푸른 하늘을 눈물과 함께 아득히 흘러간 별들이 총총히
돌아오고 사납던 비바람이 걷힌 낡은 처마 끝에 燦爛히 빛이
쏟아지는 새벽, 오래 닫혀진 門은 山川을 울리며 열려 있다.
—그립던 旗ㅅ발이 눈뿌리에 사무치는 푸른 하늘이었다.

사람들은 기와집의 미는 자연과의 조화에 있다고 말한다. 예로부터 우리 민족이 흰 옷을 즐겨 입는 것은 국상國喪에서 시작된 것이라고 말하지만, 흰 것이 인공적인 물감이 묻지 않은 자연적인 것을 나타내기 때문이라는 주장도 있다. 산언덕 위에 올라 대숲머리에 고즈넉이 앉아 있는 기와집들을 내려다보면 그것들이 '중용中庸과 겸손'의 미를 내보이면서 주변의 산과 들, 하늘과 탁월한 조화를 이루고 있다는 것을 발견할 수 있다. 지금 생각해도 그 옛날 시골의 높은 기와집 처마가 하늘을 향해 뻗어 있었던 것은 무엇을 공격하려는 것이 아니라 하늘과 손잡으려는 듯한 인상이었다. 여름 소나기 빗물이 처마를 타고 흘러내리는 소리는 기와지붕 위에 내리는 비와 함께 나누는 내밀한 이야기같이 들리기도 했다.

그러나 또 한편, 낡은 그 옛 기와집이 자연과 조화를 이루면서 스스로의 위치를 조용히 지키고 있다는 생각이 들었다. 기와집 처마의 선이 자연과의 친화를 나타냄과 동시에 뜨거운 햇빛과 눈비 같은 어려운 환경에 쉽게 굴하지 않고 하늘의 꿈을 실현할 때까지 침묵 속에서 기다릴 줄 아는 견인력 또한 나타내고 있기 때문이었을까. 그리고 굳게 닫힌 문과 '푸른 이끼가 끼어 있는' 무거운 기왓장들을 받치는 둥근 기둥들은 '깃발'이 부르는 푸른 하늘이 상징하는 이상적인 현실을 추구하기 위해 시간과 자연의 무게를 이겨 내려고 침묵하는 인내력을 나타내고 있다고 생각한다.

기와집이 나타내는 한국미가 무엇이든 간에, 고향에 있던 그 큰 집은 언제나 내 마음의 고향이고, 그 속에서 지냈던 기억이 아직도 내 삶에 보이지 않게 드리워져 있다. 마치 내가 그 옛날 어렸을 때 누워 즐겼던 요람의 흔들림을 기억하고 있는 것처럼 말이다.

바람 부는 도시의 거리를 따라 무엇인가에 쫓겨 다니며 힘겨워하면서도 부박한 인생으로 타락하지 않았던 것은, 어린 시절 내 가슴에 화인火印처럼 찍혀 있던 그 옛날 기와집이 보여 주었던 견인력 있는 위엄에 대한 기억 때문이라는 원시적인 미망에 사로잡힌다. 그래서 고향을 떠나 도시의 거리를 방황하듯 헤매고 다니다가 빌딩 숲에서 우연히 기와집을 보면 짙은 향수와 함께 말할 수 없이 절실한 어떤 귀속감 때문에 걸음을 멈추곤 한다.

「 산정山頂의 주변 풍경 」

내가 태어나고 자란 곳은 산 높고 물 맑은 깊은 산간 마을이었다. 소년 시절 해 뜨는 아침에 개울가로 나가 세수를 하고 고개를 들면, 깎아지른 절벽 모양의 바위로 이루어진 철마산鐵馬山 산정이 눈앞에 들어오고, 해 질 무렵이면 병풍처럼 둘러싸고 있는 화악산火岳山 너머 서쪽 하늘이 황혼으로 불타올랐다. 북쪽으로 멀리 보이는 자줏빛 뒷산은 높고 험해 해가 넘어가고 나면 절망적으로 어두웠다. 이 높은 산들은 모두 무수한 전설을 지니고 있었기 때문에, 철없던 시절에는 이 산을 볼 때마다 그 속에 숨기고 있는 비밀을 찾고 싶었다.

나는 십 리 밖 강 건너 언덕에 위치한 초등학교를 걸어서 다녔다. 어느 봄날 학교가 일찍 끝난 후 산모퉁이를 돌아가는 황톳길을 게으름 피우며 터벅터벅 걷지 않고 철마산을 넘어서 가기로 마음먹고 화살을 쏘아 올린 듯 빠른 걸음으로 가쁜 숨을 내쉬며 진달래꽃이 붉게 피어 있는 높은 산을 치달아 올랐다. 칡넝쿨이 얽혀 있는 덤불숲을 힘겹게 헤치고 나오니 뜨거운 태양 아래 청석돌 무리가 가파른 산비탈을 이루고 있었고 담쟁이 모양의 넝쿨 식물이 여기저기 푸른 손을 뻗치고 있었다. 엉금엉금 기다시피 해서 돌밭 계곡을 건너왔을 때 청초한 연두색으로 물든 고산高山 식물들이 군락을 이룬 목초지가 눈앞에 펼쳐지고 낮은 산에서는 볼 수 없었던 키 작은 싸리나무들이 무리 지어 서 있었다. 키 작은 풀숲 아래로 눈을 돌리니 가장자리에 푸른 도라지꽃이 수줍은 듯 숨겼던 얼굴을 내보였다. 눈부시게 맑고 푸른 하늘 아래 큰 바위 얼굴처럼 가파른 절벽으로 우뚝 솟아 있는 바위 꼭대기는 철마를 숨기고 있기 때문인지, 너무나 험난해서 내 접근을 쉽게 허락하지 않았다. 그러나 몇 시간 걸렸는지는 모르지만 나는 마침내 산봉우리에 올라서서 산 아래를 내려다보는 기쁨을 누렸다. 집에 도착했을 때는 산 그림자가 지나가고 마을에 저녁연기가 피어오르고 있었다.

신비에 가득 찼던 철마산, 그 태산준령泰山峻嶺 위에서 내가 발견한 것은 전설의 땅인 미지의 나라가 아니라 고산 식물이 자라고 노루들이 뛰어다니며 노니는 맑고 깨끗한 땅이었다. 산 위에 오른 나는 그 옛날 어느 장수가 타고 다녔다던 철마는 발견할 수 없어 실망했지만, 정신이 한없이 맑고 상쾌했다. 그리고 그 산정 부근에서 경이로움에 가득 차 바라보았던 고산 식물들이 그렇게 아름답고 청초한 모습을 지닐 수 있는 것은 그렇게 높은 곳에서 영겁의 고독을 이기고 의연히 서 있기 때문이라는 사실을 인식론적으로 발견하는 기쁨을 가졌다. 그때 이래 언제나 내 기억 한 곳에 자리 잡고 있는 것은 높은 산 위의 고산 식물이 산 아래서 자라는 식물들보다 훨씬 바르고 청아한 모습을 하고 있었다는 것과 그곳을 지배하고 있던 그 무서운 고독을 산이 침묵으로 이기며 안고 있었다는 것이다.

그러나 소년기에 고향의 푸른 하늘 아래 높이 솟은 철마산을 올랐던 경험이 삶에 대한 인식을 넓히고 도덕적 감성을 확대하는 데 적지 않은 도움이 되었다는 것을 성년이 되어 정지용의 시를 읽으면서 절절히 느꼈다. 정지용은 시집 《백록담》에서 한라산의 아름다움을 고독 속의 견인력으로 승화된 것이라고 묘사했다. 정지용은 한라산 산정을 풀도 살지 않는 돌산으로 비바람 속에서 영겁의 세월을 안고 있지만 얼음처럼 "낭낭"하다고 말하는가 하면, "한 덩이" 돌처럼 서 있는 산정은 죽은 것이 아니라 그 무서운 고독 속에서도 온갖 아픔과 시름을 이기면서 고요한 숨결로 "흰 시울"을 소리 없이 내리게 하고, 산허리에 있는 절벽을 "진달래꽃 그림자"로 붉게 물들인다고 노래했다. 그가 생生과 비유할 수 있는 산을 견인력으로 오를 때 눈앞에 열리는 명징한 깨달음의 인식 세계는, 백록담의 맑은 물, 산을 오를수록 꽃의 크기가 점점 작아지는 "뻐꾹채꽃", "암고란 환약 같은 열매", 훨훨 옷을 벗는 백화白樺, 풍란의 향기, 사람과 가까이 하는 "해발 육천척" 위의 말 망아지와 송아지, 그리고 착하디착한 어미 소의 모습, 이마를 시리게 한 먼 산정의 "춘설春雪, 눈 속에서 인동차忍冬茶"를 마시며 겨울을 보내는 노인, 산을 찾아간 사람의 변신인 듯한 호랑나비 등의 이미지로 나타난다.

헤밍웨이의 《킬리만자로의 눈》에 등장하는 작중 인물 해리스는 재능 있는 작가였지만 돈 많은 여인과 결혼한 뒤 나태함과 쾌락에 빠져 글을 쓰지 못하고 아프리카 평원으로 가서 사냥하다 탈저脫疽병으로 다리가 썩어 죽을 운명에 놓이자, 표범이 얼어서 묻혀 있다는 눈 덮인 킬리만자로 산정에 오르기를 얼마나 갈망하고 꿈꾸었던가? 흰 눈 덮인 산정이나 백록담같이 맑은 물이 있고 청초하고 우아한 고산 식물들이 자라는 고원高原 지대는 남다른 용기와 견인력을 가지고 오르는 사람들에게만 허용되고, 더러움에 오염된 사람들에게는 금지된 땅이다. 우리의 생도 마찬가지리라. 낮은 곳에 머물기를 좋아하는 사람들이 높은 산을 단순히 무섭고 신비로운 곳으로만 생각하고 힘들여 오르기를 거부한다면, 산이 우리에게 보여 주는 숭고한 아름다움의 의미를 알지 못한다. 산은 땀 흘리며 오르는 사람에게만 그 참 모습을 드러내기 때문이다.

소년 시절에 내가 고향의 철마산 산정에서 보았던 그 경이로운 풍경이 삶의 인식 과정에서 발견하는 도덕적 진실을 비춰 주는 훌륭한 거울이 된다는 것을 그때는 몰랐다. 그러나 저문 강가에 서 있는 지금은 그 산들이 왜 나를 불렀는지 알 것 같다. 그것은 아마 산이 내게 고난과 시련을 겪고 산정에 올라서면 산 아래 있는 들판의 풍경과 다른, 눈이 시리도록 신선한 새로운 세계가 전개된다는 것을 가르쳐 주기 위함이었으리라.

「스탠퍼드 대학 교정에서」

세계 5대 미항美港 가운데 하나인 샌프란시스코 만을 따라 자동차를 타고 내륙으로 한 시간 남짓 달리면 '서부의 하버드'라고 하는 유서 깊은 스탠퍼드 대학이 있다. 이곳 태평양 주변에 있는 산들은 여름에 비가 오지 않기 때문에 대부분 민둥산이지만, 이 대학 가까이에 위치한 팔로알토에 들어오면 우람한 종려나무를 비롯해 온갖 종류의 상록수들이 하늘을 찌를 듯 높이 솟아 있다.

그리고 길가 하얀 집들의 산울타리에는 찔레꽃 열매와도 같은 붉은 열매가 산호처럼 무리 지어 달려 있고, 가을이 되면 바람에 떨어지는 낙엽 속에 청초한 난초꽃들이 싱싱한 푸른 잎 사이에 높은 키로 피어 있는가 하면, 포도의 길섶에는 남국의 선인장과 함께 이름 모를 들국화들이 여기저기 숨어서 피어나고 있다.

더욱이 스탠퍼드 교정에 들어서면, 광활한 평원 위에 후버 종탑과 르네상스 시대 피렌체의 원형 성당을 연상시키는 아름다운 대학 교회를 중심으로, 황색 돌로 이루어진 아치형 주랑을 가진 학교 건물들이 이름 모를 수많은 원시림과 여러 가지 조각품, 그리고 끝없이 맑은 물을 뿜어 올리는 분수 등이 있는 인공 정원과 완벽한 조화를 이루는 것을 발견하고는 인간의 위대함에 다시 한 번 놀란다.

그러나 스탠퍼드 대학이 세계의 대학으로 이름을 떨치는 것은 아름다운 캠퍼스와 맑고 투명한 햇빛, 늘 푸른 쪽빛 하늘 때문이 아니라, 27명의 노벨상 수상자를 배출하는 등 세계 정상을 자랑하는 학문의 우수성 때문이다. 인문학은 물론 사회 과학과 자연 과학 분야에서 우수성을 발휘하는 것은 곧 인간의 힘으로 자연을 극복하고 인류의 문화와 생활 환경을 향상시켜 이상 사회를 건설하고자 지고의 노력을 했기 때문이다.

20년 전 7도가 넘는 강진이 샌프란시스코 만 지역을 강타했지만, 이곳 아름다운 대학 건물들은 큰 손상 입지 않고 그대로 서 있는 것을 보았다. 이것은 인간이 자연의 파괴력을 어느 정도 극복할 수 있음을 여실히 보여 준 것이다. 하느님은 인간과 우주를 불완전하게 만드셨지만 인간에게 스스로 완성시킬 수 있는 힘을 주셨기 때문에 인간은 열심히 일하고 연마해야 한다는, 어느 학식 깊은 신부님의 말씀이 생각난다. 비록 아름답고 성스러운 대학 성당의 천장이 지진으로 무너지긴 했지만, 사람들은 그것을 다시 옛 모습대로 복원할 것이다.

인류 최고의 학문과 교육의 전당 가운데 하나이자 인간의 위대함을 상징하는 우아하고 아름다운 스탠퍼드 대학 건축물을 이루어 낸 사람은, 인간이 무엇을 해야 하는지를 일찍부터 깨달은 스탠퍼드 부부였다. 19세기 말 거친 서부를 개척하기 위해 철도를 건설해서 성공한 그들은 늦게 얻은 아들이 대학을 가지 못하고 죽자, 아들을 위한 유산으로, 아니 아들의 영혼을 구원하기 위해, 그 당시 경제적으로 상당히 어려운 상황에서 주위 사람들의 만류에도 불구하고 강철 같은 의지로 1891년 광활한 그들의 목장에 대학의 문을 열었다.

그 후 이 대학은 세계적 명문 대학으로 발전해 오늘날 미국은 물론 동서양을 막론하고 세계 각국에서 수많은 영재들과 석학들이 찾아와 인류의 발전을 위해 학문을 배우고 연구하기에 여념이 없다.

나는 투명한 햇빛으로 빛나는 이 기대한 대학의 아름다운 교정 벤치에 앉아 끊임없이 뿜어 오르는 분수의 물줄기를 바라보다 말고, 넓고 푸른 잔디밭 건너 교정 주변의 이름 모를 나무들로 이루어진 울창한 태고의 숲 속을 발목 시도록 걸으면서 동서양의 정신세계와 생활 철학을 무심히 마음속으로 비교해 보았다.

교정의 원시림을 걷다가 문득 아버지를 일찍 여의고 시골로 낙향해 은둔 생활을 하시다가 몇 해 전에 돌아가신 할아버지가 지니셨던 동양적 은자의 정신세계가 생각났다. 그래서 할아버지께서 내게 남기신 유품 몇 점과 그것을 건네주신 방법에 대해 생각해 보았다.

할아버지께서 남겨 주신 것은 토지 문서 같은 것이 아니었다. 그것은 하늘을 나는 학을 추상적으로 조각한 조선시대 말기의 벼루와 먹, 그리고 노랗게 빛바랜 한지에 묵화로 격조 높게 그린 대나무 그림이 있는 열 폭짜리 병풍 한 점이었다. 유품이라고는 하지만, 할아버지께서 그것을 내게 유언과 함께 남기신 것은 아니었다. 나는 시곗바늘처럼 빠르게 돌아가는 서울 생활을 하느라 고향에 외로이 계시는 할아버지를 일 년에 한 번도 쉽게 찾아뵙지 못했었다.

팔순이 넘어 돌아가시기 전 겨울 세밑에 할아버지를 찾아뵈었다. 그때 할아버지께서는 낡은 궤짝을 열고 벼루와 먹을 꺼내 내게 주셨다. 그러고는 사랑방 벽장문을 열고 겹겹이 싼 무겁고 키가 큰 대나무 그림 병풍을 펼쳐 보여 주시면서, 서울로 가져가 잘 간직하라고 말씀하셨다. 나는 그때 고미술품을 이해하는 눈은 없었지만, 그것들이 보통 것이 아닌 예술품으로 여겨졌다. 엄숙한 표정을 지으시며 유품들을 건네주실 때 할아버지는 아마 죽음을 예견하셨는지도 모른다.

할아버지께서는 몰락한 양반의 후예였기 때문에 말년에는 생활이 그리 넉넉하지 못했지만, 고향 집을 여러 차례 찾아온 골동품 장수의 온갖 유혹을 뿌리치고 그것만은 끝까지 간직하셨다고 한다. 그 오래된 대나무 그림 병풍을 서울로 가져와 표구를 해놓고 보니, 할아버지께서 지묵紙墨으로 그린 대나무 그림을 왜 그렇게 아끼셨는지 이해할 수 있었다.

비록 그림은 빛이 바랬으나, 화가가 단 한 번의 검은 먹물의 붓끝으로 다양한 대나무의 곧은 줄기, 힘 있는 대나무 잎을 유려하게 친 것을 보자, 청아하고 곧은 한국인의 선비 정신이 유연하게 담겨 있음을 역력히 알 수 있었다. 열 폭짜리 병풍 가운데는 세찬 바람 속에서도 꼿꼿이 서 있는 대나무의 모습을 생생하게 그린 그림도 있고, 바위틈에 칡

넝쿨처럼 뿌리를 박고 있는 대나무일수록 줄기가 더 굵고 잎이 더욱 무성하고 힘 있는 모습이었다.

그러나 내 시선을 가장 끌었던 것은 "비 갠 뒤 밖으로 나가 보았더니 어린 죽순이 큰 키로 자랐구나"라고 쓴 한시漢詩와 함께 꼿꼿하게 자란 어린 대나무가 미풍에 흔들리는 청아한 모습의 묵화였다.

어릴 때부터 객지에 나와 살면서, 이따금 할아버지 집을 찾았으나, 할아버지께서는 그 벼루와 대나무 그림을 한 번도 보여 주거나 이야기 하지 않으셨다. 할아버지께서 자신의 소장품을 내게 마지막으로 넘겨 주면서도 끝끝내 아무 말씀을 안 하신 이유는 무엇일까? 어쩌면 할아 버지는 내가 그 벼루와 대나무 그림 병풍이 지닌 뜻을 스스로 깨닫기 를 바라셨는지도 모를 일이다.

할아버지께서는 그 대나무 그림이 있는 병풍만 소중한 가보로 간직 하신 것이 아니었다. 실제로 할아버지의 일생은 대나무를 가꾸는 일과 함께하셨다고 해도 지나침이 없다. 할아버지께서는 노쇠해 걸음을 옮 길 수 없을 때까지 하루도 대나무 숲을 찾지 않으신 적이 없었다. 그리 고 해마다 대나무의 성장에 좋다고 하는 소금을 가마니로 사서 대나무 뿌리에 눈처럼 하얗게 뿌려 주었고, 30여 년 동안 대나무 뿌리를 손수 이식해 큰 대나무 옆에 또 하나의 작은 대나무 밭을 일구셨고, 그 주변 에 탱자나무를 심어서 향기 짙은 산울타리를 만드셨다.

백 년 주기로 찾아오는 대나무 숲에 꽃이 피는 병이 생겨서 푸르던 대숲이 노랗게 말랐을 때도, 할아버지는 조금도 낙담하지 않고 하루 일과를 대숲에 소금 뿌리는 것으로 보내셨다. 그 결과 할아버지가 돌아가시던 해에는 대나무 숲이 다시 푸른색으로 돌아왔다.

그런데 할아버지께서 내게 선물을 남겨 주셨다. 바로 대나무 숲 속에서 수백 년 동안 자란 모과나무 한 그루였다. 할아버지께서 돌아가시기 몇 해 전, 나는 서울에 얼마간 여유 있는 뜰을 마련하자 할아버지께 고목인 그 모과나무를 아무도 보지 못하는 대나무 숲 속에다 두는 것보다 서울 집에 옮겨 심어, 자라는 아이들이 봄날엔 분홍 꽃이 피고 가을엔 황금빛을 내는 노란 모과 열매가 높은 나뭇가지에 풍성하게 열리는 것을 보게 해주심이 어떠냐고 말씀드렸다. 나는 완고하신 할아버지께서 거절하실까 봐 무척 조심스러웠는데 순순히 허락하시며, 그곳에는 어린 모과나무를 하나 옮겨 심을 테니 가져가 잘 키우라고 하셨다.

할아버지께서 그 값진 아름드리 모과나무를 서울로 가져가도록 허락하신 것은 할아버지 나름대로 후손들에게 말 없는 교훈을 주기 위함이었을지도 모른다.

내가 서울 집의 뜰에 옮겨 심은 그 모과나무는 비록 수많은 세월을 이겨 낸 상처 있는 고목이지만, 하늘을 향해 꼿꼿하게 서 있는 대나무 숲 속에서 자랐기 때문인지, 둥치는 높은 사다리를 타고도 올라갈 수 없을 정도의 높이까지 대나무 줄기보다 더 곧고 그 어느 조각품과 비교할 수 없을 만큼 용모가 수려하다. 나무의 아름다움을 아는 사람은 어느 예술가도 이처럼 곧게 자란 모과나무 둥치를 조각할 수 없을 것이라고 말한다.

할아버지가 돌아가시기 전에 그렇게 아끼시던 모과나무를 내게 주신 것은 곧게만 자라는 대숲 속에서 자란 모과나무의 꼿꼿한 줄기와

수려한 용모를 보고, 어떻게 살아가는 것이 올바른 것인지, 그와 더불어 선비 정신이 무엇인지를 가르쳐 주시기 위함이었는지도 모른다.

할아버지께서 남기신 벼루와 대나무 그림, 그리고 뜰 한쪽에 서 있는 곧게 자란 모과나무를 볼 때마다 할아버지의 동양적인 정신세계에 깊이 빠져든다. 그러나 이제 와 나는 가끔 할아버지께서 그 상징적인 유품들을 통해 사군자四君子 가운데 하나인 대나무 수묵화가 지닌 높은 정신세계를 내게 전수하시기에는 너무 늦었다는 생각이 든다.

할아버지께서 영면永眠하시기 바로 전, 그 유품을 받을 때 내 나이는 오십을 바라보고 있었다. 그래서 마음 한편으로, 할아버지가 사람을 키우신 것이 아니라 대나무만 키우셨다는 아쉬움이 들었다.

할아버지가 서예를 하시던 정신과 대나무를 키우시던 정신을 가지고 은둔 생활을 하기보다는 적극적인 삶을 사셨더라면 얼마나 더 큰 보람을 느끼셨을까 하는 생각을 해본다.

4

침묵의

의미

「 북으로 간 당숙과의 만남 」

산골 아이였던 나는 유년 시절을 오늘날과 같은 핵가족이 아닌 대가족 속에서 보냈다. 그래서 도시에 살고 있던 당숙은 형도 삼촌도 없는 나에게 가족이나 다름없이 여겨졌다. 당숙 또한 D 시에 살고 있었지만, 방학 때만 되면 큰집이 있는 시골로 내려와 여름이나 겨울 한 철을 함께 보내면서 나에게 형과 다름없는 정을 느끼게 해주었다.

특히, 나는 당시 중학교에 다니던 욱이라는 이름의 큰당숙을 무척 좋아했다. 그가 강물이 아닌 시냇물에서 동생인 작은당숙과 함께 내게 개구리헤엄을 가르쳐 주었을 뿐만 아니라, 미군 서지 바지를 입고 청석 바윗돌 위에 앉아 청산靑山을 바라보며 흐르는 물소리와 함께 여운형 선생에 대해 이야기하면서 웅변을 토하기도 하고 '붉은 깃발'을 높이 들라는 혁명가를 가르쳐 주었기 때문인지도 모른다.

아무튼 당시 D 시의 K 중학교를 다니며 학생 운동을 했던 그는 우리 가문의 우상偶像이자 영웅이었고, 내게는 언제나 피를 끓게 하는 신비스러운 존재였다. 내가 D 시에 있는 초등학교로 전학 갔을 때, 당숙은 서울로 가고 없었다. 그 후 6·25 전쟁이 일어났고, 그가 북으로 갔다는 말을 듣고 너무나 슬펐다.

지금 생각하면 조숙했던 당숙은 어린 나이에 일찍부터 좌익 운동을 하고 있었던 것이다. 그러나 유년 시절의 기억 때문에, 그는 내게 결코 공산주의자가 될 수 없었고, 황홀하고 위대한 존재로만 기억에 남아 있었다. 당숙의 어머니 역시 아들이 북으로 갔지만, 언젠가는 반드시 돌아올 것이란 믿음을 버리지 않으셨다. 그의 어머니는 아들을 얼마나 그리워하셨는지, 돌아가실 때 둘째 아들에게 남겨 놓은 당신의 목걸이에 매달아 놓은 조그만 금속 상자 속에는 당숙이 열아홉 살에 찍은 주근깨 있는 얼굴의 사진 한 장이 들어 있었다.

어머니의 간절한 기도 덕분이었던지, 북으로 간 당숙은 죽지 않고 살아 있었다. 지난해 봄이 끝날 무렵 적십자사로부터 북한에서 욱이라는 이름을 가진 사람이 미국에서 의사 생활을 하는 그의 동생과 두 자매, 그리고 큰집 조카인 나를 찾는다는 소식을 전해 왔다. 그래서 나는 소식을 확인하기 위해 흥분된 마음으로 빗속을 뚫고 적십자사로 달려갔다.

그러나 금강산 기슭 장전항 부근에 있는 휴게소에서 당숙을 만났을 때, 나는 너무나 절망했다. 칠순이 넘은 당숙에게서는 유년 시절부터 내가 마음속에 간직하고 있던 모습을 전혀 찾아볼 수 없었기 때문이다. 주름이 깊게 파인 얼굴에 김정일 배지를 달고 있는 당숙은 내가 그렇게 그리던 당숙이 아니라 단지 북에서 온 낯선 사람일 뿐이었다. 그는 서울을 떠나 속초까지 와서 하룻밤을 보내고 뱃멀미까지 하며 하루 종일 지루한 시간 속에 초조한 마음을 달래며 자신을 찾아온 우리에게 따뜻한 인사말보다는 북한에서 받은 박사 학위증과 훈장을 내보이면서 김정일 장군을 칭송하기에 여념이 없었다. 나는 당숙의 변한 모습도 모습이려니와 체제 선전에 전력을 다하는 그의 목소리에 너무나 당황했다. 북으로 가서 지금까지 너무나 힘든 삶을 살아온 결과로 얻은 불감증의 징후 때문이었던가. 아니면, 감상感傷에 물들지 않으려는 사회주의 학자의 위엄과 근엄함 때문이었던가.

물론 우리는 죽은 줄로만 알았던 당숙이 불과 열아홉의 어린 나이에 혈혈단신 북으로 가서 그 숱한 어려움을 이겨 내고 조선민주주의 인민공화국의 사회과학원 교수가 된 것을 반갑게 받아들였다. 그러나 당숙이 생명과 인간에 대한 사랑보다는 경직된 이념의 도구로 얼룩져 있는 것이 너무나 안타까웠다.

더욱이 금강산에서 세 번 만나고 헤어질 때마다 칠순이 넘은 당숙이 주먹을 불끈 쥐고 흔들며 북에서 온 다른 노인들과 함께 통일에 대한 노래를 부르는 모습은 차마 보기에 너무 딱하고 서글펐다. 허수아비처럼 힘없이 기계적으로 팔을 흔들어 대는 그의 모습은 어릴 때 내게 혁명가를 가르쳐 주며 나를 그토록 신비감 속에 몰아넣었던 감동적인 욱이 당숙이 더 이상 아니었다. 만일 당숙의 어머니가 살아서 아드님의 모습을 보셨다면, 겉으로는 좋아하셨을지 모르지만, 아들의 변한 모습에 속으로 절망과 후회의 눈물을 흘렸을지도 모를 일이었다. 욱이 당숙은 분명히 어머니가 목걸이에 담고 다녔던 그 옛날의 순수했던 아들이 아니었기 때문이다.

꿈과 현실, 그리움과 만남 사이에 존재하는 괴리는 필연적인 것이지만, 반세기 만에 이루어진 욱이 당숙과의 만남은 나에게 너무나 큰 절망이고 좌절이며 슬픔이었다. 그것은 만남이 이별을 낳고 이별이 만남을 약속한다는 말이 불가능하기 때문만은 아니었다.

"죽기 전에 이것만은 하고 싶다—버킷리스트"라는 말이 요즘 급박한 삶을 살아가는 현대인들 사이에서 널리 회자膾炙되고 있다. 사람에 따라 다르겠지만, 어쩐지 이 말은 나에게 일종의 블랙 유머로 들린다. 하지만 한편으로는 이 말이 반 고흐가 자살하기 전에 자기가 보아 왔던 생의 현실을 〈밀밭 위의 까마귀〉라는 화폭에 남긴 것과 같이, 나로 하여금 죽기 전에 내가 보고 경험한 삶을 치열한 사색을 통해 종이 위에 지문指紋처럼 언어로서 표현하고 싶은 욕망을 일으키게 한다.

　조용히 생각해 보면, 내가 해거름에 와서 이러한 생각을 하게 된 것은 태어날 때부터 운명 지어진 것인지도 모른다. 나는 누구 못지않게 힘겨운 삶을 살아왔기 때문이다. 20대 초까지 나를 키운 것은 '8할이 바람'이었고 '혓바닥을 늘어뜨린 병든 수캐마냥 헐떡거리며' 가난과 싸우며 달려왔기 때문에, 나는 생에 대한 뚜렷한 목표를 가지고 입지立志할 여념이 없었다. 하늘이 높고 푸르다는 것은 알았지만 그 가파른 높이가 무엇을 의미하는 줄도 모르고 내가 어디서 와서 어디로 가야 하는가에 대한 나침반도 없었다.

이때 나는 풀브라이트 프로그램으로 한국에 온, 지금은 작고한 미국 노스캐롤라이나 대학(채플 힐) 토머스 패터슨 교수 부부를 만났고, 그분들이 나를 '문학의 숲'으로 인도해 대학에서 영문학을 공부하고 가르치는 직업을 갖게 한 것도 언어 예술과 깊은 관계를 맺도록 하기 위한 신의 섭리일지 모른다. 그래서 나는 대학에서 학생들을 가르치기 위해 밤늦게까지 책을 읽으면서 세상의 이치를 깨닫자 대학 교수가 천직天職임을 알고 축복받은 삶이라고 생각했다.

헤라클리투스가 "사람의 성격이 운명이다"라고 말한 것처럼, 내성적이지만 도전적인 성격이, 내가 영문학에만 만족하지 못하고 비평가로서 우리 문학을 깊이 읽을 수 있는 기회를 갖고 글을 쓸 수 있게 했다. 그러나 이것이 결코 우연히 일어난 일 같지만은 않다.

별스러운 삶의 편력이나 다름없는 이러한 과정을 거쳐 모국어로 된 언어 예술에 남다른 애정을 갖고 그것을 통해 내 잠재력을 구현하고자 하는 나의 욕망은 여기서 끝나지 않았다. 나는 40년 가까이 언어 예술과 함께해 오면서 몇 권의 산문집을 세상에 내놓았다. 이들 창작물들은 멀리서 들려오는 조용한 나팔 소리 정도의 반향을 일으키는 것에 머물렀지만, 내게는 부끄러움과 긍지의 덩어리였다. 이양하·피천득 두 교수가 시간의 힘을 이겨 내고 높은 수준의 수필집 한 권을 후세에 남긴 것처럼, 나도 할 수만 있다면 고전으로 남을 수 있는 수필집을 내고 싶다.

그래서 누가 내 '버킷리스트'가 무엇이냐고 묻는다면, 그것은 고흐의 그림 〈밀밭 위의 까마귀〉처럼 나의 마지막은 수필집이 될지도 모른다. 그러나 고흐의 그림과 나의 산문은 내용면에서 같은 것이 아니다. 짙은 물감을 거칠고 단순한 붓놀림으로 그린 그의 유명한 화폭에서는 가을이 되어 생명체가 죽음과 치열한 대결을 하며 서서히 불타 버리는 풍경을 암시하는 노란

밀밭이 죽음의 세계를 상징하는 검푸른 하늘과 대조를 이루며 맞닿아 있다. 반면 그렇게 화려하지는 못하지만 내 언어의 화랑에는 삶과 죽음의 치열한 갈등보다는 우리가 흔히 잊고 지나친 생의 아름다운 진실을 비춰 주는 '아우라'가 조용한 빛을 발할 것이다.

글쓰기에 대한 열정과 의욕이 남아 있어서 이후에도 또 다른 '버킷리스트'가 탄생한다면 그것 역시 빛과 어둠이 끝없이 교차하는 삶의 공간에서 발견한 생의 숨은 진실을 담은 또 하나의 서정적 에세이집이 될 것이다.

우리를 기쁘게 하는 것들